박석환
판타지 장편 소설

마법체계

Magic System

마법체계 3

박석환 판타지 장편 소설

초판 1쇄 찍은 날 § 2007년 1월 16일
초판 1쇄 펴낸 날 § 2007년 1월 26일

지은이 § 박석환
펴낸이 § 서경석

편집장 § 문혜영
편집책임 § 유경화
편집 § 이재권

펴낸곳 § 도서출판 청어람
등록번호 § 제1081-1-89호
등록일자 § 1999. 5. 31
어람번호 § 제1-0788호

주소 § 경기도 부천시 원미구 심곡1동 350-1 남성B/D 3F (우) 420-011
전화 § 032-656-4452 팩스 § 032-656-4453
http://www.chungeoram.com
E-mail § eoram99@chollian.net

ISBN 978-89-251-0456-0 04810
ISBN 89-251-0453-9 (세트)

박석환
판타지 장편 소설

마법체계
Magic System

3 [바이슨 왕국]
FANTASY FRONTIER SPIRIT

청어람
도서출판

Chapter 21

공적

1

방으로 돌아왔을 때는 창문이 열려 있었다.

차가운 공기가 들어와 방 안이 냉랭했다. 창문을 닫고 커튼을 치면서 마법으로 방 안의 온도를 높였다. 썰렁한 방 안이 마나로 인해 금세 따뜻한 온도를 회복하기 시작했다. 손을 슥슥 비비며 침대 위에 걸터앉은 나는 주위를 두리번거리다가 고개를 갸웃했다.

방 안으로 돌아오는 즉시 키르젠프가 나타날 거라 생각했는데 그는 의외로 모습을 드러내지 않았다.

그의 말로는 네크로맨서가 나타날 것이라고 했다.

'혹시…….'

나는 감각을 예민하게 끌어올려 보았다.

바람의 결을 느끼고 세세한 소리마저 들을 수 있을 정도로 긴장의 끈을 놓지 않았다.

아니나 다를까 뭔가가 있다.

아주 미묘하게 다른 흐름을 잡아냈다.

나는 날카롭게 주위를 살피며 말했다.

"누군진 모르겠지만, 용건이 있다면 떳떳하게 모습을 드러내라."

예측을 엇나가는 등장.

나는 일순 할 말을 잃었다.

모두 세 명. 생김새를 설명하자면 모두들 각자의 특징을 갖고 있었다. 한 명은 설명이 필요없는, 이름 하나로 모든 것이 느껴지는 델 키오르다.

그리고 다른 한 명는 190피스의 장신에 복면으로 얼굴을 가렸고 칠흑같이 검은 로브를 몸에 두르고 있었다. 눈에서는 붉은 안광이 뿜어져 나오고 있어 낮만 들면 사신이라 해도 믿을 것 같은 모습이다. 게다가 마지막 사내는 독한 냄새를 풀풀 날리는 초록색 피부의 중년 사내.

그는 얼굴 반쪽이 화상으로 흉측하게 상해 있었다.

독한 냄새를 풍기는 것으로 보나 상황상 설정으로 보나 예측되는 것으로는 네크로맨서임이 틀림없다. 그렇다 함은 내 공공의 적들이 한자리에 모인 것이 아니겠는가.

세 명이라니 이젠 황당함을 넘어서 실감조차 나지 않았다.

이들이 내게 총공세를 펼친다면, 나는 끽소리 한번 내지 못하고 귀한 심장을 내어줘야 할 것이다.

하지만 다행히도 이들은 서로의 눈치를 보고 있었다. 어느 누구에게도 내 심장을 양보할 수 없다는 눈빛이 확고했다. 그것은 내게 있어 가장 안전한 방패막이었다.

그렇다는 건, 지금까지 쭉 이 녀석들이 서로를 견제해 왔다는 것일 수도 있다. 물론 내 추측이 틀릴 수도 있다. 하지만 완전히 엇나간 것은 절대 아니라는 것.

나는 웃었다.

'이런 걸 보고 그림의 떡이라고 칭하는 거겠지.'

서로의 힘을 너무나 잘 알기에 섣불리 행동을 일삼을 수 없는 것은 그들 나름대로도 큰 고욕일 것이다.

"이 녀석들 쓸어버리는 거야 그리 어려운 일은 아니지만, 이 센트럴 왕궁 내에 꽤 귀찮은 인물이 있다. 네놈의 물건을 가져가는 건 네가 이곳을 나가고 난 후부터. 일종의 타임 어택이라는 거지. 넌 시한 폭탄을 가슴에 얹어둔 셈이다."

델 키오르의 말이 가볍게 들리지 않았다.

그는 그의 실력에 자신감과 여유가 있다. 마음만 먹는다면 힘을 개방하는 순간, 그의 엄청난 파장은 실로 감당하기가 힘들지도 모른다.

그런데 그런 그가 어려워하는 인물이 있다니. 확실히 왕궁

은 작은 단체가 아니다. 국가인만큼 막강한 힘을 가지고 있는
것이다.

"시건방진 놈이군. 크흐흐."

네크로맨서로 추정되는 사람이 바람 빠진 웃음소리를 냈
다.

"나는 북동쪽에서 온 마이네스. 한 번만 더 그 방정맞은 입
을 나불거렸다간 입술을 두 번 다시 열지 못하도록 봉해 버리
겠다."

델 키오르는 완전히 무시하며 복면을 쓴 사내에게 물었다.

"당신의 이름은?"

"밝힐 필요가 있나?"

과묵해 보이는 사내. 그가 붉은 눈동자로 델 키오르와 눈싸
움을 벌였다. 공기가 뜨겁게 타오른다. 네크로맨서 마이네스
가 웃으며 말했다.

"그는 길드탑의 악마의 정보꾼. D. 쟈칼. 그의 눈썹에 난
상처를 보니 알겠군."

마이네스라는 자의 말대로 쟈칼의 눈썹엔 보통의 사람과
는 확연히 구분할 수 있을 만한 큰 상처가 있었다. 굵고 길게
그어진 상흔은 그의 이미지를 한층 더 날카롭고 무거운 느낌
으로 이미지 메이킹했다. 그런 그가 붉은 눈으로 나를 직시하
며 강한 악센트로 물었다.

"한 가지 물어볼 게 있어 찾아왔다."

나는 양손을 들어 보이며 흔쾌히 고개를 끄덕였다.

"내가 답변할 수 있는 거라면 얼마든지."

"우리는 그대와 거래를 했으면 한다."

나는 인상을 찌푸렸다.

"뭔가 협박처럼 들리는군."

그의 눈이 더 붉게 번쩍였다.

"거절한다면 그대는 우리의 가장 큰 표적이 될 것이다."

델 키오르가 손을 꼼지락거렸다.

"요즘 꼬마들은 어른을 공경할 줄 모르는군."

그의 몸에서 하얀 수증기가 피어올랐다. 검을 뽑는 순간 광풍이 몰아칠 것이다. 하지만 막상 터뜨리진 못하고 있다. 여기가 왕궁이기에, 작은 기척만 나더라도 귀신같이 느끼고 달려올 녀석들이 쥐 떼처럼 무수히 존재하고 있기 때문이다.

"어찌할 텐가."

D. 쟈칼이 재촉했다.

그들과 손을 잡게 되면, 나는 분명 막강한 보호막을 몸에 두르게 되는 것이다. 하나 그들의 목적이 뚜렷하지 않다. 내게 밝힐 리도 없으며 무슨 이유로 내게 접근하는지는 완전한 미지수. 정체를 알 수 없는 아군은 피를 부른다.

적어도 지금껏 인간의 역사 중 그런 전례는 수없이 많았다.

나는 철저히 내가 선택한 사람들만을 이끌고 가겠다.

"거절하겠어."

그의 반응은 예상외였다.

간단히 고개를 끄덕이고 뒤로 물러섰다.

네크로맨서 마이네스가 짙게 웃었다.

"저 붉은 눈까리는 용건이 끝난 것 같은데, 당신은 어때?"

스르릉─

델 키오르가 허리춤에서 검을 꺼내 들었다.

"귀찮군. 쟈칼이든 마이네스든 결국은 내 먹이의 방해꾼. 모두 척살하고 녀석을 데려가겠다."

마이네스가 기가 차지도 않는다는 웃음을 지었다.

"엄청난 자신감이잖아, 이놈. 키킥!"

D. 쟈칼은 방관자처럼 팔짱을 끼고 벽에 등을 기댔다.

델 키오르의 본격적인 분노의 표출.

펑펑펑!

쩌적!

델 키오르가 살짝 힘을 끌어올리자 벌써부터 방 안이 난장판이 되기 시작했다. 물건이 깨지고 압력을 못 견디는지 창문이 와장창 깨졌다.

생각지도 못했던 엄청난 기세에 마이네스는 눈을 동그랗게 떴다.

"입만 산 녀석은 아니었군."

마이네스가 품속에서 금빛의 무언가를 꺼냈다.

"크히히!"

그의 손가락에 끼어 있는 물건은 상당히 커다랗고 얇았다.

설마 드래곤의 비늘?

내 예측이 맞다면 저건 분명 키르젠프와 약속했던 드래곤의 비늘이다! 델 키오르가 있는 이 상황에서 녀석의 물건을 뺏기란 쉽지가 않을 텐데. 끼어들기도 어중간했다. 머릿속에서 어떤 식의 행동이 가장 좋을지에 대한 판단은 누군가로 인해 무너져 내렸다. 그런데 그 순간 발자국 소리가 울렸다.

누군가 다가오고 있다. D. 쟈칼이 르브를 펄럭이자 그는 감쪽같이 사라졌다. 델 키오르는 이를 바드득 갈았다. 그리고 시선을 돌려 나를 보았다.

"쥐새끼처럼 숨어 있지만 말고 하루빨리 이 센트럴 왕궁에서 나오길 바란다. 그땐 당장 네놈의 심장을 탈취해 줄 테니."

그는 검을 '철컥' 검집으로 회수하고는 창문 밖으로 뛰어내렸다. 아무리 그가 검에 자신이 있다고는 해도, 일이 크게 벌어지면 곤란해질 수밖에 없다.

그 역시 이름과 얼굴이 알려져 있었기에 제3인에게 발각되는 것은 심히 까다로운 일인 것이었다.

"어이, 이클레이드의 제자. 혹시 원의 공존에 대해 알고 있느냐?"

마이네스의 갑작스러운 말에 나는 고개를 갸웃거렸다.

"그게 뭐지?"

"우리들의 원대한 계획!"

"......?"

"크히히! 머지않아 알게 될 거야. 네놈의 존재에 대해서도, 그리고 우리의 가장 궁극적인 목적에 대해서도 말이다."

"무슨 헛소리야? 말을 똑바로 해!"

"크히히! 그럼 다음에 보자, 애송아!"

철컥―

문고리가 돌아가고 문이 열리는 순간 초록색의 뿌연 연기가 방 안에 가득 찼다.

연기를 손으로 걷어내며 들어온 사람은 얼음공주라 평판이 자자한 제4공주 세이렌이었다. 연기가 모두 걷힌 후에는 이미 마이네스가 사라진 뒤였다.

"물의를 일으켜서 죄송합니다."

내가 정중하게 사과하자 그녀는 골이 깊게 패인 얼굴로 내게 물었다.

"대체 무슨 일이 있었던 거죠?"

"개인적인 일이라 말씀드릴 수가 없군요. 센트럴 왕국에 해가 가는 일은 절대 아니니 걱정하지 않으셔도 됩니다."

"하지만……."

"그동안 많은 신세를 졌습니다. 그 보답은 언젠가 반드시 갚도록 하겠습니다."

"떠나시는 건가요?"

"예."

사실 이대로 떠나기는 아쉬운 점이 많았다. 하지만 더 이상 여기 남아 있다간 불필요한 문제점만을 파생시킬 수 있었다.

놈들이 무슨 계획을 꾸미는지 알아내야 한다. 우선은 나를 노리는 녀석들의 눈을 피하는 게 급선무였고, 놈들의 정황을 파악해 내는 게 가장 필요한 시점이었다.

더 이상 정치적인 문제로 센트럴에서 시간 낭비를 할 수는 없는 노릇이었다.

"급한 일이 생겨 버려서 이만 가봐야 할 것 같군요. 절 알고 계시는 분들께 인사도 없이 떠나는 것에 대해 죄송하다고 전해주십시오."

"괜히 저 때문에 안 좋은 일만 겪다 가시는 것 같군요. 진심으로 사과를 드립니다."

"아닙니다. 바이슨과의 우호국으로서 다음에 만날 때는 좋은 관계가 되었으면 합니다."

그녀와의 적절한 관계를 형성하는 것이 내겐 도움이 될 수도 있었다. 그녀의 위치는 센트럴에 있어 굉장하다 할 수 있으니까.

공주라는 이름보다 그녀의 명성이 더 드높다. 수많은 전쟁에서 큰 승리를 이끌어왔으며, 현재 센트럴 내에서도 손가락 안에 드는 실력자니 말이다.

한번 겨뤄보고도 싶지만 현재 내 코가 석 자라 그러기엔 너무 상황이 빡빡했다.

　나는 세이렌 공주에게 마지막으로 간단히 인사한 뒤, 바로 동료들이 머물고 있는 곳의 좌표를 계산하여 빠르게 텔레포트를 시전했다.

2

　여관으로 돌아오자 종업원이 쪽지를 하나 건네주었다. 그 쪽지 내용을 보자마자 내 가슴은 급속도로 차가워졌다. 종이를 손으로 구기며 나는 주먹을 쥔 채로 부들부들 떨었다.

　후문 입구에서 북동쪽으로 300피르(M). 기다리고 있겠다. 그대가 늦을수록, 동료들의 목숨이 위태로울 것이다.

D. 쟈칼.

　'빨리도 움직였네. 개자식!'
　길드 마스터가 먼저 선수를 치기 시작했다.
　쉴 틈 없이 몰아치는군.
　나는 도시의 후문 쪽으로 텔레포트한 뒤 윈드 워크를 시전했다. 머리카락을 휘날리며 정신없이 뛰어가던 나는 갑작스런 빛의 번쩍임에 본능적으로 몸을 수그렸다.

행동의 제약이 걸려서 그만 나무에 부딪치고 말았다.

순간 강한 충격이 몸통 전체를 흔들었다.

바닥을 뒹구르르 구른 나는 어지러움에 머리를 흔들며 눈을 떴다.

주위는 온통 빽빽한 나무들로 가득 차 있는 깊은 숲.

그곳에서 전혀 생각지도 못한 녀석이 등장했다.

나는 의구심이 가득한 눈동자로 그를 노려보았다.

"갑자기 사라지더니, 이젠 칼질까지 하? 대체 왜 이러느냐, 쿤!"

그의 모습이 처음 대면했을 때와는 달라 보였다. 단순한 나무인형이 아니다. 눈에서 검은 안광이 쏟아져 나오고 검에서 어두운 살기가 삐죽삐죽 솟아 나왔다. 게다가 비교할 수 없는 기량 차이를 보인다. 그 당시엔 손성의 마법으로 가볍게 상대할 수 있었지만 지금은 싸우기 전부터 기세가 완전히 다르다는 것을 느낄 수 있었다. 마법이 먹힐지 의구심이 들 정도였다. 그는 지능이 있고 말도 할 수 있다. 그러나 대답은 엉뚱한 곳에서 들려왔다.

"정신력이 약한 영혼이더군. 손쉽게 마인드를 컨트롤할 수 있었다."

"D. 쟈칼!"

내 외침에 그가 망토를 펄럭이며 나무 끝에서 뛰어내렸다.

바닥으로 먼지의 작은 파문 하나 없이 착지한 그가 무표정한 얼굴로 다가온다.

"너와 나의 이야기는 끝났을 텐데. 더 할 말이 남았나?!"

"마스터에게 2차 협상을 하라는 명을 받았다. 그대가 우리와 손을 잡지 않는다면……."

그가 잔혹하게 웃었다.

"그대를 제거한다."

나는 화가 머리끝까지 치솟았다.

"대체 날 죽여서 얻는 이익이 뭐야?!"

길드는 정보를 목적으로 설립된 집단이라 알고 있다. 그런 그들이 왜 나에게 관여하려는 것인가.

도저히 이해할 수 없었다.

"내가 이클레이드의 제자라는 것을 알면서도 날 협박해? 당신들이 그토록 대단한 집단인가!"

그가 처음으로 움찔거렸다.

이클레이드라는 이름의 영향력은 그 정도로 컸다. 대륙의 마나를 지배하는 사람이라고까지 불리는 노인이다. 그런 그의 제자가 죽임을 당한다면, 분명 진노한 이클레이드가 복수의 손길을 뻗치는 것은 당연한 결과.

그럼에도 그들이 나에게 서슬 퍼런 칼을 들이미는 이유가 무엇이란 말인가.

"그대를 우리 편으로 이끌고 싶은 욕심 때문이다."

"그것이 이클레이드의 배경마저 무시할 수 있는 이유가 되는가?"

그가 어두운 얼굴로 고개를 끄덕였다.

"그렇다."

"확신이 서지 않는 곳과는 손을 잡을 수 없어!"

나는 쿤에게로 돌아섰다.

"내 길은 내가 걸어가겠다."

스르룽—

검이 청명한 소리를 냈다.

나는 비옥한 숲의 토지를 밟으며 튕겨져 나가듯 쿤에게로 쏘아져 나아갔다. 쿤이 몸을 회전하며 부드럽지만 무겁게, 화려하지만 예리하게 검을 휘저어왔다.

헤이스트로 몸의 반응 속도를 올리고 검을 맞닥뜨렸다.

채쟁!

검과 검이 부딪치자마자 나는 반탄력 때문에 뒤로 훌쩍 날아가 버리고 말았다.

쿠웅!

나무에 등을 부딪쳐 고통스런 신음이 흘러나왔을 때, 이미 코앞으로 당도한 쿤의 검이 무서운 속도로 얼굴을 향해 날아오고 있었다.

차앙!

올려 쳐진 검을 막아내고 팔꿈치로 쿤의 머리를 가격했다. 속이 빈 '텅!' 거리는 소리와 함께 그가 뒤로 주춤주춤 물러났다.

나는 바로 마법을 연사했다.

"파이어 볼(Fire Ball)!"

나무 재질에 있어 불 속성은 쥐약이나 다름없다. 그런데 무슨 짓을 해놓은 것인지 파이어 볼에 직격당한 채로도 약간 그슬린 것 빼고는 멀쩡했다.

자세히 보니 그의 몸 주위로 하얀 막이 쳐져 있었다.

구경하던 D. 쟈칼이 친절히 설명했다.

"간단히 디펜스 마법을 걸어놓았지. 마법 방어율이 꽤 높을 거다."

나는 이를 바드득 갈았다.

"지금 쿤과 함께 나를 공격하지 않으면 후회하게 될 텐데?"

"글쎄… 그대의 말이 가소롭게만 들리는군."

방금 내뱉은 말을 주워담지 않은 것을 땅을 치고 후회하게끔 만들어주마!

불의 정령이여,

참혹한 지옥의 망령을 태우는 그 힘을 받아들이려 하나니.

흐르는 불길의 소용돌이 속에서 그대를 부르도다.

"409체계. 정령의 분노."

불의 정령계로부터 소환된 화염이 쿤에게로 향했다. 그의 주위로 순식간에 불길이 확 치솟았다. 엄청난 열기에 주위 식물들이 다 타 들어가고 쿤도 고통스런 영혼의 울음소리를 흘려냈다.

불길 속에 갇혀 있는 그에게 에너지 볼트를 마무리로 날리려는 찰나 그가 불길을 뚫고 내게로 몸을 날렸다.

직선으로 날아온 검끝이 파공성을 내며 내 이마를 겨냥했다. 나는 급히 머리를 숙이며 땅에 양손을 붙였다.

"385체계. 홀리 그라운드!"

쿤의 발아래에서 흙이 치솟으며 빠르게 그의 몸을 휘감았다. 마나의 유동으로 인해 흙은 딱딱하게 굳었고 그로 인해 그의 움직임은 봉쇄될 수밖에 없었다.

강해지긴 했지만 이런 인위적인 강함으로 나를 쓰러뜨릴 수는 없다.

쿤, 안타깝지만 너와의 인연은 쉬기까지인가 보다.

"파이어 블레이드(Fire Blade)!"

검에서 밝은 불꽃이 타올랐다.

감당할 수 없는 불길이 치솟았고 나는 일말의 감정 없이 검을 휘둘렀다. 마치 불사조의 날갯짓처럼 검이 닿는 불길의 방향은 눈부시게 화려했다.

어떠한 과정이 되었든 나를 배신한 상대에게 아량 따위를 베풀 생각은 없었다. 결과를 인지하고 가능한 좀 더 파괴적이고, 좀 더 강하게 파멸시킬 수밖에 없다. 그것이 내가 걸어가는 길의 흔적을 남기는 방법 중 하나다!

쾌아아앙!

쿤의 몸이 산산조각나며 사방으로 흩어졌다. 쿤의 몸통, 아니, 나무 파편들은 숲과 함께 활활 타올랐다.

시커먼 연기 냄새.

나는 약간은 젖은 눈동자로 쿤의 시체 아닌 시체를 보았다.

나에게 충성을 맹세했던 녀석이다.

결과가 좋지는 않지만 나는 그를 하나의 인간으로 내 마음 속에 넣어두고 있었다.

"내 손으로 처리하게 될 줄이야……."

나는 무겁게 경례했다.

"당신은 이상한 사람이군."

D. 쟈칼은 이해할 수 없다는 듯 고개를 갸웃거렸다.

"어찌 나무 따위에게 진지한 거지?"

"입 닥쳐! 내 동료를 모욕하지 마라."

그가 비틀린 웃음을 지었다.

붉은 눈이 요사스럽게 번쩍였다.

"형편없군! 그따위 정신 상태라니. 소문으로 듣던 이클레이드와는 아주 정반대의 성격이구나. 너무 둥글둥글해서는 그 뒤를 이을 만한 재목이라고 보기가 힘든데 말이다."

"적어도 네놈보다는 훨씬 훌륭한 삶을 영위해 가고 있으며, 바른길, 당당한 길을 가고 있다. 너에게 그런 소리를 들을 이유는 없다."

"인생을 좀 더 살아보면 알게 될 것이다. 그런 건 다 시건
방진 소리라는 것을."

더 이상 그와 대화했다가는 간신히 잡고 있는 인내를 놓쳐
버릴 것만 같았다. 나는 화제를 돌려 가장 우선적인 질문을
던졌다.

"내 동료들은 어디 있지?"

내 물음에 그는 턱짓으로 한쪽 방향을 가리켰다.

그곳에는—거리가 꽤 있지만—분명 내 동료들이 틀림없는
녀석들이 거대한 나무 하나에 줄줄이 묶여 있었다.

그들도 실력이 상당하다. 그런데도 저리 무력하게 잡혔다
는 것으로 보아 절대 그를 얕잡아볼 수 없는 것이었다.

악귀처럼 붉게 타오르는 그의 빨갛게 번쩍이는 안광을 노
려보면서 나는 검을 굳게 잡았다.

징글징글한 놈들!

"내가 너희와 손을 잡을 때까지, 길드 마스터는 끝까지 나
를 노리겠군?"

"물론."

"이클레이드가 무섭지 않은가 보군."

"길드는 거대한 집단이다. 아무리 그라고 해도 간단히 생
각할 만한 곳은 아니지."

"길드의 끄나풀인 당신이 이 정도 실력이라면 정말이지 꿍

장한 녀석들이 모여 있겠는데?"

내 비꼬는 말이 통했다.

"끄나풀이라니! 말조심하라!"

그가 늑대마냥 하얀 이를 드러냈다. 짐승처럼 야만적인 감정을 가진 사내였다. 나는 그런 그를 조롱하듯 놀렸다.

"길드는 내 자신을 자신의 것들로 만들려 하지. 그건 중대한 실수였다. 네놈이 속해 있는 그 집단은 종래엔 내 발아래에 위치하게 될 것이다!"

"오만한 놈! 더 이상 네놈의 입을 놀려두게끔 만들 수 없다. 다크 소드(Dark sword), 명을 받으라!"

D. 쟈칼의 외침과 함께 갑자기 하늘에서 온몸을 검은 천으로 둘둘 만 사내 스무 명가량이 '후두둑' 떨어져 내렸다.

모두들 가늘고 긴 검을 들고 있었다. 눈에는 감정이 없다. 전문적인 암살자. 그들의 눈에는 오로지 '살인'이라는 목적의식만이 강하게 자리 잡아 있었다.

D. 쟈칼은 마치 사형 선고를 하는 듯한 동작으로 손을 휙 내렸고 그에 검은 천의 사내들은 무서운 기세로 달려왔다. 반드시 죽이고야 말겠다는 강한 의지가 엿보였다.

쿵쾅쿵쾅!

언제나 싸움을 할 때는 심장이 크게 두근거린다. 싸울 때는 제정신이 아니다.

베고 찌르고 불태우고 얼리고…

어찌 정상적인 사고를 가지고 그런 행동을 서슴없이 저지를 수 있을까. 겉으로 편안해 보이는 것은 무감각해지려고 노력하는 것일 뿐이다.

"하아압!"

촤아아악!

목을 깨끗하게 잘라냈다.

하늘 위로 치솟는 머리.

그 머리가 바닥에 떨어지기 전에 나는 이를 악물며 마법을 시전했다. 양손에서 파란 스파크가 튀어 올랐다.

"혼돈의 세계 속에서 구원자의 발자국을 찾는다. 그 흔적에 날카로운 파장이 숨어 있으니. 467체계. 에너지 서클!"

내 몸 주변에서 번개가 원을 그리며 퍼져 나간다. 굉장히 넓은 범위이기에 상당수의 암살자들이 전격에 감전되어 몸에서 검은 연기를 내뿜으며 쓰러졌다.

공중으로 높게 뛰어올라 에너지 서클을 피한 사내들이 품속에서 다트를 던졌다.

한 손가락에 세 개씩 잡히는 다트를 던져서 무려 삼십 개 이상의 다트가 소나기처럼 쏟아져 내렸다. 쉴드를 캐스팅하자 다행히 힘이 부족한 다트는 내 간단한 방어막으로 인해 모두 막아낼 수 있었다.

호흡이 거칠어져 있는 그들에게 검을 들고 뛰어들었다. 아직 체력이 여유로운 내 검은 마법적 버프가 걸려 있었기에 힘도 강하고 속도감도 있었다.

검을 휘젓자 암살자들은 낙엽처럼 쓰러져 나갔다.

이미 마법으로 인해 그들은 판단성과 냉정성을 잃은 듯했다. 내 검은 기대 이상으로 잘 먹혀 들어갔다.

마력의 쓸데없는 소실 없이도 그들을 상대하기엔 충분했다. 나는 그런 식으로 조금씩 보이지 않는 속도로 강해지고 있었다.

푸부북!

단숨에 열일곱 명을 베어 넘겼다.

내 몸속에 감돌고 있는 피들이 낯설게 느껴진다. 너무 많은 살인을 해서인지 현실적인 감각이 급속도로 무뎌진다.

남은 수는 셋.

그들은 눈치를 살피다가 필사의 정신으로 내게 공격했다. 죽지 않기 위해, 명을 받들기 위해 그들은 온 힘을 다해 내게 공격했다. 하지만 그들은 한계가 있었다. 단순한 검으로는 나를 이길 수 없다.

"525체계. 권풍!"

콰아앙!

주먹이 가슴을 강타하자 가슴뼈와 갈비뼈가 부러지며 피를 한 움큼 토해냈다. 게다가 약 십여 피르를 날아가더니 나무에 몸을 부딪치고서야 몸이 지면으로 떨어질 수 있었다.

즉사한 듯 그는 조금도 꿈틀거리지 않았다.

그 광경을 본 남은 두 명의 암살자는 D. 쟈칼의 눈치를 살피다가 이내 내게로 뛰어들었다. 어차피 도망가 봤자 D. 쟈칼의 손을 벗어날 수 없다는 것을 인지한 모양이다.

하지만 지금 네놈들이 내게로 몸을 던지는 것 역시 불속에 뛰어든 나방과 같은 격이란 걸 모르는구나. 크큭.

확실한 이미지를 심어주마.

나는 내 마음속에 자리 잡고 있는 악의 감정을 표출해 냈다. 당장이라도 폭발할 것처럼 가슴이 쿵쾅거렸다.

다시 만나게 되는군.

피를 잠식하는 악마의 이빨이여.
어둠을 집어삼키는 뜨거운 식탐이여.
그 차디찬 죽음의 늪으로 유도하나니,
내게서 그 지옥의 현실을 창조할 힘을 부여해다오.

"530체계. 다크 스웜(Dark swarm)!"

검은 연기는 그들이 인지하기도 전에 엄습했다. 숨이 콱 막혀오고 그들의 얼굴은 금방이라도 터질 것처럼 벌게졌다. 마력의 압력을 높일수록 그들의 비명 소리가 처절하게 울려 퍼졌다.

자신의 부하들이 죽어감에도 D. 쟈칼은 그저 지켜볼 뿐이었다. 동요는커녕 눈 하나 깜짝이지 않는 그의 악랄한 감정은 무서울 정도로 침착했다.

"크아아아악!"

연기가 몸을 옥죄면서 뼈가 부러지고 생살은 찢어지며 그들의 감정마저도 무너뜨려 버린다. 정신력이 극한으로 발달되어 있는 그들이었지만 다크 스웜 앞에서는 여과없이 무너지고 있었다.

뻐드득 뻐드득!

목뼈가 부러지고 온몸의 뼈마디가 부러지는 모습은 정말이지 소름 끼치는 광경이었다. 2분도 채 되지 않아 그들은 만신창이가 된 몸으로 바닥에 차가운 시체가 되어 쓰러졌다.

츠츠츠츠.

다크 스웜이 거두어지고, 나는 시체산이 되어버린 곳 너머로 서 있는 D. 쟈칼을 뚫어지게 응시했다.

"더 남았는가?"

그는 고개를 저었다.

다크 스웜의 파장 때문인지 하늘에서 빗방울이 떨어져 내리기 시작했다.

후두두둑.

쏟아지는 빗줄기 아래 붉은 피가 빗물에 씻겨 내려갔다. 수많은 시체를 내 손으로 만들었다. 하지만 이젠 무덤덤하다. 한번 겪고 난 일은 경험할수록 감각이 무뎌질 수밖에 없다. 인간은 적응의 생물.

그렇다곤 해도 손에 피를 묻혔는데 정상인처럼 평범할 리가 없었다. 심장 박동 수가 빨라지고 입에서는 거친 호흡이 흘러나오고 있었다.

나는 땅에 떨어진 내 검을 주워 들었다.

그리고 천천히 D. 쟈칼에게로 걸어갔다.

첨벙첨벙!

소나기 때문에 바닥은 금세 축축해졌다. 시체 사이를 지나 그를 눈앞에 두었을 때, 내 입에서 강한 기합이 터져 나왔다.

"흐아아압!"

휘이익!

미리 준비해 놓은 마법 주문 때문에 검을 휘두르는 순간 마법이 캐스팅되었다.

돌풍 같은 기세로 날아간 검을 그가 순간적으로 검을 꺼내어 막아냈다. 검에서 부는 바람의 폭풍 때문에 그의 망토가 찢겨지고 뒤로 훌쩍 날아갔다.

망토가 멀찍이 날아가자 잔잔히 갈라진 근육을 가진 그의 몸이 적나라하게 드러났다.

그의 빨간 눈동자가 번쩍임과 동시에 하늘에서 우레가 쳤다.

꽈르릉!

나는 검을 거두어 마력을 실은 검을 종횡무진 휘둘렀다. 날카로운 마력의 검기가 빗물을 가르며 D. 쟈칼에게로 날아갔다.

그가 양팔을 교차시키며 '디펜스'라고 중얼거리는 순간 원형의 거대하고 얇은 막이 생겨났다.

그 방어막으로 인해 내 마력의 검기는 효과없이 무산될 수밖에 없었다. 그리고 그는 본격적으로 허리춤에서 검 두 개를 꺼내 양손에 쥐었다. 악당으로 너무 잘 어울리는 모습이었다.

"항상 이야기의 전개는 이렇게 마무리되지. 부하들을 모두 잃고 혼자 남는다. 그리고 멋들어지게 패배하는 방향으로 종결."

D. 쟈칼은 가볍게 반론했다.

"그건 소설 속 이야기에서나 그렇다. 현실은 다르다."

"이거 소설이야, 멍청아!"

나는 콧방귀를 뀌며 마법 화살을 날렸다.

잔상을 남길 정도로 빠르게 움직이며 피한 그가 가까이 달려온다. 이건 경험으로 알게 된 것인데 마법만을 계속해서 난사하다 보면 일 대 일 상황에선 반드시 엄청난 위기가 닥칠 수밖에 없다.

때문에 상대가 강하다면 잔잔한 마법과 검을 씀과 동시에 기회를 잡았을 때, 빈틈이 생겼을 때야말로 큰 마법을 쓰는 것이 적절한 것이다.

그 기회가 지금이었다.

몸속에서 용솟음치고 있는 마력을 터뜨렸다.

분노의 표출은 화려하게 태어났다.

"블래스트 붐!"

D. 쟈칼의 발아래에서 거대한 불기둥이 솟아올랐다. 불기둥에 직격당한 그는 지독하리만큼 처절한 비명을 내질렀다.

"크아아악!"

불기둥에서 벗어나 바닥을 뒹구는 그는 온몸이 그슬려 시커멓게 재처럼 타 있었다. 그러나 생명의 불은 아직 꺼지지 않았다. 붉은 안광이 더 살벌하게 번뜩이며 무시무시한 위세를 드러냈다.

그는 내가 재차 공격하기도 전에 일어났다.

"더 이상의 거래는 없다. 반드시 그대를 죽이겠어."

그가 이를 바드득 갈며 달려들었다. 직선으로 달려오고 있는 그에게 295체계 '플라잉 피스트'를 시전했다. 손에서 하얀 빛이 일렁이기 시작했고 주먹을 내뻗는 즉시 주먹에서 하얀 빛줄기가 섬광처럼 쏘아졌다.

몸을 완전히 아래로 숙여 플라잉 피스트를 피한 그가 순식간에 내 앞으로 도착, 그의 양손에 들린 카타르로 보이는 그 무기가 동시에 교차되며 휘둘러졌다.

검으로 가드를 해 한쪽 검은 막아낼 수 있었지만 나머지 한 손, 왼쪽 손에 들린 검은 막아낼 수 없었다. 그의 날카로운 검이 갈비뼈를 베었다.

'파악!' 피가 튀어 순간 몸에 힘이 쭉 빠지는 느낌이 들었다. 전투 중 출혈이란 그만큼 위험한 것이다. 순간적인 빈혈로 인해 몸이 휘청거릴 때, 그의 소름 끼치게 날카로운 검이 내 심장을 향해 찔러 들어왔다.

시간이 촉박해 마법으로 쉴드를 펼칠 시간도 없었다. 나는 본능적인 방어로 손으로 검날을 잡았다. 손을 찢고 들어온 검은 심장에서 약 3피스 차이로 멈추었다.

손으로 놈의 검을 쥔 채 힘 싸움.

"크윽……."

나는 스트렝스 마법으로 그의 검을 점점 밀어내고 오른손에 들린 검으로 그의 복부를 베었다.

차아악!

새파랗게 질린 얼굴로 D. 쟈칼이 뒤로 몇 발자국 물러났다. 배를 부여잡은 채 주문을 외운다. 그의 몸 주위로 나뭇잎과 수직으로 떨어져 내리는 빗물이 회전했다.

더 이상 틈을 줄 수 없어!

땅에 검을 박고 강력한 마법체계를 발현한다.

유라이스오 34번째 트라이우마.

존재성 증명의 이클레이드 마법공학론 제7차배열을 위배하며 하늘의 울음을 함께한다.

"600체계. 대지의 뇌전!"

땅에 박힌 검에서 엄청난 전력 에너지가 방출되었다. 빗물 때문에 더 강한 번개 에너지를 발출했기에 그 파괴력은 상상을 초월했다.

게다가 처음으로 600대를 시전했음에도 몸에 큰 무리가 없었다. 성장한 것이다. 강해진 것이다. 나는 희열에 찬 얼굴로 마력 투자를 더 급증시켰다.

파지지직!

"기억해라. 네놈의 오만과 자만이 죽음을 불렀다는 것을!"

"아직 끝나지 않았다!"

그가 양손을 마주치자 머리 위로 검은색의 커다란 구가 생성되었다. 심상치 않아 보이는 에너지가 흐르고 있었다.

그것은 대지의 뇌전과 맞부딪쳤고 곧 엄청난 충격을 일으켰다. 나는 텔레포트로 D. 쟈칼의 머리 위로 이동해 검을 쥔 채로 떨어져 내렸다.

"612체계. 선홍의 검무!"

머릿속에서 공식과 함께 한 인영의 움직임이 확연하게 그려졌다.

나는 그 움직임을 그대로 따라갔다.

거짓말처럼 몸이 움직인다.

머릿속에 그려진 영상처럼 완벽하게!

이것이 체계의 마법!

온몸을 지배할 수 있는 능력!

검이 화려하게 그어졌다.

스으윽!

내가 지나간 자리에는 검의 흔적이 남았다.

그의 온몸에서 피가 솟구쳐 올랐다.

눈과 코, 입과 귀에서 용암처럼 뜨겁고 붉은 피가 주르륵 흐른다.

털썩.

커다란 장신의 사내가 마치 거목이 쓰러지듯 넘어갔다.

쏟아지는 빗줄기가 장렬하게 D. 쟈칼의 등을 때렸다.

쏴아아―

승부가 끝난 게 느껴지자 긴장이 풀렸다. 온몸에 힘이 쫙 빠졌다. 나는 내 몸에 흐르는 출혈을 막기 위해 힐을 시전했다.

위이잉!

피가 멎고 상처가 아물었지만 이미 빠져나간 피 때문에 약간 어질어질한 것은 어쩔 수 없었다.

그 순간,

"어?"

구구구궁!

대지의 뇌전과 D. 쟈칼의 힘이 맞부딪친 파장 때문에 대지가 심하게 흔들렸다. 그리고 바닥엔 검은 전류가 흐르고 있었다. 나는 정신을 집중해 속성 마법을 캐스팅했다.

흐름을 관리하는 나이로프테 여신이여.

불필요한 공간을 백업하여 그대의 공간으로 가져가고자 하나니.

작은 힘을 일으켜다오.

"555체계 공간의 백업."

바람이 불었다.

내 몸 주위로 투명한 바람이 넘실거린다. 그 바람엔 가공할 만한 기운이 서려 있었다. 그 기운들은 사방으로 흩어지더니, 검은 기류들을 조금씩 잠식해 나가기 시작했다.

사납게 소용돌이치던 기운들과 활활 타오르는 불길은 내 마법으로 인해 완전히 소거되어 나갔다.

그 후 나는 쏟아지는 빗줄기 속에서 차갑게 식어버린 D. 쟈칼을 내려다보았다.

이제는 어쩔 수 없이 길드와 전면전이 되어버렸다.

그를 죽였으니 앞으로 더 강한 녀석들이 더욱더 치밀하게 나에게 접근할 것이다.

나는 손에 쥔 검을 꽉 움켜쥐었다.

'피할 수 없는 길이라면 이젠 도망치지 않겠어. 내 앞을 가로막는 자들 모두 무너뜨려 주마. 그 누구에게도 약하지 않도록 강해질 것이다!'

철컥!

허리춤에 걸린 검집으로 검을 회수하고 동료들에게로 걸어갔다. 그들은 천 년은 훨씬 넘어 보이는 나무에 굴비처럼 엮여 있었다. 질펀한 진흙땅을 푹푹 밟으면서 나는 한심하다는 표정으로 그들을 둘러보았다.

"대체 무슨 꼴볼견들이냐."

"면목없습니다."

장 얀느는 지친 얼굴로 고개를 푹 숙였다.

"크릉. 저도 겨우 이긴 주제에."

나는 베놈의 머리통을 한 대 후려쳤다.

"죄송해요. 또다시 짐이 되어버렸네요."

에아르웬은 기어들어 가는 목소리로 그렇게 말했다.

"짐이 아닙니다. 제가 강해질 수 있었던 것은 동료들이 있었기 때문입니다."

"네?"

"저 혼자서 이 길을 걸어왔다면 아마 이룰 수 없었을 것입니다. 600체계의 힘도, 세상을 보는 제 새로운 시각도 말입니다."

컹컹!

꼬리가 묶여 있던 반은 밧줄이 풀리자 이제 살겠다는 듯 방방 뛰며 좋아했다. 몸을 털자 몸에 묻은 빗물이 사방으로 튀었다.

나는 웃으며 녀석의 머리를 쓰다듬어 주었다.

나는 고개를 들어 하늘을 보았다.

비가 지나치게 많이 쏟아지고 있었다. 문득 하늘의 먹구름
이 마치 내 앞길을 예고하는 것만 같았다.

"앞으로 더 험난한 길을 걷게 될 거다. 하지만 헛된 길은
되지 않을 거야. 앞으로도 나와 함께 가자."

"크릉. 갑자기 왜 그런 당연한 스리를 하고 난립니까."

내가 빙긋 웃었을 때 에아르웬이 슬픈 곡소리로 말했다.

"죄송해요. 전 여기서 이만 헤어져야 할 것 같아요."

베놈이 놀란 얼굴로 물었다.

"무슨 소리야?"

"여기서부터 조금만 더 가면 엘프의 숲입니다."

나는 씁쓸하게 웃었다.

"드디어 도착지군요."

내 말에 그녀가 무겁게 고개를 끄덕였다.

"생각보다 우리가 함께한 시간은 굉장히 짧았던 것으로 느
껴집니다."

훌쩍이는 에아르웬을 보고 베놈이 신경질적으로 소리쳤다.

"뭘 울고 그래!"

"베놈, 너도 에아르웬에게 꽤 정이 들었나 보구나."

"크… 크릉, 무슨 그런 헛소리를!"

"됐다."

"아 거, 아니라니까 그러네!"

나는 베놈을 무시하며 에아르웬에게 정중히 물어보았다.

"실례가 안 된다면, 엘프의 숲에 우리를 초대해 주시겠습니까?"

그녀가 살짝 놀란 얼굴로 고개를 들었다.

"네?"

"뭐, 가능하다면 말입니다. 이대로 헤어지는 것은 너무 아쉬우니까."

그녀가 촉촉이 젖은 눈으로 우릴 보며 물어본다.

"괜찮으시겠어요?"

베놈이 실룩거리며 웃었다.

"괜찮지 못할 건 또 뭐야."

그녀가 눈물을 닦으며 웃었다. 도저히 브로크웨이라고 의심받을 만한 모습이 아니었다. 그녀에게는 브로크웨이 특유의 냄새도 느낌도 없었다.

그냥 순수한 엘프로만 보였다.

이쯤 되면 장 얀느가 의심될 정도다.

"자, 그럼 어서 출발하지. 비를 계속 맞으면 고열에 시달릴 거야."

"크롱! 너무 묶여 있어서 팔다리가 아픈데 힐 좀 쏴주십쇼."

"별 시답잖은 걸 다 부탁하는군."

나는 그렇게 말하면서도 '올 힐(All Heal)'을 시전했다. 내 발아래 주위로 커다란 마법진이 생겨났다. 그곳에서 하얀 빛이 올라왔고 그것에 접촉된 사람들은 모두 상처와 피로가 회복되기 시작했다.

마법이 사라지고 난 뒤 베놈이 멍한 표정으로 나를 보았다.

"진짜 해주네."

"그럼 가짜로 해주냐."

"엄청 대단해 보이는 마법인데, 힘들지 않습니까?"

"마법이란 사용할수록 마력을 증폭시키지. 경험치적인 의미. 내게 손해는 아니야."

"크롱. 그럼 틈날 때마다 써주십쇼. 요즘 삭신이……."

"한 번만 더 그딴 소리 나불거리면 오크 불고기가 될 줄 알아라."

베놈은 입술을 삐죽거리며 팔자걸음으로 휘적휘적 걸어갔다.

그 모습을 보며 피식 웃는 에아르웬이 다소 침체된 목소리로 말했다.

"베놈님과 로크님을 보면 정말 깊은 사이라는 걸 알 수 있어요."

"저와 베놈이 말입니까?"

"네."

나는 피식 웃었다.

"확실히 재미있는 놈이긴 하죠."

그녀는 웃고 있었으나 슬픈 얼굴이었다. 나는 마지막이기도 해서 뭔가 해줄 게 없을까라고 생각하다가 엄청 커다란 나뭇잎 하나를 발견하고는 그걸 뜯어왔다.

나는 마력을 일으켜 나뭇잎을 조종했다.

커다란 나뭇잎은 펄럭거리며 에아르웬의 머리 위로 올라왔다. 그걸 보고 에아르웬은 크게 미소 지었다.

"와아— 멋있어요."

베놈이 걸어가다가 뒤를 삐죽 돌아보곤 나에게 소리쳤다.

"어?! 나도 해주십쇼! 크릉, 저도 비 맞는 거 안 좋아합니다!"

나는 인상을 확 찡그렸다.

"진짜 무슨 어린애도 아니고."

베놈이 저 큰 덩치로 철퍽철퍽 땅을 밟으며 뛰어왔다. 내 앞에서 얼마나 부담스럽게 쳐다보는지 거절할 수가 없었다.

"장 얀느랑 반도 데려와."

"예!"

베놈은 뒤처져 있는 장 얀느와 반에게 뛰어가며 '빨리 이리 와!' 라고 소리쳤다. 이내 한자리에 다 모여 같이 걸으면서 우리는 십여 장의 나뭇잎의 보호를 받으며 숲을 가로질렀다.

하고 보니 꽤 장관이라 재미있는 추억으로 남을 듯싶었다.

대화를 나누며 약 20여 분을 걸었을 때 에아르웬이 어딘가를 가리켰다.

"저기예요."

Chapter 22

엘프의 숲

1

엘프의 숲은 다른 숲과 별로 다르지 않았다. 초록빛이 순간 순간 어디선가 번쩍이는 것 말고는 보통의 숲과 특별한 차이점을 발견할 수 없었다.

드문드문 신기한 생물체들이 보이는 것도 엘프의 숲 특징이라면 특징이었다.

내게 이것저것을 설명해 주며 걷던 에아르웬은 어느 특정위치에 오게 되자 잠깐 주위를 살핀 뒤 휘파람으로 노래를 불렀다. 그러자 사방에서 작은 요정들이 날갯짓을 하며 우리의주위로 몰려들기 시작했다.

그들의 모습은 인간의 형태였는데 등에 날개가 있었다.

크기는 아주 작다.

새끼손가락보다 약간 긴 크기.

파닥거리며 우리를 마치 신기한 동물을 보듯이 관찰하고 있었는데 생각 같아선 이 귀찮은 요정들을 손가락으로 튕겨버리고 싶었다. 하지만 에아르웬의 눈치도 있고 해서 그것은 못할 짓이었다.

에아르웬은 그 요정들과 긴 대화를 나누었다.

엘프 어라 무슨 말인지 알아들을 수가 없었다.

여러모로 거슬리는 눈길을 받던 차에 누군가 나타났다.

"에아르웬, 오랜만입니다."

불쑥 숲을 헤치고 모습을 드러낸 한 사내를 보고 나는 깜짝 놀랐다. 지금껏 바이슨으로 향하는 여행을 해오면서 본 남자 중 가장 미적 가치가 높은 남자였다. 그 역시 엘프인 듯 에아르웬과 같이 귀가 길고 눈이 크다.

피부는 사람의 것이 아닌 것처럼 마치 백옥 같았다.

늘씬한 키에 매료되어 버릴 것 같은 외모.

그가 조각 같은 입을 열었다.

그는 의외로 대륙의 공동어를 구사했다.

"이들은 누구입니까?"

"이쪽은 저와 지금껏 길을 함께 해주신 분들입니다."

엘프 사내가 우리를 낯선 시선으로 훑어보았다. 베놈의 이마에 힘줄이 빡 돋았지만 녀석도 눈치가 있기에 섣불리 나서진 않았다.

확실히 엘프 사내는 우리를 별로 달갑게 보지 않았다. 아마도 인간과의 유대 관계가 상당히 나쁜 듯했다.

그럴 수밖에 없는 것이 인간은 미에 탐욕을 드러내기 마련이라 노예라는 저질스런 풍습 때문에 그동안 수많은 여엘프들이 수치와 모욕, 개죽음을 당한 전례는 물론이고 역사책에서는 인간을 믿었던 엘프들의 처참한 최후라는 내용만을 기억해 봐도 그들이 인간과 가까워지기에는 이미 너무 많은 감정 차이가 생겨 버린 것이었다.

나는 그들의 마음을 최대한 이해해 정중하게 인사했다.

"처음 뵙겠습니다. 로크라고 합니다."

그는 대답없이 에아르웬에게로 시선을 돌려 물었다.

"작별 인사는 하셨습니까?"

그의 거침없는 말에 에아르웬이 잠깐 당황했다.

"아… 그게……."

난처해하는 그녀 대신 내가 입을 열었다.

"에아르웬님이 저희를 엘프의 숲으로 초대하셨습니다."

그가 인상을 확 찡그렸다.

"안 됩니다!"

일언지하에 거절하는 그의 모습에 에아르웬은 이러지도 저러지도 못하며 허둥거렸다.

"그녀와 여기서 헤어지는 게 아쉬워 그러니 한 번만 더 생각해 주시겠습니까?"

남자 엘프는 에아르웬을 보며 진심을 담은 눈동자로 물었다.

"믿을 만한 사람들입니까?"

에아르웬은 진지한 얼굴로 고개를 끄덕였다. 그제야 그는 마지못해 자신을 소개했다.

"저는 엘프의 숲, 치안 관리를 맡고 있는 크로니아라고 합니다."

우리 역시 각자 자기소개를 했고 베놈을 소개하는 순간에 약간의 사나운 기운이 맴돌았다. 오크 족은 대부분의 종족과 대립 관계에 서 있기 때문이다. 어쨌든 간단히 인사를 끝내고 크로니아를 따라 엘프의 숲으로 들어간 우리는 엘프들이 사는 포레이스라는 마을을 보고 깜짝 놀랐다.

모두 초록빛이다.

나뭇잎과 풀로 집을 이루었고 엔트들이 우드득 우드득 소리를 내며 걸어다녔다. 요정들이 수도 없이 아름다운 자태와 빛을 내며 날아다니고, 모두 눈이 부실 정도로 아름다운 사람들만이 존재해 멍한 기분이었다.

마치 천계에 올라온 듯한 기묘한 기분.

엄청 새로운 세계에 들어온 것만 같아 반쯤 넋이 나간 우리에게 엘프들이 마치 신기한 생물을 보듯이 구경 나왔다.

크로니아는 간단히 무시하며 우리를 어디론가 데려갔다.

그곳은 나뭇잎으로 이루어진 거대한 집이었다. 다른 곳과 다른 점이라곤 단지 크기밖에 없었지만 왠지 모를 강력한 기운이 느껴지는 곳이었다.

"안으로 들어가시죠."

크로니아는 무표정한 얼굴로 우리를 안쪽으로 안내했다.

안으로 들어가자 어두운 공간을 에메랄드 빛 야광석이 은은한 빛을 뿜어 밝히고 있었다. 그리고 여기저기 달린 동그란 형태의 무엇인가는 꽤 강한 초록빛을 발하고 있었다. 때문에 이 집 안으로 들어온 사람들은 모두 초록빛으로 보였다.

그들은 숲의 종족인만큼 뼛속까지 자기 자신의 색을 잃지 않고 있었다.

"처음 뵙겠습니다. 로크라고 합니다."

내 자신을 소개하자 그가 잠깐 나를 응시한다.

작은 키에 각지고 넓은 턱. 얼마나 오래 산 것인지 주름이 나이테처럼 주글주글하고 피부가 탁했다. 그래도 꽤 중후하게 늙었고 왠지 모를 강력한 느낌이 감돌아 긴장해야 할 상대였다.

그가 나에 대한 간단한 탐색을 마친 뒤 자리를 내어주었다.

"이리로 와 앉으시오."

속이 빈 껍질로 된 나무 의자에 모두 착석하고 크로니아가 밖으로 나갔을 때 노인이 입을 열었다.

"이야기는 들었소이다. 에아르웬과 함께 동행하신 분들이라고?"

"네. 짧은 시간이지만 꽤 의미있는 여행이었습니다."

"다행이구만. 덜렁대는 녀석이라 많이 피곤하셨을 텐데."

한 여자 엘프가 차를 내어왔다.

초록색의 이그라드실 잎을 띄운 투명한 차였다.

"한번 드셔보시지요. 마음을 차분하게 하고 머리를 정화시켜 준답니다."

"예, 그럼……."

베놈은 우리들의 대화를 불만족스러운 얼굴로 지켜보다가 차를 한입에 들이켰다. 반면 장 얀느는 꽤 오랫동안 차의 이곳저곳을 살폈다. 마치 '독약이 들었나?' 혹은 '깨끗한가?'와 같은 오묘한 시선으로 말이다.

나는 생각없이 차의 맛을 맛보았다.

짧게 한 모금 마시자 달콤한 향이 코끝을 찌르고 올라왔다. 약간 쓴맛이 있긴 했지만 확실히 차를 마시자 마음이 차분해지고 머리가 시원해지는 느낌이 들었다.

"좋은 차군요."

"그렇지요. 우리 엘프들이 가장 좋아하는 차랍니다."

나는 차를 내려놓으면서 물었다.

"한 가지 궁금한 게 있는데……."

"아 얼마든지 괜찮습니다."

"엘프들은 본래 활을 그리 잘 쏘는 것입니까?"

그가 너털웃음을 흘렸다.

"꼭 그렇지만은 않습니다. 인간들도 그러하듯 재능이 부족한 아이들도 많지요. 하지만 에아르웬은 아마 지켜보셨다시피 활을 쏘는 데 있어서는 발군이었습니다."

"그렇군요."

"어렸을 때부터 활을 가지고 논 녀석이지요."

그의 눈이 추억의 회상으로 스며들었다.

나는 그 모습에 웃으며 말했다.

"많이 아끼셨나 봅니다."

그가 활짝 웃는 얼굴로 고개를 끄덕였다.

"그럼요. 나의 가장 사랑스러운 딸인데."

나는 살짝 충격받은 얼굴이 되었다.

"아버님이셨습니까?"

그가 머쓱하게 웃으며 뒷머리를 긁적였다.

"하아, 정말 속을 알 수 없는 녀석이라 아비 마음이 다 뭉그러집니다."

"확실히 그러실지도 모르겠습니다."

"음?"

"에아르웬님은 왠지 뭐랄까, 차분해 보이면서도 어디로 튈지 모르는 불안한 분이니까요."

"녀석 때문에 하루하루 주름이 늘어가고 있었는데 이리 돌아왔으니 얼마나 기쁜지 모릅니다."

"네?"

"허허, 그 말괄량이 녀석이 사라졌을 때는 얼마나 놀랐던지."

"사라… 졌다구요?"

"흐음. 꼭 사라졌다고 표현하기도 그렇군요. 그것은 어쩌면 나만 그렇게 느꼈을 것인지도 모르겠습니다. 짧은 편지 한장 남겨둔 채 무심하게 떠나 버린 녀석이었으니까."

"에아르웬님은 저에게도 역시나 그 이유를 말해주지 않으시더군요."

"정말 의문이 많은 아이이지요. 저는 그 아이의 친아버지가 아닙니다. 출생의 비밀은 아직 말해주지 않았지만 이미 눈치를 챘을지도 모릅니다. 그래서 무슨 생각으로 살아가고 있는지, 어떠한 감정으로 세상을 보고 있는지 불안하기가 짝이 없습니다."

에아르웬은 밖에서 그동안 만나지 못했던 동족들을 만나고 있었다. 작은 나뭇잎 창문 밖으로 그녀가 어린 엘프들과 웃으며 노는 모습이 보인다.

나와 같이 그녀를 보는 노인 엘프의 눈은 촉촉이 젖었다.

나는 괜히 분위기가 침울해진 것 같아 간단히 화제를 돌렸다.

"저… 아직 성함도 모르는군요."

"아! 소개가 늦었습니다. 저는 이곳을 총관리하고 있는 엘프 마을의 촌장, 더쿠스입니다."

나는 싱긋 웃으며 고개를 끄덕였다. 그리고 바깥 풍경을 보며 말했다.

"이곳은 평화로워 보입니다. 새 지저귀는 소리 하며, 청명한 공기, 그리고 맑은 산새의 기운. 확실히 숲의 종족이군요."

촌장 더쿠스가 신음을 흘렸다.

"꼭 그렇지만도 않습니다. 저는 그들이 오히려 행복해지려고 노력하는 것처럼 보인답니다."

나는 고개를 갸웃거렸다.

"왜죠?"

"요즘 들어 좀비들의 공습이 계속되는지라… 골머리를 크게 썩고 있는 중입니다."

"좀비?"

"그렇습니다. 한번도 보신 적이 없으십니까?"

"예, 그들에 대해서는 책으로밖에 읽어본 적이 없습니다."

"육체가 썩었고, 망령이 깃든 존재들이지요…….."

회한이 잔뜩 깃든 눈빛으로 그는 고개를 숙였다.

"저는 에아르웬님에게 많은 은혜를 받았습니다. 그래서 말입니다만, 그 좀비들과의 싸움에 제가 작게나마 힘을 보태어 드리고 싶은데."

"그… 그런 부탁은 드릴 수 없습니다! 어찌 그런…….."

나는 살짝 웃었다.

"엘프들은 인간을 믿지 못한다고 하지요. 하지만 세상의 진리 중 하나는 모든 것이 절대적으로 하나는 아니다, 라고 말씀하신 아프로이스나이 신의 현기가 기억납니다."

"그 말은……."

나는 확고하고 신념을 가진 목소리로 말했다.

"저를 믿어주십시오. 제가 최대한 노력해 좀비들을 깡그리 쓸어드리겠습니다."

그가 고민하는 표정으로 나무 테이블을 뚫어지게 보았다. 그 모습을 본 베놈이 신경질적으로 중얼거렸다.

"도와준다는데 뭘 고민하는 겝니까. 크릉!"

"예의를 지켜라, 베놈."

촌장 더쿠스는 베놈을 보며 굉장히 놀란 얼굴이 되었다.

"오… 오크!"

"허, 이제 알았수?"

"인간과 오크가 동행을 하다니… 역사에 기록될 일이로군. 오오……."

베놈이 눈을 감고 이를 드러냈다.

"그거 꽤 실례되는 말 같은데……."

더쿠스가 헛기침을 했다.

"실례가 되었다면 내 사과하겠소. 하나 너무 놀라운 일이라."

"크릉. 됐소."

나는 의자에서 일어나 더쿠스에게 부탁했다.

"일정이 빠듯해 조금 피곤한 듯합니다. 동료들도 많이 지쳐 있을 것입니다."

"그 말 왜 안 하나 했습니다. 온몸이 좀비화되어 가는 느낌입니다."

베놈의 투덜거림에 나는 작게 웃었다.

지치고 힘든 길을 군말없이 함께 와주었다.

방금 한 말도 농담의 어투다.

함께해 온 길 돌이켜 보자면 정말 든든하지 않을 수가 없다.

"이런, 제가 생각이 짧았습니다. 손님을 이리 오래 잡아놓다니. 크로니아가 방으로 안내해 줄 겁니다."

그 말을 끝으로 더쿠스와 함께 집을 나왔다. 강렬한 햇빛 때문에 눈이 부셨다. 손을 가려 짙푸른 하늘을 올려다보았다.

이리 맑은 하늘 아래 세상은 지옥의 굴레가 있고 또한 천계의 안락이 존재한다. 두 가지의 양면을 가진 이 세상을 언젠가 내 손으로 뒤엎을 수 있는 날이 오리라.

"좀비들이 모습을 드러내는 시기는 언제쯤이죠?"

무료한 감이 조금 있어 더쿠스에게 물었다. 그는 잠깐 생각하다가 고개를 저으며 미간을 찌푸렸다.

"좀비들은 지능이 거의 없는 것으로 알고 있습니다. 한데 습격을 할 때는 항상 무더기로 달려들더군요. 그 말인즉슨, 누군가가 그들을 조종하고 있다고밖에 생각되지 않습니다."

"그레이트 좀비……."

내 말에 더쿠스가 고개를 끄덕였다.

"아마도……."

그레이트 좀비라면 최상급 몬스터다.

거의 마족에 필적할 만큼 엄청난 마력을 가졌으며 인간에 필적하는 지능을 가지고 있다.

여타 좀비에 비해 월등한 실력을 가진 그레이트 좀비.

엘프들이 골머리를 썩고 있는 모든 원인은 바로 그 녀석 때문이었다.

나는 그동안 에아르웬에게 많은 신세를 졌다. 그런데 갚을 길이 없던 차에 드디어 그 신세를 갚을 날이 도래했다.

그들의 오래된 숙원을 내가 풀어주어야겠다.

어릴 적 난 약한 사람들을 지켜주고 싶었다.

내 동생을 지키지 못했던 그 원죄를 갚기 위해서라도 나는 강해져야 했다. 그리고 앞으로 무엇인가를 지키기 위해 강해져야겠지.

지금 이 순간 나에게 힘이 있고 누군가의 방패가 되어줄 수 있다는 사실은 약해지고 있는 내 마음을 단단하게 굳혀줄 수 있었다.

그것으로 된 거다.

내가 비참하게나마 살아가고 있는 이유 중 하나가 그것이 될 수 있다면 나는 그것으로… 된 것이다.

눈을 지그시 감았다.

지금만큼은 평화로운 바람이 나를 스치고 지나가는 것만 같았다. 피의 향도 참혹한 살인의 기억마저도 지금 이 순간만큼은 바람에 실어 날려 보내고 싶었다.

2

꽈르릉!

어둠이 찾아와 밤이 되었을 때 가늘었던 비가 무게를 실었다. 장대비가 쏟아졌다.

나뭇잎으로 된 집들은 비바람 때문에 흔들리긴 했지만 결코 무너지지는 않았다.

겉보기와는 다르게 이상할 정도로 내브가 견고했다.

"무섭게 쏟아지는군요."

베놈이 혀를 내둘렀다.

"뭔가가 벌어질 것 같은 예감이 듭니다. 을씨년스러운 날씨군요."

장 얀느의 말에 재수없다는 듯이 베놈이 몸서리쳤다.

"그런 표정으로 그따위 대사 하지 마. 저럴 때 보면 꼭 저

주술사 같다니까. 크릉!"

장 얀느는 베놈의 공격적인 말을 듣고도 조금도 흥분하지 않은 채 살며시 벽에 등을 기대고 눈을 감았다. 도무지 피 색깔이 붉다고 생각할 수 없을 정도로 차갑고 냉정한 인간이다.

필요치 않은 감정은 내보이지 않는다.

이 한 문장으로 장 얀느를 대변할 수 있었다.

감정이 크게 흔들리지 않는 남자는 위험하며 멀리해야 할 자다. 어쩌면 나는 알게 모르게 장 얀느를 어떻게 받아들여야 할지 고민하고 있었는지도 모른다. 그는 내 동료이자 가장 큰 경계의 대상이었으니까.

"놈들이 나타났다! 방어진을 구축하라!"

갑작스런 외침.

쿵! 쿵! 쿵!

무거운 북 소리가 세 번 울렸다.

지축을 울리는 느낌이 가늘게 느껴졌다.

좀비들의 공습이었다.

장 얀느가 눈을 번쩍 떴다.

베놈이 하얗게 이를 드러내며 검을 만지작거렸다.

"드디어 시작이군요. 검이 목말라 있던 차였는데……."

크르릉 소리를 내며 베놈이 웃었다.

장 얀느는 깊은 눈동자로 무엇인가를 생각했다.

바깥은 점점 더 소란스러워지기 시작했다.

문이 벌컥 열리면서 촌장 더쿠스가 파랗게 질린 얼굴로 내게 소리쳤다.

"그… 그레이트 좀비가 처음으로 모습을 드러냈습니다! 어… 엄청난!"

"으아아아악!"

엘프들의 비명이 연이어 터져 나왔다. 더쿠스가 하얗게 질린 얼굴로 돌아본다. 나는 급히 검을 뽑아 들고 달려갔다. 뒤를 베놈이 따랐다. 나는 주위를 두리번거리며 놈들의 경로를 찾았다.

엘프들이 일렬로 줄 맞추어 화살을 쏘는 모습은 그야말로 장관이었다. 쏟아지는 빗줄기를 꿰뚫는 화살비에 좀비들은 여과없이 격중당하고 쓰러졌다. 하나 좀비들은 살아 있는 시체. 죽음을 모르는 이들은 쓰러짐에도 꾸물꾸물 일어나 다시 진격하는 것이 아닌가?

속도는 느리나 그 속도를 저지할 수가 없었다.

이를 악문 엘프들이 공격의 활로를 찾는 것은 쉬운 것이 아니었다. 화살로 인해 체력이 떨어진 좀비들의 몸을 분리시켜야만 그들을 소멸시킬 수 있다. 그러나 그런 방식으로는 시간도 시간이지만 엄청난 규모의 피해를 감수할 수밖에 없었다. 게다가 후방에서 좀비들을 조종하고 있는 초록색의 빛을 뿜어내는 그레이트 좀비의 기세는 흡사 전란의 폭풍과도 같았다. 눈에서 뿜어져 나오는 녹색의 안광과 휘몰아치는 광풍의 공격.

놈의 손에서 녹색빛 마나가 폭발할 때마다 비명 소리가 끊이질 않았다. 나는 검을 꽉 쥐며 화살이 쏟아지고 있는 좀비떼들에게로 뛰어갔다.

내가 등장함에 엘프들의 화살이 멈추었다. 아마 당혹스런 눈빛으로 나를 볼 것이다.

잘 보라.

내가 죽지 않기 위해 배웠던, 지금은 내 전부가 되어버린 마법체계의 힘을 보여줄 터이니.

그렇다고 오해치는 마라.

지금의 내 모든 힘은 오직 에아르웬을 위한 것.

나는 영웅이 아니다.

다른 것으로 미화할 필요 없다.

은혜에 보답하고자, 내 목숨을 지켜준 것에 대해 감사를 표하고자 지금의 힘을 일으키는 것이다.

인간은 그대들이 생각하는 것 그대로 가장 이기적인 동물이다! 그 표본을 오해하는 것으로부터 인간의 이기적인 모습이 본격적으로 그 허물을 벗는 것이라고 난 믿어왔다.

인간이 본래 싸움 구경과 불구경을 좋아하듯이 악마의 감정은 반드시 공존하며 태어날 수밖에 없다.

아무리 순진무구한 인간이라 할지라도 피가 배인 지옥의 강을 건넌 자라면 인생이 바뀔 수밖에 없는 것이 인간 세상.

부디 간곡히 바랄지언대 앞으로도 인간을 믿지 말아주길
바란다.

순수의 종족, 엘프들이여…

당신들에겐 당신들의 삶이 있듯이 인간들은 인간들이 살
아가는 삶의 방식이 존재하니!

흔들리지 않는 굳건한 빗줄기를 타고
광영의 순간이 대지와 함께한다.
뇌신의 본질적인 흐름.

"577체계 전격 에너지!"

쏟아지는 장대비가 뇌전과 함께했다. 몸에 묻은 물기에 그
대로 감전된 좀비들은 두터운 비명과 함께 쓰러졌다. 온몸이
검게 타버린 녀석들 뒤로도 스플래쉬 데미지가 작렬했지만,
마치 수를 헤아릴 수 없는 무수한 개미 떼처럼 그들의 숫자는
어마어마했다.

그것은 더쿠스에게 들었던 것보다 훨씬 엄청난 것이었다.

'아예 작정을 한 것인가?'

나는 검에 마력을 실으면서 허공으로 뛰어올랐다.

플라잉 마법에 이어…

"687체계. 신의 영혼을 육체에 담아 현실을 이룩한다. 신
의 검(God's Sword)!"

하늘에서 찬란한 섬광이 쏟아졌다.

그 단 하나의 빛은 내 머리 위로 떨어졌고, 나는 내 몸이 크게 흔들리는 충격을 받았다. 그리고 감았던 눈을 떴을 때 나는 하나의 빛줄기가 되어 쏘아져 나갔다.

슈아악!

서걱! 서걱! 서걱!

좀비들은 마치 두부처럼 잘려 나갔다.

비명도 지르지 못한 채 쓰러졌다.

내 몸은 깃털보다 가벼웠다. 마치 무게가 없는 것처럼 나는 상식적으로 이해할 수 없는 빠르기로 잔상을 남기며 좀비들을 스치고 지나갔다.

퍼어억! 퍼억!

내가 지나간 자리에는 거짓말처럼 조각난 좀비들의 시체가 쌓여 나갔다.

검에서 빛이 일렁이고 그 빛이 지나감에 따라 초록의 혈흔이 그림자처럼 남았다.

플라잉 마법에 연이어 상위급 600체계를 사용했음에도 몸에 큰 무리가 없었다. 제어가 가능해진다. 600대를 쓰고 있음에도 유지할 수 있다!

나는 희열에 찬 눈빛으로 그 감각으로 검을 휘둘렀다. 썩은 피 냄새가 코를 찌르고 검을 타고 팔에 느껴지는 살인의 감각이 점점 쾌감의 중추로 변해가고 있다는 것을 느끼는 순간 나는 우뚝 멈추어 섰다.

멈추어 선 내게 거센 비바람이 등을 후려쳤다.

약 100여 구의 좀비들을 처리하고 멍하게 서 있는 나를 좀 비들이 고개를 갸웃거리며 쳐다본다. 그리곤 다시 그레이트 좀비의 명령을 뇌 속에 입력받아 입을 쩌억 벌리며 더러운 구 강 냄새를 풍기며 달려왔다.

나는 천천히 고개를 들었다.

그리고 검을 강하게 잡았다.

"피할 수 없는 길이었다. 마법을 배우는 그 순간부터 이미 나는 잔혹의 늪으로 빠져들 수밖에 없는 것이었다. 본래 이런 길이었음을 나는 왜 알지 못했는가. 살인술은 내게 있어 숙명 이었다."

검이 뱀처럼 구부러지는 듯한 착각이 일었다.

"700체계. 매향검(梅香劍)."

온몸에 따뜻한 기운이 퍼져 나가는 게 느껴졌다. 배꼽 아래 에서부터 시작된 그 기운은 머리끝에서 발끝 아주 세세한 곳 까지 말끔하게 뻗쳐 나간다.

한 치의 거침도 없이.

검을 횡으로 휘두르자 다섯 구의 좀비가 뭉텅으로 잘렸다. 너무나도 깨끗하게 잘려 바닥에 몸을 누이고 나서야 피가 흘 러나오기 시작했다.

그것이 시발점이었다.

내 몸은 내 생각, 내 의지 그대로 움직이기 시작했다.

마치 전쟁의 신을 연상케 했다.

좀비들의 머리가 수없이 빠른 속도로 하늘 위로 치솟고 팔다리가 바닥으로 '툭툭' 떨어져 내린다.

퍼어억!

검이 머리를 꿰뚫자 그 파편의 조각이 사방으로 흩어졌다. 내장을 베어내고 생살을 도려내는 감각은 시체나 살아 있는 인간이나 별반 다를 것이 없었다.

검에 묻은 피가 채 식기도 전에 다른 피가 겹치고 벌써 수백의 피가 검을 스치고 지나갔다.

일방적인 도륙.

나는 내 주위의 대부분의 좀비를 다 베어내고야 내 입으로 내뱉은 체계의 주문이 대륙 공용어가 아니었다는 것을 깨달았다. 확실히 그것은 대륙의 언어가 아니었다. 흡사 동방의 언어와 비슷했는데 그것으로 완전히 판정 짓기에는 아직 내 지식이 얕았다.

내 머릿속에는 오직 체계의 공식만이 성립되어 있을 뿐이다.

그 과정을 차분히 따라갈 뿐.

이클레이드.

피도 눈물도 없는 사악한 마법사이긴 해도, 천재는 천재다.

그는 대륙 전체가 벌벌 길 만한 힘을 만들어낸 것이다.

체계의 마법의 가능성은 무한하다.

만약 브로크웨이들이 내 심장을 가져가 마법체계를 자신의 것으로 만들 수 있다면!

아마도 그들은 이 가능성을 목표로 내 심장을 노리는 것이 가장 큰 이유가 되겠지. 끝도 없는 성장성을 보유하고 있는 것이 마법체계의 가장 뛰어난 점이다.

"나는 영원히 체계에 목말라 있을 사람이다. 절대 빼앗기지 않아."

찌저적!

검이 순식간에 얼어붙었다.

검에 덧씌운 빙의 마법. '아이스 소드'.

체계가 상승됨에 따라 작은 체계의 마법도 그 강도가 달라졌다.

현재 내 자신감은 하늘을 찌를 듯했다.

쿠웨웨엑!

가슴을 꿰뚫려 온몸이 얼음으로 변해 버린 좀비를 마지막으로 그레이트 좀비 주위로 약 삼십여 구의 좀비만이 남았다.

놈들을 이끌고 있는 그레이트 좀비는 가까이서 보니 크기가 확연하게 달랐다.

3피르가 넘는 키에 온몸이 마치 금방이라도 용암을 뒤집어

쓴 것처럼 온몸이 녹아내리고 있었다. 그것이 본래의 육체인 듯 지독한 망령의 잔재였다.

"말을 할 수 있느냐?"

나의 나직한 물음에 그레이트 좀비는 '쿠어어어!' 라는 소름 끼치는 괴성만을 내지를 뿐이다.

온몸의 털이 삐쭉 서는 한 섞인 통렬한 외침.

무엇을 전하고 싶은 것일까.

어떤 망령이 씌었기에 그들은 엘프 마을을 습격한 것인가.

알레모노 신이 말하셨다.

죽은 자는 하늘 위로 올라가는 것이 진리라고.

그것을 역행하지 마라. 살아 있는 자들이 망령에게 시달려야 할 이유는 없다. 억울한 죽음일지라도 그것이 운명이고 네 놈들이 남긴 흔적이 아니더냐.

어쩌면 잔혹했던 그대들의 저주의 발걸음은 내가 마무리해 주겠다.

쿠르릉!

지반이 크게 흔들렸다.

나는 감히 또다시 내 몸에 무례한 짓을 감행하고자 마음먹었다.

이미 700체계를 사용한 것으로 인해 몸에 이상 반응이 오기 시작했다. 몸이 미세하게 떨리고 초점이 흐릿해진 것이다. 하나 모든 것은 강해지기 위한 발판. 이것은 내 육체적 시련과 고통으로 볼 수도 없는 아주 작은 경험의 산물일 뿐이다.

"후우우……."

입에서 하얀 연기가 나왔다.

밤이 깊어질수록 온도가 내려가는 것이었다.

몸에서 뜨거운 김이 모락모락 피어올랐다.

육체는 젖어감에 따라 무거워질지라도 마음만은 굳건하리라.

과다하게 높은 상승체계의 캐스팅 때문인지 깃털 같았던 몸이 조금씩 무거워져 가는 것을 느꼈다.

더 이상 시간을 끌 수는 없었다.

그레이트 좀비의 명령 때문이었을까 남은 좀비들은 나를 공격하지 않고 자신들의 주인을 둘러싸며 호위하고 있었다.

그런데 그 타이밍을 놓치지 않는 이가 있었으니!

휘이이익—

퍼버벅!

화살 세 개가 동시에 각각의 좀비들 머리를 꿰뚫었다. 정확하게 뇌를 찌르고 지나간 화살 때문에 좀비들은 실 끊어진 꼭두각시 인형처럼 바닥에 '철퍽' 쓰러졌다.

지붕 위에서 세 개의 활을 동시에 시위에 걸은 것은 바로 에아르웬이었다. 그녀의 얼굴에는 반드시 그들을 물리쳐 내고야 말겠다는 의지가 결연하게 나타나 있었다.

꾸우욱!

다시 당겨진 활시위에는 다섯 개의 화살이 메겨져 있다. 그리고…

피이잉!

쏜살같이 날아간 화살은 너무나도 정확하게 좀비들의 머리를 뚫어 그들을 혼란스럽게 했다. 아무리 보스 몬스터에게 명령을 받는 저지능이라 해도 공포를 느낄 줄은 안다. 그들은 시체이긴 해도 분명 살아 있으니까.

몸이 기억하는 거다.

순간적인 죽음의 공포를!

검을 바닥에 꽂은 후 나는 바로 마법을 캐스팅했다.

몸이 공중으로 살짝 떠오르고 머리카락이 마나의 유동으로 인해 사방으로 삐죽삐죽 솟아오른다.

상기된 얼굴 앞으로 작은 마법진이 생겨나고 그것에 비추어진 곳에는 거대한 마법진이 대류에 그려졌다.

펄럭펄럭!

옷이 당장이라도 찢어질 것처럼 거세게 펄럭인다.

지금! 온 세상을 집어삼킬 것 같은 광활한 영역의 마법진이 그레이트 좀비의 발아래에 그려졌다.

위이이잉—

속박하는 구름이여,
걷히지 않는 안개여,

길을 찾고자 흐릿한 눈을 뜨고자 한다.

고리타어스 고국으로의 영혼 소환.

"734체계. 위시(Wish)!"

원형의 마법진에서 투명한 빛이 올라와 그레이트 좀비를 포함한 모든 좀비들을 지나쳐 올라갔다. 그 빛을 맞은 좀비들은 혼이 빠져나가는 소멸보다 더 고통스러운 상황 때문에 누런 진물의 눈물까지 흘려냈다.

새하얀 영혼이 육신을 떠나게 되었을 때, 그들은 힘없이 풀썩 쓰러졌다. 하지만 단 한 마리의 좀비만이 머리를 부여잡고 위시 마법으로부터 저항하고 있었다.

지금은 거의 전설이라 불릴 정도로 보기가 힘들다는 상급 몬스터 그레이트 좀비.

녀석이 앞가슴을 활짝 열며 고각을 찢을 듯한 괴성을 내질렀다.

쿠오오오!!

콰아아앙!

느낌으로 알 수 있다.

마법진이 깨졌다.

그레이트 좀비에 의해!

생각보다 엄청난 마력을 소유하고 있는 녀석이었다. 대체 무슨 수를 쓴 것인지 모르겠으나, 마법진의 붕괴로 검은 연기가 엘프 마을 전체를 집어삼킬 듯 천천히 잠식해 나가려 하고 있었다.

책에서 읽은 바로는 그레이트 좀비로 인해 발생한 이 검은 연기를 흔히 드레크니안이라 부르는데, 피부에 접촉될 때 일정 확률로 병균에 감염이 된다.

그 감염의 증상은 전염될 경우 24시간 이내에 시력을 잃게 되고 몸이 썩어가며 좀비화되어 간다. 정확히 48시간이 되었을 때 목숨을 잃고 그때부터 좀비로서의 새로운 지옥이 펼쳐진다.

그런 무시무시한 병임을 알기에 나는 즉시 마나를 유동시켜 연기를 물릴 바람을 일으켰다. 엘프들은 멍하니 몰려오는 구름을 바라보고 있었다.

"당장 피해! 구름에 접촉되는 순간 좀비가 된다!"

목청이 터져라 소리치자 그제야 엘프들은 비명을 지르며 달아나기 시작했다. 나는 우선 에어 쉴드를 펼쳐 조금이라도 유입되는 연기를 막으려 노력했다.

투명한 막이 대부분의 엘프들을 보호해 줄 수 있어 다행이었지만 미처 피하지 못한 어린 엘프들과 늙은 엘프들이 남아 있었다.

연기의 속도로 보아 지금 내가 데리러 가는 것으로는 피할 수가 없었다.

"윈드 블래스트(Wind Blast)!"

100체계인 윈드 스톰 월보다 한 단계 상급의 바람 마법.

휘몰아치는 바람 때문에 연기는 점차 사라지고 있었지만 강한 바람의 폐허로 주위 숲의 나무가 처참하게 쓰러지고 날아갔다.

투명한 보호막 아래 초조한 얼굴로 주위를 둘러보는 엘프들이 자신들만의 언어로 무어라 계속해서 소리쳤다. 우선은 급한 불부터 꺼야 했기에 나는 연기를 몰아내는 것에 최대한 정신을 집중했다.

"이 망령의 잔재들! 로크님, 제가 올챙이들을 처리할 테니, 그레이트 좀비와 끝을 내십시오!"

어느새 내 뒤로 다가온 베놈이 검을 쥐고 비장하게 소리쳤다. 본래는 그 없이도 가능할 줄 알았는데 이런 식의 전개가 되어버리니 여러 가지로 생각할 게 많아졌다.

지금은 확실히 베놈의 도움을 받는 것이 나을 듯싶었다.

"부탁한다."

"걱정 마십쇼!"

부우웅—

베놈의 양 주먹에서 강한 기운이 회전했다. 그도 성장해 나가고 있었다.

내가 조금씩 강해지고 있듯이…

파바밧!

마법체계의 극의는 마검(魔劍).

그것을 자유자재로 부릴 수 있는 경지에 이르렀을 때, 내 자신이 마법체계가 된다. 신체의 모든 조건이 적합되었을 때, 나는 체계를 제압한다.

쿠우웅!

마력을 일으키자 땅이 깨지고 흔들리며 지독한 비명을 만들어낸다.

퍼어엉!

베놈의 주먹이 닿는 즉시, 좀비들의 몸은 종잇조각처럼 찢겨져 나갔다. 두 눈을 번쩍이며 정신없이 피를 갈구하는 듯한 주먹질. 베놈의 공격력은 폭발적이었고 광포했다. 그런데 나는 그레이트 좀비에게 다가가면서 살짝 이상한 의문을 가졌다.

그레이트 좀비가 몸을 잔뜩 웅크린 채 무엇인가를 터뜨릴 듯 준비하고 있었던 것이다.

폭풍 전야를 방불케 하는 그의 모습에 등골이 섬뜩해진다. 대체 무슨 수를 쓰려는 것인지는 모르겠으나…

콰득!

꽉 쥐어진 내 주먹이 결과의 향방을 결정할 것이다.

용신의 기운. 신비한 금빛 마나의 흐름이 내 몸 주위로 흘러간다. 그 흐름에 마나의 유동을 맡기고 몸을 맡긴다.

"799체계. 풍신권(風神拳)!"

주먹에서 강렬한 뇌전의 빛줄기가 쏘아졌다.

마치 전력을 휘감은 한 마리의 용이 달려드는 공격이었다. 강한 폭발음과 함께 대기에 흐르는 공기를 찢으며 날아갔다.

파공성과 함께 풍신권이 그레이트 좀비의 가슴을 강타했다.

콰아앙!

풍신권에 격타당한 즉시 뒤로 10피르 정도 밀려나더니 바닥으로 나뒹굴었다. 상체가 거의 엉망으로 망가졌음에도 비틀거리며 일어나는 것이 확실히 놈이 좀비임을 입증하고 있었다.

초록색 광채를 눈에서 뿜어내고 입에서는 초록색 연기가 나왔다. 온몸에 피칠갑을 한 채 걸어오는 녀석에게서 점점 광포해지는 마나의 기운을 느꼈다.

"대체 목적이 무엇이냐?"

나는 놈이 대답해 주기를 바랐다. 사실 이런 내 바람은 거의 체념 상태에서 내뱉은, 그야말로 답답한 기분에서 꺼내본 말이었는데 이 그레이트 좀비가 대답을 한다.

"엘프들의 피는 우리들을 고결하게 만들지……."

전혀 이해할 수 없는 말이었다

좀비가 무슨 수로 고결해질 수 있단 말인가.

"대체 무슨 근거로 그런 말을 꺼내는 건가?"

이후 들리는 좀비의 목소리는 가슴이 쓰라릴 정도로 슬픈 음색이었다.

"그분이 말씀하셨다. 나 역시 한때는 인간이었고 고결한 존재였다고. 엘프들의 피를 흡수할 때 나는 비록 인간은 될 수 없으나 고결함을 되찾을 수 있다고 하셨다."

쇠를 긁는 듯한 그의 두텁고 날카로운 목소리를 들으면서 나는 한 가지 더 의문이 들었다.

"그분?"

"모든 것은… 그분의 뜻대로……."

쿠우오오!

그레이트 좀비 주위로 초록빛의 광풍이 일었다. 놈의 양손에서 공명이 울리고 막대한 파장을 일으킬 만한 마력이 집중되고 있었다.

그레이트 좀비가 양손을 모아 울부짖었을 때, 엄청난 마나가 담긴 에너지파가 나를 향해 날아왔다.

파지지직!

팔에 뇌전이 휘감긴다.

아직 내 몸 주위에는 풍신권의 여파로 뇌력이 사그라지지 않고 남아 있는 상태였다. 나는 재차 2차 풍신권을 날아오는 그레이트 좀비의 에너지파와 맞부딪쳤다.

파아앙!

세상이 온통 빛에 휩싸이는 착각이 들 정도로 커다란 빛이 사방으로 퍼져 나갔다.

빛이 사라지고 눈을 떴을 때는 이미 그레이트 좀비는 흔적도 없이 사라진 후였다. 다만 아슬아슬했던 것은 풍신권이 베놈의 바로 오른쪽 어깨를 스치고 지나간 것이었다.

피를 흘리며 바닥에 주저앉아 거친 호흡을 내뱉고 있는 베놈은 마치 지옥과 천당을 오간 듯한 표정이었다.

"놀랐느냐?"

"노… 놀란 정도가 아니잖습니까!"

베놈이 대답하는 그 순간에 저 멀리까지 뿌리 박혀 있던 나무들이 '우수수!' 쓰러졌다. 마치 엄청난 태풍이 지나간 듯한 흔적이 남아 있었다.

"상당히 고전했다."

"크릉, 제가 보기엔 꽤 쉬웠던 것 같군요. 그동안 괴물 같은 놈들과 싸워와서 그런지는 몰라도 말입니다."

나는 손가락으로 동남쪽에 있는 나무들 가리켰다.

"보이느냐?"

"크… 크릉!"

베놈은 숨이 넘어갈 것 같은 표정을 지었다.

정말이지 나무지옥이라 불릴 정도로 참혹했다. 아름다운 공기를 생산해 냈던 나무들이 형체를 알아볼 수 없을 정도로 썩어문드러져 있었다.

이것이 바로 드레크니안의 폐해.

만약 이것이 우리나 엘프들의 신체에 접촉되었다면 어떠한 결과가 발생했을지 온몸이 찌릿찌릿할 정도로 끔찍했다.

"죽다 살았어. 크릉!"

상황이 대충 정리된 듯한 분위기가 되자 여기저기서 엘프들이 우르르 몰려오기 시작했다.

"감사합니다. 감사합니다."

거의 머리를 땅바닥에 부딪칠 정도로 크게 허리를 숙여 인사를 하는 엘프들 때문에 나는 갑자기 상당히 난처한 입장이 되었다. 나는 불편한 것을 굉장히 싫어하는 사람이었다.

"그만들 하세요. 오히려 숲에 큰 피해를 남긴 것 같아 죄송한 마음이 있을 뿐입니다."

촌장 더쿠스가 다가와 내 손을 덥석 잡았다.

"정말 고맙습니다. 이 은혜, 엘프들의 촌장의 이름을 걸고 반드시 갚도록 하겠습니다. 부탁할 일이 있다면 반드시 저희 엘프의 숲에 오십시오. 저희가 도울 수 있는 것이라면 목숨을 바쳐서라도 도와드리겠습니다."

더쿠스의 옆에 있던 또 다른 노인 엘프가 눈물을 흘리며 무릎을 꿇었다.

쭈글쭈글한 뺨 위로 눈물이 주르륵 흘렀다.

"아아… 그동안 놈들의 악랄한 공격으로 희생된 엘프들이 얼마이던가. 숲을 파괴하고 엘프들의 피로 목욕하며 육신을 먹기까지 했던 좀비들이 드디어 최후를 맞이했습니다. 엘프들을 보살피는 모히크레네 여신이여. 아아……."

너무 감격에 젖어 목이 메는지 더 이상 말을 맺지 못하는 그들을 보면서도 나는 다른 상념에 빠져 있었다.

그레이트 좀비는 분명 또박또박하게 '그분'이라고 했다. 도대체 그가 누구인가.

이런 내 의구심을 더욱 증폭할 만한 일이 벌어졌으니.

역시나 평화의 흐름이 한번 깨지면 되찾는 것이 힘들다라는 속설은 지금 같은 경우를 보고 이르는 것이리라.

슈가각!

"꺄아악!"

"으아악!"

무엇인가 날카로운 것이 휘둘러지는 소리가 들리는 순간 비명 소리가 연이어 터져 나왔다. 더쿠스는 깜짝 놀라 촉촉이 젖은 눈으로 주위를 두리번거렸다.

파아앗!

하늘 위로 누군가가 뛰어올랐다. 팔다리가 길고 몸이 가느다랗다. 그가 검을 휘둘렀을 때, 검끝에서 무수한 빛줄기가 쏘아졌다. 그것에 적중당한 엘프들만 무려 일곱! 아름다운 외모의 엘프들이 피를 뿌리며 바닥에 힘없이 쓰러졌다.

너무 갑작스러운 등장에 미처 방어 태세도 구축하지 못한 터라 속수무책이었다. 때문에 휘젓고 다니는 칼날에 두부처럼 잘려 나가는 엘프들은 비명을 지를 새도 없이 목숨을 도난당했다.

달빛을 받아 드러난 얼굴을 확인하는 순간 내 온몸은 용암보다 더 뜨겁게 불타올랐다.

푸부북!

내 바로 앞에서 목이 꿰뚫린 엘프의 피가 얼굴 위로 쏟아졌다. 주르륵 흐르는 피를 손으로 닦아내자 창백한 얼굴로 미소 짓고 있는 피에로가 내 눈앞에서 팔을 휘적거리며 춤을 추고 있었다.

나는 이를 바드득 갈며 말했다.

"브로크웨이. 이젠 피해가지 않는다."

그가 입이 찢어지도록 길게 웃었다.

"그래?"

"사냥하겠어."

피에로의 표정이 가느다란 변화를 보였다.

"내가 찾아내서, 모두 숨통을 끊어버리겠어. 단 한 명도 남김없이!"

으드득.

이빨을 갈며 나는 분노의 음성을 터뜨렸다.

머리끝부터 발끝까지 마나가 날카로운 창처럼 사방으로 퍼져 나갔다.

"721체계 초속의 칼날!"

초고속으로 마법 주문이 머릿속에서 계산되고 바로 캐스팅, 시동어가 입 밖으로 나왔다.

휘이이익!!

날카로운 형태 없는 칼날이 피에로의 온몸을 난자하며 스쳐 지나갔다. 깊숙한 상처는 내지 못했지만 피에로의 온몸이 붉게 물든 것은 정말이지 순식간이었다. 상처를 입은 것이 화가 난 것인지 피에로가 굳은 얼굴로 검을 휘둘렀다. 반월의 날카로운 빛무리가 목 언저리를 향해 날아왔다. 나는 마력을 손바닥에 실어 바닥을 발로 찍었다.

쾅!

바닥이 깨지며 그 반탄력을 이용한 힘이 왼쪽 팔에 완벽하게 실렸다.

타아앙!

피에로가 쏘아낸 오러가 손바닥을 맞고 튕겨져 나갔다. 그 광경을 본 피에로는 석상처럼 멈춰 두 눈을 부릅떴다.

"마… 말도 안 돼!"

나는 얼굴을 일그러뜨리며 검을 있는 힘껏 쥐었다.

"강해졌다. 그리고 더 강해질 거야. 그 누구도 넘볼 수 없는 위치에 서 있기 위해. 그리고 네놈들 브로크웨이를 사냥하기 위해!"

쾅아아앙!

대지를 뚫고 엄청난 크기의 얼음기둥이 대지를 뚫고 솟아올랐다. 굉장한 속도와 파괴력이라 미처 피할 시간이 없어 피에로는 검으로 얼음기둥을 박살 내야 했다.

그 찰나의 틈을 주지 않은 나는 빠른 속도로 상대의 앞쪽으로 이동했다.

"기억해라. 브로크웨이는 모두 절망의 종족들이라는 것을!"

그가 기다렸다는 듯이 대답했다.

"방심은 금물이지!"

검이 놈의 심장을 꿰뚫었으나 그는 곧 연기처럼 스르륵 사라졌다. 그리고…

"이… 이런 비겁한!"

그는 이미 주술의 주문을 준비하고 있는 상태여서 어느새 에아르웬의 뒤로 다가가 칼날을 목에 가져다 놓고 있었다.

놈의 더러운 성격다운 인질전!

그의 온몸에서 흐르는 축축한 피가 에아르웬을 적셨다. 그녀는 피에로에 의해 옷이 금세 붉게 변했다. 빗물에 씻겨져 내려가는 그들의 모습은 눈뜨고는 볼 수 없는 피의 그림이었다.

"저는 상관 말고, 이자를 죽이세요! 저 때문에 로크님이 죽는다면 엘프의 숲은 끝장이에요!"

눈물을 글썽거리며 소리치는 그녀의 모습을 보면서 나는 속에서 뜨거운 것이 치미는 것을 느꼈다.

"후회할 짓 하지 마라, 피에로……."

분노로 인해 음성이 얼음보다 차갑게 가라앉았다.

"엄청나게 강해졌구나. 도저히 예전의 햇병아리라고는 상상할 수가 없는걸? 킬킬킬!"

"당장 그녀를 놓아줘!"

"이년을 베어버리면 넌 어떤 모습을 보여줄까?"

내가 한 발자국을 떼었을 때 피에로가 게아르웬과 함께 몸을 살짝 날리며 근처에 있던 꼬마 엘프의 목을 따버렸다.

서걱!

바닥 아래로 구르는 목을 보면서 한 여자 엘프가 얼굴을 감싸 쥐며 미친 듯이 괴성을 지르며 달려왔다. 죽은 꼬마 엘프의 얼굴을 감싸 쥐고 울음을 터뜨린 그녀를 피에로가 발로 차버리며 목에 검을 쑤셔 넣었다.

푸부북!

진한 피가 바닥을 흥건하게 적셨다.

나는 침을 꿀꺽 삼켰다. 지금의 흥분 상태를 도저히 어떻게 받아들여야 할지 모를 정도였다. 온몸이 덜덜 떨렸다.

"어떻게 된 거야? 내가 알기로 너는 인질 따위에게 감정이 흔들릴 만한 녀석이 아니었는데? 내가 알고 있는 정보에 의한다면 말이야. 이상하게 변했군. 킬킬!"

나는 눈을 질끈 감았다가 천천히 떴다. 내 두 눈은 붉게 충혈되어 있어 당장이라도 피눈물이 쏟아질 것만 같았다. 눈시울이 따갑다. 하지만 가슴은 훨씬 따가웠다. 비교할 수 없을 만큼.

놈의 악랄한 수법에 심장이 미어진다.

나는 가장 현실적으로 물었다.

"원하는 게 뭐냐."

"글쎄……."

"원하는 게 뭐냔 말이다!"

"그걸 질문이라고 하나? 당연히 네 죽음이지."

"뭐?"

"네가 죽어줬으면 좋겠단 말이다. 내가 네 심장을 가져갈 수 있게! 네놈이 그 고귀한 심장만 내놓아준다면 그래, 약속하마. 조용히 이 엘프의 숲을 떠나주지. 내 목적은 오로지."

그가 잔혹하게 웃었다.

"너니까."

"흐흑. 그러지 말아요. 그의 말을 믿지 말아요, 로크님!"

"시끄러!"

피에로가 신경질적으로 에아르웬의 복부를 가격했다.

퍼억!

그녀의 얼굴이 새파랗게 질리고 입에서 가느다란 선혈이 흘러내렸다. 나는 결정을 내릴 수가 없었다.

혼란을 겪고 있는 그사이 피에로가 검은 천으로 에아르웬의 얼굴을 가렸다.

공포심이 극에 다다른 에아르웬이 온몸을 바들바들 떨며 몸을 뒤흔들었다.

"키키키킥. 꼭 뱀에게 물린 쥐새끼 같군."

피에로는 긴 혓바닥으로 에아르웬의 목을 핥았다.

나는 모든 것을 버린 듯 공허하게 빈 눈동자로 피에로를 직시했다.

"거절한다……."

"그렇다면야……."

피에로가 검을 움직이는 것을 보고 더쿠스가 목에 핏줄을 세우며 소리쳤다.

"안돼―!!!"

촤아악!

부드럽게 그어진 피에로의 검에 의해 에아르웬의 목에서 붉은 핏물이 강렬하게 뿜어져 나왔다.

푸우우!

에아르웬의 앞면 전신이 붉게 물들었다.

그는 나를 보며 귀신같이 웃었다.

"맘에 들어?"

피에로가 웃으며 그렇게 말을 맺었을 때, 엘프들이 쏜 화살이 장대비처럼 쏟아졌다. 피에로는 검을 휘두르며 그 화살들을 가볍게 쳐냈다.

"좀 쉽게 갈 수 있나 했더니만. 흥, 지금부터 본격적인……."

그는 말을 더 이상 이어갈 수 없었다. 순간적으로 빛보다

빠를 것 같은 속도로 뛰어든 내가 피에로의 어깨에 검을 박아 넣었기 때문이다.

이것을 성공시킬 수 있었던 무위의 정체는 890체계, 이나더이스. 빛의 속도로 쏘아져 그레이노 흐름의 길로 검을 휘두른다.

어깨에 박힌 검이 마치 메두사의 머리처럼 사방으로 엿가락처럼 휘어졌다.

그의 오른쪽 어깨가 종잇조각처럼 갈기갈기 찢어져 나갔다.

"크아악!"

처음 듣는 피에로의 고통스런 신음.

아직 모자라다.

어깨가 파열되고 그 주위가 온통 떨어져 나간 살점으로 참혹하게 변했음에도 나는 공격을 멈출 생각이 없었다.

강도를 조금 낮춘 풍신권이 피에로의 갈비뼈를 때렸다. 뼈가 어긋나고 깨져 그만 살을 찢고 비틀어져 나왔다.

옆구리가 터져 나간 피에로는 비틀거리며 뒤로 몇 발자국 물러갔다. 그동안 에아르웬과 함께했던 순간들이 주마등처럼 스치고 지나갔다.

"어… 어떻게!"

그는 내 실력을 믿을 수 없다는 듯 눈을 크게 뜨고 입을 쩌억 벌렸다. 이리 짧은 시간에 이 정도로 성장할 줄은 그는 상상도 못했었던 듯 눈에는 방심에 대한 후회가 가득했다. 자신의 정보력이 얕았다는 것에 대한 책망이 어린 것이다.

'그러나 이미 늦었어!'

콰아앙!

스트렝스 마법은 기본, 마력이 실린 팔꿈치가 안면에 작렬했다. 이빨이 몽땅 깨지고 코가 비틀어졌다. 뒤로 넘어가려는 그의 망가진 팔 반대편의 손목을 잡아당겨 허리 쪽에 있는 단검으로 눈을 그었다.

"크아악!"

세차게 뿜어져 나오는 핏줄기!

그가 시큰한 고통으로 인해 온몸을 배배 꼬며 바닥에 쓰러졌다. 바닥을 기어다니며 입에서 주먹만 한 핏덩이를 뿜어내는 그의 모습을 지켜보았다.

나는 낮게 약속처럼 중얼거렸다.

"브로크웨이를 만든 장본인, 이클레이드는 물론 세상에 존재하는 모든 악의 존재들을 내가 정리하겠다. 힘을 키우겠다. 내 자신과 주위를 지킬 수 있는 힘을!"

악마의 흑마법.

666체계, 식욕의 층.

바닥에서 떼를 이루며 올라온 작은 벌레들이 무더기로 피에로의 살을 갉아먹기 시작했다.

"크… 크억! 크어아악!"

지옥계에서 들려오는 고통 소리보다 훨씬 처참한 비명이 들려왔다. 그럼에도 모자람을 느낀다. 도저히 분노를 삼킬 수가 없었다.

"파이어 버스트(Fire Burst)!"

태양이 일으키는 전파 가운데 태양 표면의 폭발에 의하여 순간적으로 강한 전파가 관측된다. 임의적으로 일으킨 자연의 힘.

그것이 마법이다.

콰아아앙!

고통 속에서 살을 뜯어 먹히던 피에로가 불길에 휩싸였다.

피에로는 허공을 향해 손을 내뻗으며 장렬하게 죽어갔다. 마치 반드시 전해야만 하는 메시지가 있는 것처럼.

그 모습을 무심하게 지켜보고 있던 내게 엘프들이 다가왔다. 원을 돌며 내 주위를 포위한다. 더쿠스의 명령을 받은 것이다.

더쿠스가 눈물을 흘리며 소리쳤다.

"자네는 좀비들로부터 우리를 해방시켜 주었지만 나는 딸을 잃어버렸어! 자네 때문에… 자네 때문에 우리 딸이 죽었단 말이야!"

나는 아랫입술을 꽉 깨물며 고개를 떨구었다.

"어쩔 수 없는 상황이었습니다."

"최소한 좋은 방향으로 생각했어야지 어찌 그리 무모하게

행동한 겐가?! 내 딸이 네놈에게는 그리 가벼운 존재였단 말인가!'

"그럴 리······."

"당장 저놈을 포박하라! 반항이 거세면 목숨을 취해도 상관없다!"

그는 이미 이성을 잃었다.

딸을 잃은 괴로움에 정신적인 충격이 어마어마한 듯 그는 내게 총공격을 명령했다. 차갑게 굳은 얼굴의 엘프들이 전원 내게 화살을 쏘고 검을 들고 달려왔다.

변명거리가 없었다.

모든 일의 발원은 내게 있었으니까.

그렇다고 해서 엘프들에게 고이 죽어줄 수도 없는 노릇이었다. 눈이 뒤집혀서 달려드는 그들은 나를 완전한 원수로 대하고 있었다.

영웅으로 칭송하다가 원수가 된 기분이 실감이 안 났다.

마치 막 악몽에서 깬 듯한 기분.

나는 불쾌한 얼굴로 우선 텔레포트를 시전했다.

내가 사라지고 난 뒤 그 땅에 무수한 화살들이 박혔다.

푸부부북!

엘프들은 공중으로 텔레포트한 나를 찾지 못해 주위를 두리번거렸다. 나는 아래로 떨어져 내려가면서 계산했다. 어떻게 해야 할지.

어차피 여기서 해결하지 않고 떠난다면 추격대가 붙을 것이 틀림없었다. 촌장의 딸이 나로 인해 죽었다. 눈이 뒤집힌 더쿠스가 무슨 짓을 못할까.

어떻게든 여기서 끝장을 내야 했다.

왕궁에 있으면서 엘프들과의 대립이 마찰로 빚어진다면 그것은 중대한 구멍을 만들어낼 수 있기 때문이다.

쉴드로 몸을 두르며 검을 뽑아 들었다.

챙!

"하늘이다!"

한 엘프의 외침에 엄청난 속도로 활시위가 당겨지고 그에 화살이 빽빽하게 날아들었다. 그들의 활 대부분은 내 쉴드를 깨지 못했지만 일부의 엘프는 화살에 마나를 실을 수 있는 실력자도 있었다. 때문에 쉴드가 여기저기 균열이 나고 결국엔 박살이 나버렸다. 그 틈을 노리고 들어온 엘프 검사!

쉬이익!

무서운 속도로 검이 휘둘러졌다. 나는 극도의 반사신경으로 검을 막아내다가 기회가 생기는 즉시 마법을 캐스팅했다.

"778체계. 폭렬검!"

순간적으로 내 몸에서 빛이 폭발하듯 터졌다. 그리고 그 순간에 파괴력을 가지는데, 내 주위로 엄청난 폭발성의 힘들이 작용했다.

엘프들은 지뢰탄을 밟은 것처럼 온몸의 육체가 산산조각

나며 사방으로 흩어져 나갔다. 너무 강대한 힘에 길들어져 있다 보니 나도 모르게 700체계대의 힘을 써버려 무자비한 살육이 발생되고 말았다.

생각지도 않았던 결과라 나는 일 안이 바짝바짝 말랐다.

이미 상황은 돌이킬 수 없게 되어버렸다.

촌장 더쿠스의 딸을 죽게끔 만들었고 약 20에 가까운 엘프들이 형체도 없는 시체 조각으로 변해 버렸으니 더 이상 빠져나갈 구멍이 사라진 것이다.

상황이 최악으로 치달았다.

"이 악마 같은 놈! 네놈이 좀비와 다른 것이 무엇이냐!"

더쿠스의 분노에 찬 외침은 거의 절규에 가까웠다. 딸을 잃은 슬픔이 말로 다 못하는 듯 그의 얼굴어 적나라하게 드러났다.

'은혜를 갚아야 할 내가 그들의 원수가 되었다.'

나는 내 주위로 쓰러진 엘프들의 시체를 보자 내 자신이 죽도록 미워졌다. 왜 항상, 나와 관련된 사람들은 불행해지는 것인가.

도대체 왜!

터질 것 같은 심장.

가빠진 호흡.

지독한 대치 상황.

엘프들은 자신들의 동료가 죽어나간 것을 보고도 함부로

달려들지 못했다. 그동안 좀비들조차도 처리하기 힘들어하던 엘프들이었다.

처음엔 더쿠스의 명령이기도 했고 동료의 죽음에 복수심으로 불타올라 달려들었을 것이다. 그러나 혼자서 그레이트 좀비까지 쓸어버린 나를 다시금 떠올리자 그들은 차마 공포를 떨쳐 낼 수 없는 듯 무리한 접근을 하지 못하고 있었다.

정적.

아무런 목소리도 들리지 않는다.

쏟아지는 빗줄기 소리만이 귀를 가득 메웠다. 비릿한 피향이 코끝으로 올라온다. 좀비들과 엘프들의 시체는 산을 이룰 듯했다.

차마 상상도 못했던 참혹한 결과.

나는 어떤 선택을 해야 하는가.

평화로운 숲의 종족들이 분노를 가슴속에 품었다.

그것은 쉽게 풀어질 응어리가 아닐 것이다.

"분명 저로 인한 결과이긴 하나, 제 뜻은 아니었습니다. 그럼에도 저를 원수의 상대로 선택하겠다면 저 역시 피할 수만은 없습니다. 은혜를 보답하고자 했던 것은 당신들이 아니라 하나의 엘프인 에아르웬님을 위한 것이었습니다!"

"뻔뻔한!"

더쿠스가 분노에 휩싸여 온몸을 파들파들 떨었다.

나는 검을 꺼내 들었다.

<u>스르릉—</u>

"여기서 결정하십시오. 나와 지금 이 순간 끝을 볼 것인지 아니면 저와의 인연을 여기서 완전히 끊을 것인지!"

검에서 뜨거운 열기가 피어오른다.

격한 감정을 담았기에 검이 울음을 토한다.

위잉!

나의 강직한 눈빛을 본 더쿠스는 함부로 대답하지 못했다.

속마음 같아서야 당장이라도 나를 찢어 죽이고 싶었을 테지만 엘프의 숲 존속이 걸린 문제였다. 쉽사리 입 밖에 내기는 힘들 것이다.

더군다나 내 실력을 이미 확실하게 알고 있는 그였기에 그 문제는 더욱 난해한 해결을 필요로 하는 게 틀림없었다.

자존심과 분노를 잠재우면 종족은 지키나 자존심과 명예, 그리고 에아르웬의 죽음을 가슴속에 떠안게 되고 그 반대의 경우는 전원이 죽음의 위기에 처할 수도 있는 극악한 선택 경로.

두 갈래의 길 중 빛을 가진 곳은 단 하나도 없는 셈이었다.

좀비들로 인해 많은 희생이 있었다.

엘프들 전원이 상대적으로 크게 떨어져 있는 체력.

그야말로 나와 싸움을 치르게 된다면 그들은 정말로 씨가 말라 버릴 수도 있었다.

그것은 지극히 객관적이었다.

"더쿠스님, 그와의 관계는 이것으로 끊는 것이 좋을 듯합니다. 어떤 결과가 되었든 우리들이 그에게 은혜를 받은 것임은 틀림없는 사실입니다. 그레이트 좀비를 그가 막아주지 않았다면, 어쩌면 우리들은……."

"하지만 너도 보았지 않느냐?! 녀석의 무책임한 행동 때문에 내 딸, 에아르웬이 죽었단 말이야!"

"더쿠스님 하나의 아쉬움으로 엘프들을 모두 죽음으로 몰아가실 생각이십니까? 항상 냉철한 판단을 하시던 분이 아니셨습니까."

더쿠스가 고개를 떨구며 온몸을 부르르 떨었다.

베놈과 장 얀느가 내 뒤로 걸어와 섰다. 둘 다 검을 들고 있었는데 상황이 악화되면 바로 뛰어들 준비를 마치고 있었다. 더쿠스가 결정을 내린 듯 무거운 목소리로 겨우 입을 열었다.

"두 번 다시, 자네들과 만나는 일이 없었으면 좋겠네."

"크룽! 이런 웃긴 놈들을 봤나. 마치 우리에게 아량을 베푸는 듯한 말투라니! 모두 죽고 싶으냐?!"

베놈의 살기가 충만한 외침에 엘프들은 모두 흠칫 몸을 떨었다. 그들이 긴장한 것은 비단 베놈에 의한 공포 때문만이 아니라 내가 이룬 시체의 산을 기억하고 있었기 때문일 공산이 컸다.

어찌 머릿속에서 지울 수 있을까.

그 참혹했던 순간들을…….

나는 눈을 지그시 감고 몸의 방향을 틀었다.

증오에 이글거리는 더쿠스의 눈길이 등을 따갑게 만든다.

뭐가 뭔지 모를 정도로 순식간에 벌어진 상황들이었다. 꿈이라고 믿고 싶을 정도로 몽롱하고 잔인했던 하루.

죄책감을 안고 엘프의 숲을 빠져나갔다.

발걸음을 한 걸음씩 뗄 때마다 에아르웬의 모습이 겹쳐 보이는 것만 같아 심장에 흐르고 있는 피가 마르는 느낌이었다.

고개를 들었다.

비가 그치고 조금씩 동이 트고 있었다.

엘프의 숲에 들어가기 전에는 좋은 추억만이 남을 듯했는데, 내게 있어 평화라는 건 역시나 헛된 바람이었다.

나는 자조적인 웃음을 지으며 터벅터벅 산을 내려갔다.

Chapter **23**
눈물의 무덤

1

추위가 엄습했다.

밤의 산은 언제나 그렇듯 낯설며 차갑다.

모포를 꽉 여며봤지만 바람은 비웃기라도 하듯 살을 에는
온도를 실감케 했다.

사실 마법으로 인해 주위의 온도를 올려 추위로부터 해방
될 수 있는 방법이 있었지만 나는 일부러 그 방법을 선택하지
않았다. 비겁한 변명이 되겠지만 나는 내 스스로부터 자유로
울 수 없었다.

에아르웬의 죽음은 내게 강한 충격으로 다가왔고 내 행동
의 불찰에 대해 곱씹어보았다. 에아르웬이 인질이 되었을 때

더쿠스의 말대로 나는 너무 성급한 결정을 내렸던 것일까?

누군가 말했다.

적어도 30초는 생각해 보라고.

나는 일찍이 내 자신만을 위한 이기적인 마음을 품었다.

그것은 결코 변명으로 풀어낼 수 없는 업이다.

내 은인을 내 손으로 죽인 셈.

나는 눈을 지그시 감았다.

에아르웬의 모습이 암흑을 찢고 생생하게 나타나는 것만 같아 도저히 눈을 감고 있을 수가 없었다.

나는 서서히 눈을 뜨며 그늘이 진 얼굴로 바닥을 내려다보았다. 손을 뻗으니 반들반들한 진흙이 만져진다.

나는 이렇듯 피부로 느끼고, 숨 쉴 수 있다. 하지만 에아르웬은 어쩌면 나의 잘못된 선택으로 인해 자연으로 승화되어 버린 것일지도 모른다.

사실상 매정하게 엘프의 숲을 나온 가장 큰 이유는 염치가 없어서였다.

'이렇게까지 해서 살아남아야 하는 건가?'

비겁하고 더럽게 살아남아 정상에 오른들 그것에 의미가 있을까? 나는 내 스스로에게 그렇게 질문을 던져 보았다.

그리고 들려온 대답은 잔인했다.

'올라가는 것이 아니라 무너져 가는 것이다.'

나는 문제점을 고민했다.

항상 나 때문이라는 것은 핑계였다.

문제점을 찾아 개선해 나가는 것이 진정한 성장일진대 나는 그것을 악마의 속삭임 따위로 치부하고 도망을 선택했을 뿐이었다.

결국은 내 인생이 비틀어진 것이 아니라 내 생각이 행동이 삐뚤어진 것이다. 때문에 내 비틀린 길을 다듬는 시간은 꽤 오래 걸릴 것이다.

"빌어먹을. 너무 극단적이고 갑작스러워 어떻게 정리가 안 되는군요. 크릉……."

베놈이 우울하게 웃었다. 그 역시도 지금 이 순간만큼은 에아르웬을 향한 감정을 숨기지 않고 있었다.

"젠장! 씹어 먹어도 시원찮을 브로크워 이 놈들."

몇 번이나 욕을 되씹고 있는 베놈을 빤히 바라보고 있던 장 얀느가 베놈과 눈이 마주쳤다. 다혈질의 피가 강하게 흐르고 있는 베놈이 이빨을 삐죽거렸다.

"뭘 그렇게 빤히 쳐다봐? 넌 에아르웬을 못 잡아먹어서 안달이었지 않나? 적어도 난 그렇게 느꼈는데 말야."

눈치가 둘째가라면 서러울 베놈이었다. 장 얀느가 에아르웬을 대했던 눈빛이라던가 말투, 행동, 그 모든 것이 베놈의 레이더에 포착된 것이다.

"넘겨짚지 마십시오."

특유의 감정없는 눈동자로 그는 피하지 않고 베놈의 시선을 맞받았다.

"뭐? 넘겨짚지 마? 이놈이 근데……."

베놈이 일어서려는 순간, 베놈의 뒤쪽 수풀이 흔들렸다. 그 것은 자연적인 움직임이 아니었다.

인위적인 움직임.

나는 날카로운 시선으로 고개를 돌리며 감각을 끌어올렸다.

베놈은 상당히 흥분되어 있는 상태라 참지 못하고 소리쳤다.

그것은 지극히 본능적인 감각이었다.

"크르릉! 누구냐?! 당장 안 튀어나와?!"

휘이익!

베놈의 등을 노린 하나의 빛줄기가 보였다. 베놈은 아슬아슬하게 바닥을 굴러 공격을 피해냈다. 베놈이 있었던 자리를 지나간 공격이 나무에 적중되었을 때, 팔로 겨우 안을 수 있을 만한 너비의 나무가 깨끗하게 잘려 나갔다.

쩌어억—

웅장하게 넘어가는 나무가 채 땅에 떨어지기도 전에 2차 공격이 시작되었다. 내 예상으로는 상대는 다수가 아닌 하나였다.

쉬이익!

푸른색의 가로로 된 빛줄기가 베놈의 몸을 단숨에 양단할 기세로 날아들었다. 베놈은 탄탄한 허벅지를 이용해 높은 도약력을 선보였다. 공중으로 치솟은 베놈이 온몸의 근육을 활성화시키기 시작했다.

근육이 급하게 부풀어 오르고 눈빛이 광기에 휩싸인 듯 붉어지기 시작한다. 요즘 들어 보는 그의 새로운 모습이었다.

쿠우웅!

무겁게 착지한 베놈이 검을 뽑아 들었다.

채앵!

"쥐새끼 같은 놈아! 겁쟁이처럼 숨어 있지 말라니까?!"

베놈의 비아냥거리는 말투가 통한 것일까. 베놈의 말에 초록색 풀숲을 헤치고 한 사내가 나타났다.

키가 늘씬하고 메마른 체구에 호화스러운 얼굴이었다. 베이지색 가죽을 몸에 두르고 있는 그는 귀가 뾰족한 걸로 보아 엘프 족.

상황을 보아하니 우리를 뒤쫓은 것 같았다. 그리고 내 기억으로 그는 흥분한 더쿠스를 말렸던 사내.

그런 그가 무슨 일로 우리를 뒤쫓은 것이란 말인가?

2

"아이러니하게 들리겠지만, 복수다."

"복수?"

나는 한쪽 눈썹을 찡긋거리며 고개를 갸웃거렸다. 복수라니, 적어도 그는 가장 현실적인 사고방식을 가지고 있는 엘프라고 생각했는데. 대체…….

"에아르웬에 관한 이야기라면 모두 끝난 것이 아니었던가?"

"나 개인으로서 내가 처음이자 마지막으로 당신과 끝을 맺고자 한다. 결과가 어떻든 그것은 내가 받아들이겠다."

그의 푸른 눈동자가 신비롭게 일렁였다.

"이렇게까지 해야 하는 이유가 반드시 존재하는가?"

내 물음에 그는 한참 동안 나를 노려보다가 대답했다.

"그녀는 내 결혼 상대자였다."

한마디 하려던 베놈의 어깨가 쑥 들어갔다.

놀란 것은 나 역시 마찬가지.

사랑하는 사람을 잃었는데도 그런 침착함을 가지다니. 엘프만이 가질 수 있는 자제력인가? 인간이라면, 아니, 어느 누구라도 그것은 거의 불가능에 가까울 것이다.

나는 새삼 그가 드높은 산맥처럼 거대하게 보이기 시작했다.

종족의 존속을 지키는 대신 개인의 복수를 자청한다.

그것이 어떠한 결과를 초래할지 얼마나 큰 위험이 뒤따를지 충분히 파악하고 있는데도 불구하고.

"나를 죽이는 것이 목적인 것이냐."

그는 대답하지 않았다. 대답 대신 주로 어쎄신들이 사용하는 크레이퍼 단검을 양쪽 손등에 장착시켰다.

'철컥' 거리는 소리와 함께 그의 눈동자가 비장한 분위기를 풀어냈다.

"이름을 알고 싶은데……."

그는 무리없이 자신의 이름을 밝혔다.

"카르니아."

"카르니아라……. 그리고 보니 에아르웬은 우리들에게 별다른 추억거리를 이야기한 적이 없었군. 나름대로 친해지려고 노력을 했는데 말이야."

"네놈의 입에서 그런 소리를 듣고 싶지 않다."

나는 가늘게 웃었다.

"마치 악당이 된 느낌이야."

그가 이를 바드득 갈았다.

"아니란 말이더냐? 인간은 하나같이 비열하고 이기적이며 탐욕에 사로잡힌 악의 집합!"

"그 정도까지는 아니……."

"시끄럽다! 네놈의 그 더러운 입을 찢어놓겠다!"

잔뜩 흥분해 얼굴이 시뻘겋게 달아오른 그는 양팔을 거세게 휘저었다. 그의 단검에서 무수한 흰색의 빛줄기가 날아들었다.

예사롭지 않은 기운이라 나는 깜짝 놀라며 뒤로 물러났다.

아슬아슬하게 스쳐 지나간 흰색의 기운은 목표를 놓치고 죄 없는 나무만을 잘라 버렸다.

거의 소드 오러에 필적할 만한 실력이라 깜짝 놀랐다. 싸울 때, 그의 활약은 못 봤던 걸로 기억한다.

"이렇게 좋은 실력이 있는데도 왜 나서지 않았던 거지?"

"나는 더쿠스님의 안위를 책임지고 있으니까."

나는 그제야 왜 그가 서둘러 좀비들이 진입하는 것을 막지 않았는지 이해할 수 있었다. 엘프의 숲을 최종 관리하는 더쿠스가 좀비들에 의해 크게 당해 버린다면 사기가 떨어짐과 동시에 그야말로 무너지는 것은 한순간이다.

정신적인 지주를 잃어버리는 것과 동시에 가야 할 길을 잃어버린 동물처럼 공황 상태에 빠질 수 있었던 것이다.

"그런데 그런 자가 날 죽이겠다고 여기까지 쫓아와? 그럼 더쿠스는?"

"말했을 텐데. 이것은 지극히 내 개인적인 감정이라고."

온몸이 꽁꽁 얼어붙을 정도로 차가운 눈빛이 내 온몸을 얼려 버리는 것만 같았다.

분노를 넘은 증오.

정말로 사랑하는 사람을 잃은, 그런 눈동자라는 것을 이제야 실감했다.

그의 눈에는 진정한 분노가 어려 있다.

"하아앗!"

본격적인 공격을 위해 뛰어오는 것을 보며 나는 공중으로 뛰어올랐다. 쉴드를 쳐 그의 공격을 막을 대비를 하고 체계의 마법 주문을 캐스팅했다.

그런데 주문을 외워 나가는 순간 베놈이 먼저 움직였다.

베놈의 성격상 참지 못하고 끼어든 것이다.

입에서 욕이 튀어나왔지만 나는 침착하게 주문을 취소하고 땅으로 착지했다.

카아앙!

베놈의 롱 소드와 교차된 단검이 부딪쳤다. 금색의 불꽃이 확 튀었다. 협동 공격을 위해 검을 꺼내 들고 카르니아의 옆구리 쪽으로 치고 들어갔다.

베놈의 검을 놀랍게도 힘으로 흘려나고 몸통을 회전시켜 그 힘을 빌은 발차기가 베놈의 머리에 작렬했다. '퍼억' 거리는 둔탁음과 함께 그는 유연하게 뒤로 뛰어올라 내 검을 피해냈다.

하늘하늘한 몸이 바람에 펄럭이는 천처럼 유연했다. 마치 모든 것을 흡수해 자를 수 없을 것만 같은 느낌을 준다. 하지만 부드럽다면 그에 반응하는 속성을 부여하면 된다.

'태워 버려주마.'

내 온몸에서 불길이 치솟았다. 손을 휘젓는 즉시 내 주위는 불바다가 될 것이다. 하지만 이럴 경우 다른 엘프들의 의심을 살 수가 있었다.

우선적으로 카르니아가 보이지 않고 좀비들이 사라진 마당에 난데없이 불길이 치솟는다면 그것을 놓칠 리가 없을 테니까. 최대한 조용히 그를 제압할 방법을 찾아야 했다.

나는 급히 불을 거두고 다른 속성을 준비했다.

"미치겠군. 크르릉……."

머리에서 김이 모락모락 피어오르는 베놈은 분해서 죽을 것 같은 표정이었다. 빨갛게 달아오른 눈동자로 그는 카르니아를 단숨에 먹어치울 기세로 노려보고 있었다.

손에 칼을 쥐고 있는 손은 부들부들 떨렸고 몸은 심하게 흥분돼 호흡이 가빠져 있어 어깨가 들썩들썩거렸다.

"내 목적은 그대가 아니다. 비켜라."

카르니아는 송곳 같은 시선으로 베놈을 쏘아봤다. 하지만 베놈은 불을 지르면 더욱더 붉게 타오르는 성격.

"내가 모시는 상전으로서 그럴 수는 없겠는뎁쇼? 움크크!"

베놈의 코에서 피와 함께 뜨거운 콧김이 '훙!' 나왔다.

"그렇다면……."

파앗!

땅을 차오른 카르니아가 보름달을 등에 지며 떨어져 내렸다. 그리고 검을 내뻗는 것은 한순간. 찬란하게 X모양으로 교차되는 빛줄기가 강렬하게 번쩍였다.

번개 같은 속도였다.

카아앙!

가까스로 막아낸 베놈이 힘이 밀려 바닥에 긴 흔적을 남겼다. 발이 끌려간 자국은 베놈에게 치욕스런 수치였다. 덩치도 몇 배나 큰 데다가 근육량의 차이간 해도 생쥐와 고양이의 차이일진대, 힘에서 밀리다니!

베놈은 괴성을 지르며 검을 거둔 뒤 카르니아의 가슴을 향해 검을 내질렀다.

커다란 포효와 함께 혼신을 다해 내지른 검을 카르니아가 허무하리만큼 가볍게 피해내 버렸다. 그리고 부드럽게 몸을 돌리는 동시에 손등에 장착된 그의 뾰족한 단검의 끝이 베놈의 목젖으로 향한다.

쐐애액!

그 찰나의 틈은 나조차도 막을 수 없는 순간적인 공격이었다.

"베놈!"

그런데 절망적인 내 외침과는 전혀 다른 상황이 연출되었다.

핏물이 튀는 대신 카르니아의 손이 하늘 위로 튕겨져 올라간 것이다. 바로 나무 사이를 지나 날아온 하나의 화살이 베놈으로 향했던 카르니아의 공격을 무산시킨 것.

때문에 모두의 시선이 한곳으로 모였다. 그리고 어두운 곳에서 점차 달빛을 받아 등장한 사람은 우리를 모두 충격 속으로 빠뜨리고 말았다.

"그만두세요, 카르니아. 저는 죽지 않았습니다."

창백하리만큼 하얀 에아르웬의 얼굴이 거짓말처럼 두 눈동자 안에 들어오고 있었다.

"어… 어떻게 된 겁니까?"

나는 나답지 않게 말까지 더듬거렸다. 하지만 당황한 것은 나만이 아니었다. 마치 귀신을 본 듯한 시선이 일제히 에아르웬에게 쏟아지고 있었다.

죽은 듯이 앉아 있던 장 얀느도 벌떡 일어날 만큼!

"피에로가 얕은 수를 썼어요."

"얕은 수라니?"

"저의 오랜 친구, 니아르의 얼굴에 일루젼을 시전했더군요. 모두들 속으신 거예요."

"말도 안 돼!"

나는 격렬하게 소리쳤다.

에아르웬이 다소 놀란 눈빛으로 나를 보았다.

"그럼 그때의 목소리도, 눈빛도, 행동도 모두 거짓말이란 말인가?"

"아마 환각을 보셨을 겁니다."

"그곳에 있는 모든 엘프들과 우리들이?"

"브로크웨이는 본래 상식을 무시하는 존재들이 아니었나요?"

"그럼, 피에로가 나타났을 때 당신은 어디에서 뭘 하고 있었습니까?"

"더쿠스님의 방을 청소하다가 하나의 책을 발견했어요. 그건 그의 일기였죠."

그녀의 한쪽 눈에서 눈물이 한 방울 떨어져 내렸다.

"더쿠스님은 제 친아버지가 아니셨어요."

그래. 분명히 말했었다. 더쿠스는 자신이 친아버지가 아니라고 했었지.

"하지만 일기 때문에 종족의 위기를 모른 체했다는 건 설득력이 없습니다."

"더쿠스님이 제 어머니를 살해하셨더군요."

카르니아가 멍하니 에아르웬을 쳐다보다가 풀썩 무릎을 꿇었다. 에아르웬은 멈추지 않고 훌쩍이며 말을 이었다.

"일기에 참회록이 있었어요. 촌장의 자리를 위해, 제 어머니를……."

욕망이라는 것은 인간에게만 있는 것이 아니다.

모든 살아 있는 것들은 감정이라는 것이 존재하기에 욕심이라는 부분이 절대로 없을 수는 없는 것이다. 엘프 역시 한없이 아름다운 존재만은 아니었음이 밝혀지는 순간이었다.

"마지막으로 묻겠습니다. 이곳은 어떻게 찾아오셨습니까?"

"뒤를 쫓았습니다. 카르니아가 로크님의 일행을 쫓는 것을 알아챘고, 저는……."

"카르니아가 새끼를 친 셈이군요."

에아르웬은 말없이 고개를 푹 숙였다.

"저희를 쫓은 까닭은?"

에아르웬이 말을 꺼내기 망설일 때 나는 꽤나 감정이 격해져 있었기에 입가에 맴도는 말을 내뱉어 버리고 말았다.

"혹시 자신의 손에 동족의 피를 묻히기 싫다는 이유로 내게 복수를 부탁하는 것은 아니겠죠?"

에아르웬이 나를 보며 강하게 부정했다.

"아니에요!"

"그럼?"

그녀가 고개를 숙이며 아랫입술을 물며 말했다.

"제 친아버지가 바이슨에 있다는 정보를 알게 됐어요."

장 얀느가 큰 보폭으로 휘적휘적 걸어갔다. 그 기세에 에아르웬은 조금 놀란 얼굴로 한 발자국 뒷걸음쳤다.

장 얀느는 날카로운 눈매로 에아르웬의 눈을 뚫어져라 응시했다.

"당신이 처음 로크님과 만나는 대목부터 지금까지의 행동은 의심스럽기 그지없었어. 그리고 지금의 상황도 마찬가지! 당신은 지금도 당장 확인할 수 없는 문제를 이야기했어. 여기 카르니아가 있다고 해도 그조차 알 수 없는 뒷이야기를. 그것만으로도 우리는 더 이상 당신을 믿을 수 없다."

좀처럼 흥분하지 않는 장 얀느가 무섭게 몰아쳤다. 아무 말도 못하고 석상처럼 서 있는 에아르웬에게 장 얀느는 마지막 일침을 놓았다.

"이러한 이유로 당신은 우리에게 경계될 수밖에 없는 대상."

장 얀느가 나를 돌아봤다.

"어찌하실 생각이십니까?"

"뭘 어쩐단 말이야?"

"그녀가 지금 우리와 동행하겠다는 이야기를 한 것이나 다름이 없습니다."

"막진 않겠어. 다만 앞으로 나는 그녀와 큰 거리를 둘 셈이다. 장 얀느, 너의 말이 완전히 틀리지는 않은 모양이니……."

그는 마지못해 고개를 끄덕이며 뒤로 물러났다.

"에아르웬, 진정 엘프의 숲을 떠날 생각인가요?"

갑작스러운 카르니아의 물음에 에아르웬은 지쳐 있는 얼굴로 고개를 끄덕거렸다. 믿을 수 없는 듯 양손으로 머리를 부여잡은 카르니아는 넋 나간 얼굴로 중얼거렸다.

"그… 그럴 수가……. 그렇다면 저와의 결혼은?"

그의 목소리가 점차 커지기 시작했다.

그것은 정신적인 집착으로 인한 광기에 가까웠다.

"얼마나 기다렸는데. 당신이 오기를, 당신이 오기만을!"

"그것조차… 더쿠스님이 조작한 인연이라는 것 또한 알고 있습니다, 카르니아."

에아르웬의 말에 카르니아는 이빨을 딱딱 부딪쳤다. 손을 벌벌 떨며 일어선 그는 에아르웬에게 휘청거리며 걸어갔다.

"그게 아니야!"

"추한 모습은, 이제 그만 넣어두세요. 카르니아, 이제 두 번다시 당신을 볼 생각은 없습니다. 전 모두에게 속은 거예요."

마치 모든 것을 잃어버린 듯한 눈빛으로 그는 자신의 팔을 천천히 들어올리고 있었다. 그리고 흐느끼는 웃음을 입가에 머금으며 눈물을 흘렸다.

"당신의 말이 맞아. 다가갈 수조차 없을 만큼 고결한 당신을 내 옆에 두고 싶은 마음에 더쿠스님과 거래를 했었죠."

에아르웬은 그를 완전히 외면했다.

"전 당신을 받아들일 수가 없습니다. 그만 엘프의 숲으로 돌아가세요."

카르니아는 나지막하게 말했다. 집중하지 않으면 들리지 않을 정도로 고요하고 무겁게.

"비록 비열했다지만, 그것은 저에게 있어서 모든 것이나 다름없었던 단 하나의 사랑. 그것을 잃어버린 이상 제가 살아갈 이유는……."

에아르웬이 고개를 들어 카르니아를 보았을 때 끔찍한 음향이 숲 속에 울려 퍼졌다.

새빨간 붉은 피가 카르니아의 배에서 무참하게 흘러나왔다.

자결!

"없습니다……."

한 움큼의 피를 토해낸 카르니아가 빗물로 인해 진흙으로 변해 있는 바닥으로 처절하게 무너져 내렸다. 황토색의 바닥이 빠른 속도로 붉게 물들어갔다.

얼마나 깊게 찔렀는지 되돌이킬 수 없을 정도로 대량의 피가 걷잡을 수 없이 빠져나오고 있었다.

에아르웬은 믿을 수 없다는 표정으로 침을 꿀꺽 삼키며 뚜벅뚜벅 걸어가 카르니아의 몸을 잡아 돌렸다.

그의 배에는 마치 술통에 구멍이라도 뚫린 것처럼 피가 무섭도록 쏟아지고 있었다. 이에 에가르웬이 거의 패닉 상태에 이른 눈동자로 나를 보며 울먹였다.

"사… 살려주세요, 로크님. 제발… 제발!"

촤아악!

"꺄아악!"

있는 힘을 다해 자신의 목을 연이어 그은 카르니아가 희미하게 떠진 눈동자로 그녀를 보며 말하는 것 같았다.

'날 미워하지 말아요…….'

신은 말한다.

너에게 있어 결말이란 없다고.

늘, 그래 왔듯이…….

항상, 현재 진행 중인 상태로 절망과 슬픔이 찾아올 뿐.

그 이상도, 그 이하도 아닌 지독한 현실이라고…….

3

엘프들을 묻는 무덤은 다행인지 멀지 않은 곳에 있었다. 기본적으로 체력이 좋은 베놈이 카르니아를 둘러메고 걸어가 엘프들이 흙으로 묻혀지는 곳, 트렌실리아라고 불리는 자리에 묻었다.

에아르웬에게 이 사실을 어서 더쿠스에게 알려야 하는 것이 아니냐고 물었을 때 그녀는 이렇게 대답했다.

'저는 엘프의 숲과 인연을 끊으려 합니다.'

그녀는 눈물이 그렁한 눈빛으로 카르니아의 무덤을 보다가 고개를 돌렸다. 크고 보석 같은 눈동자가 얼마나 눈물을 흘려냈는지 퉁퉁 부어 있었다.

나는 무덤 주위를 뱅글뱅글 돌고 있는 반을 끌고 지도상으로 표시되어 있는 바이슨으로 향하는 북동쪽으로 서서히 걸음을 옮겼다.

그리고 보니 조금씩 겨울이 다가오는 것이 느껴지고 있었다. 아주 천천히 뚜벅뚜벅 걸어오는 겨울은 약속된 1년을 가리킨다.

이클레이드가 내게 1년을 넘기지 말라고 했었지.

그를 속이기 위해선 그리고 의심받지 않기 위해선 그 약속을 지키는 것이 좋았다. 어쩌면 그 음흉한 노인은 지금 이 순간에도 나를 지켜보고 있을지도 몰랐다. 나를 자유롭게 풀어준다는 말을 어떻게 믿을 수 있을까.

그는 내게 있어 완전히 믿음이 배제당한 인간.

나는 독하게 일그러진 눈빛으로 고개를 들었다.

그때 장 얀느가 오랜만에 말문을 열었다.

"이제 조금만 더 가면 바이슨에 도착하게 되겠군요."

장 얀느는 꽤 추워진 날씨에 챙겨둔 옷을 껴입으며 그렇게 말했다. 어라? 이제 보니 녀석은 얼굴과 말투, 마음은 얼음 같지만 피부는 그렇지 못한 듯했다.

추위를 꽤 많이 타는 듯 연신 몸을 덜덜 떨고 있었고 귀와 뺨은 빨갛게 올라 있었다. 도무지 부탁이라는 걸 할 줄 모르는 인간이다.

워낙 송곳 같은 인간이라 찔러도 피 한 방울 안 나올 것 같은 자식인지라 이래저래 내가 먼저 챙겨주지 않으면 어느 순간에 풀썩 쓰러져 버려서는 나 몰라라 하고 세상을 떠나 버릴지도 모르는 그런 심각한 성격 장애가 있는 바보였다.

에아르웬도 살아 돌아왔겠다, 죄책감이 사라진 나는 더 이상 괜히 추위에 시달릴 필요가 없었다.

급히 체온을 녹이기 위해 불구덩이 하나를 소환하자 베놈은 마치 구원자를 만난 것처럼 헐레벌떡 거리를 좁혀왔다.

"드디어 불을 소환하셨군요."

양손을 불에 쬐며 행복한 표정에 젖어 있는 그를 보며 나는 그동안 녀석들에게 꽤 가혹한 리더였나라고 잠깐 생각했다.

"그렇게 좋으냐?"

"예! 온몸이 녹아들어 갑니다 그냥. 크르릉~"

어찌 녀석은 이럴 때 보면 반보다도 어리숙해 보이는지. 쯧, 저게 그 유명한 드레니크 초원의 전사라니.

이건 최근에 알게 된 사실인데 베놈은 상당히 유명한 오크 종족의 후예였다고 한다. 오크 중에서도 전투력과 긍지 모든 면에서 월등한 피가 흐른다는 드레니크.

녀석 성격이 괄괄한 것과 힘이 드센 것도 그런 이유에서인 듯싶었다. 왠지 보통 오크보다 말을 심하게 잘한다 싶었는데 그것도 드레니크의 후예라서 그런 건가?

"그런데 로크님."

"......?"

"이제, 분위기상으로는 왠지 델 키오르가 나타날 것 같지 않습니까?"

"흐름이라는 건 언제 어떻게 변화할지 모르는 거니까. 장담할 순 없지만 짐작대로라면 아마 그렇지 않을까 싶군. 하지만 워낙 건드려 놓은 곳이 많다 보니……."

컹컹!

반이 어딘가를 보고 목에 힘을 빡 주며 짖었다. 나는 반의 시선이 향하고 있는 곳으로 고개를 돌렸다. 그곳엔 야생의 냄새가 잔뜩 묻어난 짐승의 포효와 인간의 인기척이 났다.

장 얀느가 미간을 좁히며 물어왔다.

"갈 필요가 있을까요?"

"알잖아. 아무리 지도가 있다고는 해드 우리가 길을 찾는데는 굉장히 긴 시간이 걸린다. 쟈들과 함께 가는 게 훨씬 빨라. 나는 시간 낭비를 가장 싫어하는 성격이거든."

고개를 끄덕인 장 얀느가 앞장서서 걸어갔다. 베놈은 심드렁한 얼굴로 콧김을 '크룽' 내뱉고는 나와 함께 그곳으로 걸어갔다.

앞서 걸어가 주위를 살펴본 장 얀느가 피식 웃었다.

"아무리 상단 호위라고는 해도 병사들이 늑대에게 둘러싸인 꼴이라니."

장 얀느의 말대로 언덕 아래로 조금은 큰 규모의 상단이 늑대 무리에 둘러싸여 있었다.

"잠깐, 저거 케론 울프잖아."

불쑥 베놈이 입을 열었다.

"케론 울프?"

장 얀느의 되물음에 베놈이 고개를 끄덕였다.

"크룽. 멸종했다고 알려진 늑대다. 보통의 늑대보다 몸집은 세 배, 공격력은 다섯 배. 거의 몬스터에 가까운 녀석들이라고 들었다.”

나는 한쪽 입꼬리를 올리며 웃었다.

“이유가 있었던 거구만.”

“제가 처리할까요?”

베놈이 송곳니를 보이며 그렇게 물었다.

나는 고개를 저었다.

“생각해 놓은 마법이 있다. 한번 시험해 볼 생각이야.”

나는 그 말을 마치고 살짝 점프해서 마나를 주위로 끌어들여 천천히 아래로 안전하게 내려갔다. 바닥으로 착지하자 모든 시선이 내게로 주목되었다.

늑대들의 붉은 눈동자가 어둠 속에서 마력의 보석처럼 은은하게 번쩍였다.

“케론 울프라. 이름은 그럴듯한 녀석들이구나.”

입가에 머금은 웃음을 보고 그들은 나를 보며 목이 터져라 소리쳤다.

“도와주십시오!!”

간절함이 가슴을 저미도록 와 닿는다.

그럴 만한 게 이미 바닥에는 처참한 시체가 몇 구나 구르고 있었던 것이다.

크르르르릉!

반이 푸르고 청명한 느낌의 용맹한 느낌이라면 이 케론 울프란 녀석들은 붉고 불길하며 탁한 느낌이었다.

그때 베놈이 외쳤다.

"놈들 이빨에는 맹독이 묻어 있습니다! 그것만 조심하십쇼!"

베놈이 좋은 정보를 던져 주었다.

"좋구나. 덤벼봐."

상단의 모든 사람들은 모든 기대를 내게 걸고 있었다. 상당히 부담스러울 정도의 눈길이 와르륵 쏟아질 때 녀석들의 공격이 내게로 쏟아졌다.

놈들도 본능적으로 눈치 챈 것이다.

누가 가장 경계해야 할 대상인지를!

크워엉!

높은 도약력으로 뛰어오른 늑대가 머리 절반은 가볍게 물어버릴 크기로 입을 쩌억 벌렸다.

나는 잠시 그걸 바라보다가 손가락으로 허공에 마법진을 그렸다. 872체계의 마법진 그림이 화가의 예술처럼 화려하게 그려진다.

"블랙 핸드(Black Hand)!"

하얀 연기 같은 마법진이 허공에 생성되자 그곳에서 시커멓고 커다란 손이 삐죽 튀어나왔다. 그것은 나조차도 상당히 놀랄 정도로 굉장히 거대하고 끔찍할 정도로 무서워 보이는 손이었다.

마치 명계(冥界)에서 튀어나온 것 같은 어두운 손.

그 손은 날카로운 손톱으로 사정없이 늑대의 몸을 후려쳤다. 그 광경을 본 상인들은 전부 얼굴이 하얗게 질렸다.

마법사의 소문이라는 것은 절대로 좋을 수가 없는 것이라서 그들은 더 큰 재난을 만난 것 같은 표정을 짓고 있었다.

"어라? 이거 유효 시간이 꽤 되잖아?"

속이 약간 울렁거리는 것 말고는 마력의 소실도 크게 없었다. 게다가 이 마법은 쉽게 사라지지 않은 채 유지성마저 가지고 있었다.

확실히 보통 늑대와는 조금 다른 듯 녀석들은 기죽지 않고 용맹하게 달려들었다. 하지만 이성이 없는 본능에만 충실하다 보면 늘 이렇듯 죽음이 다가오지.

퍼버벅!

손이 가볍게 녀석들을 관통하고 찢어발겼다. 피와 고깃덩이가 사방으로 비산했다. 양손을 교차시킨 채 파이어 볼 주문을 외웠다. 손 위로 사람 머리만 한 크기의 뜨거운 불덩이가 생성되었다.

캐스팅하는 즉시 늑대들의 몸에 불을 질렀다.

퍼어엉!

정체를 알 수 없는 손이 케론 울프의 생살을 찢고 불덩이가 비산하는 모습은 꽤 장관이라 나는 그 광경을 즐기듯 했다.

순식간에 주위는 깨끗하게 정리되어 갔다. 그리고 단 한 마리도 남기지 않고 확실하게 목숨을 끊었다.

마력을 거두자 마법진으로 만든 블랙 핸드도 연기처럼 사라졌다.

나는 내 몸에 묻은 피를 닦아냈다. 마나로 물을 만들어 닦았는데도 얼룩이 남아 난 조금 찝찝한 표정을 짓고 있었다.

고개를 들자 넋이 나간 채로 석상처럼 굳어 있는 그들이 보였다.

내 뒤로 동료들이 내려왔다.

나는 잠깐 동료들을 돌아본 뒤 그들에게 걸어가 말을 걸었다.

"안녕하십니까?"

내 인사에 그들은 황급히 정신을 차리고 대답을 받았다.

"예… 예예! 아… 안녕하십니까?!"

마차의 주인장으로 보이는 그는 고급 소재의 옷을 입고 있었다. 보아하니 귀족 같았는데 날 빤히 바라보다가 갑자기 화들짝 놀라서는 연신 고개를 숙였다.

"저… 정말 구해주셔서 감사합니다. 다법사님이 아니셨다면 우리들은 꼼짝없이 여기서 죽었을 것입니다!"

발발 떨며 말하는 꼴이 마치 사탄을 앞두고 있는 표정이라 불쾌한 기분이 들었다. 꼭 귀족의 부당한 권력 때문에 원하지도 않는 가식적인 대접을 받는 것만 같았다.

"됐고, 마차 좀 얻어 탑시다. 얼핏 봐도 굉장히 커 보이는데."

"되고말고요! 굉장히 넓습니다!"

"다행이군."

"저… 그런데 저 뒤에 분들은……?"

"동료."

나의 짧은 대답에 그는 땀을 흘리며 고개를 끄덕였다.

엘프인 에아르웬과 베놈을 본 것이다.

눈치를 보는 그의 얇은 눈매를 확 찢어버리고 싶었지만, 성격을 그대로 표현하다간 내 주위에 아무도 없는 불상사가 생기게 될 테니 참았다.

"자, 그럼 이리로……."

시뻘건 늑대들의 시체를 재수없다는 표정으로 휙휙 피한 그는 우리를 마차 쪽으로 데려갔다.

가까이서 본 마차의 크기는 대단했다. 멀리서는 잘 몰랐는데 이리 근접거리에서 보니 거의 집 한 채를 연상시킬 정도였다. 대략 앞에서 마차를 끄는 말의 숫자는 자그만치 여섯 마리. 주위를 호위하는 데 쓰는 말이 일곱 마리였다.

확실히 우리들이 모두 타도 무리가 없을 정도의 규모라 어찌 보면 행운이었다. 길도 쉽게 찾을 수 있게 되었고 보다 편하게 갈 수 있게 되었으니까.

"마차 안에 사람이 있습니까?"

"아… 그게, 신분을 밝히기 힘든……."

덜컹!

그의 말이 끝나기도 전에 문이 벌컥 열리며 한 여자가 우리를 거만하게 내려다보았다. 주렁주렁 매달린 장신구 보석하며 눈빛만 봐도 상당히 피곤한 여자임을 알 수 있었다.

생긴 건 에아르웬에게 크게 뒤처질 정도가 아닐 정도로 수준급. 반듯한 얼굴에 하얀 얼굴, 머리를 위로 묶어 올려 하얀 목선이 드러나 있었다.

작은 얼굴에 오뚝한 코와 붉고 작은 입술. 미인이긴 하나 상당히 고집있어 보이는 아가씨다.

"왜 이렇게 출발이 늦어!"

신경질적으로 외친 그녀는 문득 아래쪽에서 멀뚱히 서 있는 나를 발견했다. 나는 어차피 동행해야 할 사이가 될 것이기에 먼저 인사를 건넸다.

"처음 뵙겠습니다. 로크라고 합니다."

그런데 갑자기 그녀가 미간을 꽉 찡그린다.

"성은 없느냐?"

언제나 이런 식이다. 평민을 볼 때라면, 늘 저런 벌레를 보는 듯한 시선.

인간지사에 차별을 두다니.

"그렇소만?"

"어찌 된 일인가요, 토느 씨?"

날 데리고 마차가 있는 곳으로 데리고 왔던 그는 땀을 뻘뻘 흘리며 그녀에게 귓속말을 전했다. 이야기를 다 듣고 난 그녀의 눈빛이 변했다.

"마법사? 너 정말 마법사야?"

"그래."

그녀의 얼굴이 순식간에 붉어졌다.

"평민 주제에 감히 반말을 하다니. 여봐라! 이놈을 당장 내 앞에 무릎을 꿇려라!"

토느라 불린 귀족 사내는 하얗게 질린 얼굴로 발발 떨고 있다. 정말 심하게 융통성이 없는 여자다.

이제 갓 스물 정도로 되어 보이는데 입이 거칠군.

"어라?"

웃기는 건 공포에 질린 얼굴이긴 하지만 병사들이 창을 들고 내게로 다가오고 있었다. 늑대보다 내가 만만하단 소린가?

와하하! 재밌군.

나는 혹시 모를 상황에 대비해 스트렝스 마법을 캐스팅했다.

"날 잡으시겠다?"

베놈이 검을 꺼내려는 것을 내가 저지했다.

상황이 무겁게 변하기 시작했다.

"구해줬더니 보따리를 내놓으라는 식이네."

지들도 양심에 찔리는지 병사들은 서로의 눈치를 주고받고 있었다. 그런데도 창을 치우지 않는다는 건 저 여자의 영향력이 상당히 막강하다는 것으로 추측할 수 있었다.

"지금부터 열 셀 동안 무기 안 버리면 하나씩 디진다."

나는 눈을 부릅뜨고 엄지손가락을 접었다.

"하나……."

침을 꿀꺽 삼키며 눈치를 살피는 그들은 도망치고 싶어하는 얼굴이었다.

여자가 소리쳤다.

"뭣들 하고 있는 거야?! 저런 애송이 하나 못 잡는 거야? 다들 내 아버지한테 죽고 싶어?!"

"일곱⋯⋯."

"버⋯ 벌써 일곱!"

병사들이 동요하기 시작했다. 어떻게 해야 할지. 아무래도 한 마리 테스트로 잡아줘야 군기가 잡힐 듯하다.

나는 걸어가며 마지막 열 번째 손가락을 접었다. 그리고 번개 같은 속도로 병사의 복부를 가격했다.

뻐지직!

갑옷이 우그러들고 입에서 피를 토해낸다. 약 10피르를 밀려 나간 그가 바닥을 구르며 경련을 일으켰다. 그걸 본 병사들은 약속이라도 한 것처럼 손을 놓았다.

바닥으로 병장기 떨어지는 소리가 시끄럽게 울렸다.

분해 죽겠다는 표정으로 그녀가 소리쳤다.

"너 우리 가문이 어떤 가문인지 알고 이러는 거야? 보니 직위도 없는 떠돌이 마법사 같은데 개죽음당하고 싶지 않다면 당장 머리를 처박고 빌란 말이야!"

거의 악을 써대는 수준이었다.

나는 그녀에게 천천히 걸어갔다.

"뭐… 뭐야. 왜 가까이 오는 거야. 호위병! 호위병~!"

짜악!

파드드득!

뺨에서 울려 퍼지는 소리와 함께 새들이 날아올랐다.

정적의 미가 아름답게 퍼져 나감과 동시에 병사들과 토느의 얼굴에 핏기가 삭 가셨다.

"그 귀족이라는 허울이 얼마나 잘난진 잘 모르겠지만 생명의 은인에게 이따위로 행동하면 안 되지."

그녀가 울먹거리며 뭐라 중얼거렸지만 나는 가볍게 묵살했다.

"그러니까 한 번만 더 까불면 그땐……."

"네가 뭔데 날 때려! 네가 뭔데 날 때리냐고! 이 나쁜 놈아! 진짜 살기 싫어?!"

이쯤 되면 정신 상태가 의심되는 환자다.

마법사라면 그리고 지금 상황이 흘러가는 걸 보면 어떤 분위기인지 모르는 건가? 죽음에 대한 자각이 아예 없는 여자 같았다.

백번의 말보다 한번의 행동이 강하게 먹히는 법이다.

꽤 강하게 뺨을 한 대 더 때려주자 그녀는 목 놓아 울기 시작했다. 입을 쩌억 벌리고 울고 있는 그녀의 입에 흙을 던지고 싶었지만 일정이 바쁜 몸이라 더 이상 시간을 끌기가 싫었다.

"토느라고 했었나?"

"예… 예예?"

"살고 싶으면 우리를 마을까지 안내하라. 그리고 저 여자는 마차에 태우지 마. 모두 온몸이 잿덩어리가 되고 싶지 않다면. 난 한다면 하는 사람이다. 마법사란 본래 성격이 좋은 편이 아니라는 건 익히 들어 알고 있겠지?"

그가 정신없이 고개를 끄덕였다.

내가 신경질적으로 마차에 올라타자 동료들이 상태가 조금 안 좋은 표정으로 줄줄이 따라 올라왔다. 문이 닫히고 잠시 후 마차가 출발했다.

"저… 이래도 되는 겁니까? 크릉!"

베놈이 불안한 얼굴로 물었다.

사실 나도 조금 뒤끝이 찝찝했다. 하지만 이렇게 행동하지 않았다면, 이런저런 이유로 꽤 오랜 시간을 잡아끌었을 것이다. 그리고 가장 중요한 건, 저런 여자는 단 1초라도 더 마주 보고 있기가 싫었다.

"상관없어."

장 얀느는 무슨 일이 있었냐는 둥 피곤한 얼굴로 눈을 감고 잠을 청하고 있었다. 반은 모처럼 부드러운 곳에 앉으니 기분이 좋은 듯 꼬리를 살랑살랑 흔든다.

베놈은 눈치가 빠른 게 흠이라. 앞으로 무슨 일이 일어날지 걱정이 태산 같은 표정에 잠겨 있었다.

"의외네요, 로크님. 여자를 때리시다니……."

나는 그녀의 시선을 외면하며 대답했다.

"원래 이런 놈입니다. 그동안 절 착한 놈이라 착각하고 계셨던 것 같군요."

그녀는 곧 울 것 같은 표정을 지었다.

솔직히 믿을 수 있는 녀석은 베놈 말고는 없다.

거짓없이 대하는 것이 보이는 것은 오직 베놈이다. 그동안 배신의 종류란 종류는 꽤 다양하게 맛봤지만 아직도 상상을 초월하는 뒤통수는 존재하는 거라 나는 그녀를 대함에 있어 거리가 있을 수밖에 없었다.

그것은 본능적인 자기 방어였다.

"클클. 로크님, 바로 그겁니다. 저리 싸가지없는 인간은……."

베놈의 자랑스럽다는 눈빛이 욕 나오게 부담스러웠다. 나는 녀석을 발로 밀어 차버리고 창문을 열었다.

차가운 공기를 들이마시자 폐부가 시원하다.

"하아……."

이제 곧 바이슨 왕국에 도착하겠군.

지도를 펼쳐 보니 큰 마을 하나만 거치면 바로 바이슨 왕국의 국경 지대를 넘게 된다. 곧 왕궁에 들어서 직위를 가지게 된다는 생각을 하니 가슴이 벅차올랐다.

반드시, 올라서리라. 내 이상 바로 그 염원하던 위치로!

Chapter 24
중독

1

마차를 얻어 탄 후의 첫 노숙이었다.

워낙 산길이 험준하고 위험한지라 안전한 곳을 찾는 데 꽤 애를 먹었다. 그 때문인지 시간이 흘러 벌써 깜깜한 밤이 되었다.

어쨌든 그렇게 자리를 잡게 된 후, 베놈이 몇 마리의 짐승들을 잡아왔다. 그들은 그들만의 식사를 멀리 떨어져서 했다. 안 봐도 뻔하다.

고상하게들 먹겠지.

나는 마법으로 불을 지펴 고기를 구웠다. 고기 굽는 연기가 위로 술술 올라가자 슬슬 병사들의 시선이 오고 있었다.

그럴 수밖에.

피골이 상접한 얼굴로 영양 섭취가 부실했으니 얼마나 먹고 싶을까.

베놈의 사냥 솜씨는 거의 5백 년 묵은 설인 수준이라 고기의 품질은 물론 손질까지 완벽해서 이런 점에 있어서는 내 생애 최고의 파트너가 아닐까 싶다.

나는 먹는 거에 한이 꽤 깊은 사람이라 다른 건 몰라도 음식에 있어서만큼은 집착이 조금 강한 편이었다. 그 이유는 아마 어렸을 적 굶는다는 것에 대해 처절하리만큼 또렷하게 기억하고 있어서일 것이다.

"안녕하십니까?"

활발하고 성격 좋아 보이는 한 사내가 비굴하게 웃으며 다가왔다. 그 웃음이 나쁜 게 아니라 꽤 귀여운지라 나는 그를 크게 물릴 생각이 없었다.

"생각이 있다면 같이 앉아 드시죠."

그는 반색하며 활짝 웃었다.

내 옆에 앉아서는 침을 질질 흘리며 칠면조의 다리 한쪽을 뜯었다. 김이 모락모락 나는 토실토실한 살코기를 보며 그는 이상에 젖은 얼굴로 말했다.

"감사합니다, 마법사님……."

동료들의 뜨거운 눈길을 아무렇지도 않게 묵과하며 고기를 뜯어 먹는 그의 모습이 아름답다. 먹는 것에 굳이 자존심과 의리를 주장할 필요가 있을까. 내가 보기엔 한심해 보이기만 한다.

하지만 그들의 입장도 조금 이해가 가는 게 아마 오고 싶은 마음은 굴뚝같으나 지체 높은 귀족 아가씨의 눈치를 보고 있는 거겠지.

확실히 옆에 앉은 병사는 다른 건 몰라도 확실히 소녀의 눈치만은 심각하게 느끼고 있는 것 같았다. 하지만 먹는 얼굴은 너무나도 행복해 보였다.

"어디서 오셨습니까?"

장 얀느의 물음에 병사가 웃으며 대답했다.

"저희는 바이슨 도시로 향하고 있습니다. 저분은 바이슨 왕국의 타이레논 백작의 따님… 헉!"

대답을 하던 그의 얼굴이 허옇게 변했다.

백작의 딸이라 하면 엄청난 신분이다. 그걸 말해 버렸으니 그 책임을 어떻게 감당해야 할까. 손이 벌벌 떨려 그는 손에 쥐고 있던 다리를 놓쳤다.

나는 웃으며 말했다.

"걱정하는 일은 벌어지지 않을 테니 걱정은 마세요."

듬성듬성 난 그의 짧은 털이 미세하게 떨리는 게 보였다.

"제… 제발 부… 부탁드립니다."

그는 죄지은 죄인처럼 고개를 들지 못했다.

확실히 성격이 지랄맞은 이유가 있었군.

백작의 딸이라, 미치겠군. 그것도 바이슨이라니.

베놈과 장 얀느의 눈빛이 살벌하게 변했다.

내 목적지가 바이슨으로 향하고 있음을 모르는 녀석들이 아니다. 상황의 심각성을 눈치 챘다. 나는 백작의 딸, 그녀의 뺨을 때렸다.

빌어먹을!

그저 꽤 높은 귀족가라 생각했더니만 완전 거물을 건드린 셈이 되었다. 이건 내 출세길을 막아놓음에 엄청난 장애를 초래할 것이 틀림없다.

웃으며 그를 다독거려 주긴 했지만 내 속은 이미 썩어문드러져 더 이상 썩어나갈 부위가 없을 정도였다. 패닉 상태가 다가올 것만 같아 나는 눈을 한번 크게 감은 뒤에 떴다.

"의심받을 만한 행동 하지 마라. 우린 지금 아무것도 못 들은 거다."

모두들 무겁게 고개를 끄덕였다.

나는 관자놀이를 꾹 누르며 이를 바드득 갈았다.

'일이 더럽게 꼬였군.'

모두들 피곤함에 졸고 있는 병사들이 속출할 때쯤 나는 그에게 물었다.

"그런데 어떻게 백작의 딸이 이 정도의 병사밖에 대동하지 않은 겁니까?"

그는 굵은 침을 몇 번이나 삼켰다. 그리곤 모기만 한 목소리로 말했다.

"그게… 백작의 따님이신 이실로네님께서 혼인이 결정되어 가나 영지로 도착할 때즈음 혼인 상대인 모크로 왕자가 암살되었다는 정보가 입수되었습니다."

"암살이라니?"

그가 뜸을 들이다가 이내 입을 열었다.

"반란입니다."

"반란!"

"쉿!"

내 목소리는 그리 크지 않았지만 그가 손가락으로 입을 가렸다.

"급하게 그곳을 빠져나오느라 많은 수의 병사들을 데리고 올 수도 없었습니다."

정신 상태가 이유없이 나간 것은 아니었군. 혼인의 상대가 죽었으니 당분간 온전한 상태이긴 글러먹었을 것이다. 새삼 때린 게 미안해졌다.

어떻게든 엇갈린 관계를 풀어야 한다. 갑자기 태도를 바꾸면 상황의 흐름이 안 좋게 갈 것이 틀림없다.

어떻게 해야 할까.

"로크님?"

"잠시 생각할 게 있으니 먼저 즈무십시오."

"더 궁금한 건 없으신지요?"

"예, 없습니다."

"저, 약속은 꼭……."

불안한 듯 나를 바라보는 그에게 나는 강하게 살기까지 실어 임팩트를 넣었다.

"나를 못 믿는다 이겁니까?"

그가 화들짝 놀라 고개를 저었다.

"그… 그럴 리가 있겠습니다. 그럼 먼저 실례하겠습니다."

그가 몸을 홱 돌리며 모포를 머리 위까지 끌어 올렸다. 나는 그 모습을 지켜보다가 고개를 들어 하늘을 보았다. 까만 하늘이 드넓게 펼쳐져 있었다.

저 하늘의 별의 숫자를 헤아리는 것만큼이나 터무니없는 문제가 생겨 버렸군.

관계가 이대로 지속되어 버린다면 후에 바이슨에서 직급을 받을 때 엄청난 악영향이 미치게 될 것이다.

반드시 관계를 호전시켜야 한다.

방법을 수도 없이 생각하고 있는 가운데 베놈이 다가왔다.

"제가 몰래 처리할까요?"

"쓸데없는 소리 마라. 날 아주 침몰시킬 생각이더냐?!"

베놈이 입을 삐죽 내밀었다.

"돌아가서 잠이나 자. 내가 알아서 생각해 볼 테니."

"알겠습니다. 크릉."

딴에는 날 위해서 한다는 말이었겠지만 발각될 경우 내 목숨은 없다고 봐도 무방하다.

백작이 모든 것을 걸고 내게 총공격을 행할 테니.

젠장, 도무지 방법이 눈에 안 보이는군.

그때 부스슥거리는 소리와 함께 내게로 누군가 다가왔다.

고개를 돌리니 장 얀느가 무표정한 얼굴로 내게 다가왔다. 그는 내 옆에 털썩 앉아 아무렇지도 않게 말한다.

"구해 드릴까요?"

나는 상체를 일으키며 나무에 등을 받쳤다. 그의 눈빛이 너무 진지해서 기가 막힌 방법이라도 떠오른 것인지 기대가 갔다.

"어떻게?"

"제가, 그녀에게 접근하겠습니다."

"접근이라면 어떤 식을 말하는 거냐?"

"가짜 사랑. 그녀를 유혹하죠."

터무니없는 이야기처럼 들리지만 신빙성이 있는 이야기였다. 그는 외모도 크게 나쁘지 않고 특별히 미움받을 만한 행동도 없었으니까. 그러고 보니 그녀가 장 얀느를 바라보는 시선이 조금 다른 것 같긴 했다.

하지만 이렇게 목석처럼 무뚝뚝한 녀석이 그녀를 유혹할 수 있을까. 그러나 그는 내 생각을 가볍게 무너뜨렸다.

"여자를 가지고 노는 것 정도는 간단하니 걱정은 필요없습니다."

마치 '늘 해오던 일입니다' 같은 느낌의 대사로 들려서 섬 뜩한 기분까지 들었다. 그런데 녀석의 말이 진심이라면 나쁘 지 않은 이야기다.

"그런데 굳이 그렇게까지 도와주려는 이유가 뭐야?"

"백작의 딸. 더 듣고 싶은 말이 계십니까?"

나는 뭔가 육중한 것에 머리를 얻어맞은 느낌이었다.

"너도… 권력을 원하는 것이냐?"

그가 웃었다.

순간 그 웃음이 소름 끼친다고 느낀 것은 나만의 착각일까.

"당연하지 않습니까. 제가 브로크웨이를 꺾을 만한 힘이 있는 것도 아니고, 손가락 하나 까딱거리는 걸로 처리할 수 있다면, 그보다 좋은 일은 없겠죠. 제가 권력이 생기면 로크 님도 앞길이 훨씬 쉽게 풀릴 것입니다."

그렇긴 하다만 무서운 놈이다.

놈은 목표로 하는 것은 어떻게든 달성하고야 말겠다는 독 기가 껍질 안에 고스란히 들어 있다. 아직 그 껍질이 벗겨지 지 않아 진정한 탐욕의 고리가 드러나지 않았지만 어떤 식으 로 변화할지는 아무도 모른다.

만약 악한 감정의 길을 걷게 된다면 끔찍하다고밖에 생각 할 수 없는 상대가 될 것이다.

여우 같은 계산과 치밀함, 그리고 피 한 방울 흐르지 않을 것 같은 그의 냉정함까지도.

"우선은 부탁하마."

그는 고개를 끄덕이고 물러갔다.

녀석은 어디까지를 내다보고 있는 것일까.

속을 알 수 없는 위험한 녀석.

그래서 더더욱 절대 적으로 둬서는 안 될 녀석이다.

2

다음날 아침 부스스한 얼굴로 일어났다.

꽤 추운 공기 때문에 몸이 차다. 불을 만들어 몸을 좀 녹였다.

베놈과 장 얀느, 그리고 에아르웬이 반을 데리고 가까이 왔다.

저마다 추운 모양이다.

아침 이슬이 떨어져 내리는 걸 멍하니 바라보다가 고개를 들었다. 내 앞에 백작의 딸이라는 계집애가 날 내려다보고 있었다.

괜히 지금 와서 태도를 고치는 게 웃긴 것 같아서 본래 하던 행동대로 했다.

"뭐야?"

그녀는 나를 빤히 쳐다보다가 불을 지펴놓은 곳 옆에 앉았다.

　"추워."

　나는 어이없는 듯 콧방귀를 한번 뀐 뒤 코를 훌쩍이며 따뜻한 불에 몸을 쬐었다. 추운 곳에서 따뜻한 불을 쬐는 느낌은 꽤 달콤해서 표정이 편안해지는 것을 느낄 수 있다.

　"넌 왜 그렇게 싸가지가 없니?"

　갑작스런 그녀의 말에 나는 그녀를 날카롭게 쏘아보았다. 하긴 백작의 딸이니 좀 귀하게 자랐을까.

　"세상 모든 사람들이 널 위해 존재하는 것 같냐? 정신 차려, 이 계집애야."

　"신기하네."

　"뭐가?"

　그녀는 고개를 갸우뚱거린 채로 말했다.

　"대부분의 사람들은 나를 어려워하거든. 근데 넌 오히려 내가 더 무서워."

　나는 킬킬 웃었다.

　"무섭다고? 의외네. 난 니 심장이 돌덩이 같은 줄 알았는데."

　"평민 주제에 반말 자꾸 할래?"

　나는 눈을 부라렸다.

　"한 번만 더 까불면……."

"……."

베놈이 졸린 얼굴로 목을 긁으며 걸어왔다. 장작 몇 개를 던져 놓고 녀석은 스물스물 병사들을 깨우러 갔다. 녀석이 불침번을 선지라 어서 출발해야 자신이 잘 수 있었기에 신경이 꽤 날카로워 보였다.

"크르릉. 전부 기상!"

목청 한번 좋다.

화들짝 놀라며 일어난 병사들이 깜짝 놀라며 검과 창을 각자 쥐어 들었다.

"얼마 있지도 않은 병력인데 뭔 잠들이 그렇게 많아. 크르릉!"

베놈은 졸린 표정인데도 생긴 카리스마가 꽤 압권이라 공포에 질린 병사들은 출발 준비를 서둘렀다.

불을 쬐는데도 꽤 추운지 일명 '백작의 딸'인 이실로네는 손으로 양팔을 비비며 추위에 떨었다.

그러고 보면 인간은 굉장히 나약하다. 하지만 지독히도 끈질기지. 그렇기에 가장 두려운 존재.

저 성격으로 봐 적응력 좀 살벌하게 키워주고 싶었지만 백작의 딸이라니 되도록 신경을 끄도록 노력해야겠다.

"벌써 출발이네. 짜증나게!"

"넌 귀족이라면서 예의도 모르냐?"

내 직설적인 물음에 그녀가 눈을 치켜떴다.

"예의?"

무언가 한소리 하려다가 내 손을 본 그녀는 살짝 움츠러들었다.

"그딴 거 필요한 사람에게만 하면 되는 거야."

그렇게 말하고는 휘적휘적 걸어가는 그녀의 뒷모습이 이상하게 꽤 쓸쓸해 보였다. 옷을 털며 일어나자 장 얀느가 나를 지나가며 툭 던지듯이 말했다.

"시작하겠습니다."

기계적인 음성을 내뱉은 그는 그렇게 말하고는 이실로네를 뒤따랐다. 보면 볼수록 미스터리한 놈이다.

드르륵 드르륵.

마차가 굴러가기 시작한다. 뚜벅거리는 여섯 마리의 말발굽 소리가 울림과 동시에 아침이 천천히 시작되고 있었다.

거의 마을에 도착되어 갈 때쯤 갑자기 마차가 멈췄다.

문을 열고 얼굴을 들이민 자는 뚱뚱한 귀족. 토느가 어물쩡거리며 내 눈치를 살폈다.

"무슨 일입니까?"

내 물음에 그가 비계 두꺼운 눈꺼풀로 금방이라도 눈물을 흘릴 것 같은 얼굴로 입을 열었다.

"저… 마법사님, 잠깐 길이 지체될 것 같습니다."

내 눈빛이 대답을 원하자 그가 얼른 대답했다.

"병사 둘이 갑자기 이상해졌습니다."

"이상해지다니?"

"병이 도졌는데 이유를 알 수 없는 이상 해결책을 찾아야 하기에."

"병이 도진 것과 길을 멈추는 것과 무슨 상관이 있습니까?"

"이실로네님의 안위가 걱정되는 것은 어쩔 수가 없습니다. 지켜 드리는 게 저희의 가장 큰 소임이기에……."

나는 마차에서 내려와 고개를 들었다. 햇빛이 쨍쨍한 걸 보니 날씨는 좋은데 갑자기 웬 난데없는 병이란 말인가.

약간 이해가 안 가는 표정으로 나는 병사들이 있는 곳으로 걸어갔다. 앞쪽에 사람들이 몰려 있었는데 내가 나타나자 바다가 갈라지듯 사람이 주르륵 흩어졌다.

상태를 좀 보기 위해 가까이 가는 순간 나는 등이 서늘해지는 것을 느꼈다.

'이것은 병이 아니다' 라는 확신이 확 들었다.

병이라기보다는 저주에 가까운 상태.

일반적인 병이라면 이렇게 될 리가 없다. 그것도 이런 단시간에 이렇게 갑자기라니.

병이라면 일찍이 몸 상태가 안 좋다던가 표가 나타났을 텐데 내가 알기로는 병사들은 건강할 뿐만 아니라 씩씩했었다.

그런 그들에게 갑자기 병이라니. 말도 안 되는 소리다. 내 추측이 시작되었을 때, 어느새 옆에 다가온 장 얀느가 입을 열었다.

"네크로맨서 마이네스."

"기억력이 엄청나잖아. 장 얀느, 넌 말 하나하나를 흘려듣지 않는 모양이야."

마이네스에 대해 지나가듯 한 번 말한 적이 있는데 이런 식으로 유추해 내다니.

"습관입니다."

간결하게 자기 멋대로 대답하고 종결지어 버린 그는 날카로운 시선으로 주위를 슥슥 살폈다. 그때 이실로네가 달려와 주먹으로 내 턱을 때렸다.

퍼억!

예기치 못한 공격에 몇 발자국 뒤로 물러난 나는 황당한 얼굴로 그녀를 노려보았다.

"무슨 짓이야?!"

"이 개자식! 처음부터 이럴 목적이었지. 우릴 모두 죽일 생각이었던 거야. 다 들었어. 벤서가 다 이야기했어. 내가 백작의 딸이라는 걸. 모두 하나씩 죽여 입막음할 생각인가 보지?!"

그녀가 비웃음 가득한 얼굴로 내게 그렇게 강하게 소리친 이후로, 주위의 공기는 싸늘하게 식어갔다. 그것을 감각적으로 느낀 병사들이 주춤주춤 물러난 것을 보고 이실로네가 소리쳤다.

"그러고도 너희들이 남자냐?! 차라리 죽음을 선택해!"

충분히 오금이 저렸던 것인지 그녀의 외침 하나에도 화들짝 놀란 그들의 표정은 이렇게 말하고 있었다.

'너도 저 인간이 마법 쓰는 걸 보라!'

억울해 죽겠다는 표정을 지었지만 소용없었다. 이미 그녀는 우리뿐만이 아니라 자신의 편까지 잘라내고 있었다.

전혀 지혜롭지 못한 여자로구만.

차라리 에아르웬처럼 가만히 있으면 중간이라도 갈 것을. 쯧!

"추적해 볼까요?"

장 얀느가 물었다.

추적을 하는 건 좋지만, 무슨 수로 한단 말인가. 내 눈치를 파악한 그는 '어서 명령이나 내려!' 같은 진지한 얼굴을 하고 있었다.

늘 진지하지만 유난히 거짓이 없는 이 녀석은 무엇인가를 시키면 아주 믿음직스럽게 해낼 것 같은 예감이 드는 놈이다.

"찾아."

말이 떨어지게 무섭게 그는 작은 칼을 꺼내 손가락을 살짝 베었다. 핏물이 뚝뚝 떨어질 때, 재빨리 그 피로 바닥에 마법진을 그렸다.

굉장히 쓰라려 보였지만 눈 하나 깜짝이지 않고 그림을 다

그린 그는 눈을 감고 손을 모아 주문을 외웠다. 그 순간 마법진에서 연기가 피어올랐다.

"마나를 주입해 주십시오."

나는 최대한 정신을 집중해 양손으로 조심히 마나를 흘려보냈다. 그 푸른 마나가 마법진을 가득 채웠을 때, 찬란한 빛이 터졌다.

후아아악!

하얀 빛이 섬광처럼 터졌을 때 붉은 빛이 한순간 반짝였다.

"저깁니다!"

콰앙!

바닥을 차고 먼저 성격 급한 베놈이 달려갔다.

나는 텔레포트를 시전했다.

깔끔한 좌표 계산으로 나는 바로 앞에서 마이네스를 볼 수 있었다.

"젠장, 하나하나씩 죽여 나갈 생각이었는데. 내 계획이 물거품이 됐군. 흥!"

그는 진정 아쉽다는 표정이었다. 하지만 나는 지금 마이네스를 눈앞에 두고 있는 것보다 장 얀느가 더 신기했다.

그가 주술도 할 줄 알다니.

마나만 있다면 그는 그 엄청나게 어렵다는 마법진의 공식으로 인해 주술과 마법의 증폭이 가능한 듯했다. 그 정도의 능력이라면 일국에서 '천재'라 불려도 손색이 없다.

마법진은 세상에서 가장 어려운 과목 중 하나가 되기에 전혀 무리가 없었기 때문이다. 미세한 줄 하나로 수천 가지의 변화가 존재하고 수많은 공식이 즐비하기에 감히 손을 대기조차 까다로운 것이 마법진.

그것을 단순히 체험적인 게 아니라 이론만으로 독파했다는 것은 그의 능력을 절대 낮게 쳐줄 수 없는 문제였다.

"날 기억하나 보군."

나는 피식 웃었다.

"기억하다마다. 마치 삼류연극배우같이 자취를 감추었지 않나."

그가 코를 찡그렸다.

"시답잖은 소리는 치우거라. 옆에 두 놈이 약간 껄끄럽긴 하지만, 크게 문제는 되지 않을 것 같군. 그런데 꼬마야, 네크로맨서를 상대해 본 적이 있느냐?"

나는 고개를 저었다.

"아니."

"그럼 어떻게 맞서야 할지에 대한 공부는 했느냐?"

"아니."

그가 쿡쿡거리며 웃었다. 마치 가소롭다는 듯 쳐다보는 그의 시선에 속이 메스꺼워 참을 수가 없었다. 당장 마법을 일으켜 녀석의 몸을 완전히 소멸시켜 버리고 싶었지만, 한 가지 확인해야 할 질문이 있었다.

"한 가지 궁금한 게 있다."

그가 어깨를 으쓱거렸다.

"드래곤의 비늘을 가지고 있다 하던데⋯⋯."

"내 무기지."

나는 고개를 숙이며 가늘게 웃었다.

"그거면 됐다."

"⋯⋯?"

"D. 쟈칼이 내 손에 죽었다. 알고 있나?"

"크큭, 그딴 자식 생사 여부야 내 알 바 아니지."

"그런 의미가 아니야. 너도 곧 같은 신세가 될 테니, 지금 보고 있는 세상을 두 눈에 가득 담아두라는 뜻이다. 후회가 없도록!"

"흥!"

그가 품에서 무언가를 집어 들었다.

태양을 받아 번쩍이는 그것은 드래곤의 비늘이 확실했다. 황금빛을 뿜어내며 막대한 마력을 일으키기 시작했다. 그 마력의 힘을 받아 마법을 캐스팅.

그 즉시 주위가 순식간에 산성으로 인해 녹아내리기 시작했다. 식물들이 단번에 녹아내리며 썩어간다.

나는 내 몸 주위에 쉴드로 우선적 방어막을 치고 파이어 볼을 쏘았다.

콰앙!

마이네스가 있던 자리가 불바다가 되었지만, 이미 그는 어디론가 몸을 날린 상태였다. 고개를 돌리며 찾는 순간, 하늘에서 초록빛의 벼락이 떨어져 내렸다.

쾅과광!

정말 목숨이 위태로울 정도로 아찔한 공격이었다.

어깨를 스치고 지나간 벼락이 땅에 떨어지자, 단번에 바닥이 우그러지며 한 3피르가 파여 버렸다. 그것도 독성으로 인해 아주 처참하게.

어깨를 살짝 스쳤음에도 독이 포함되어 있어 나는 재빨리 마법으로 독을 치료했다. 그런데 그 틈을 타 마이네스의 재공격이 감행되었다.

"시건방진 놈. 오늘 반드시 네놈의 심장을 가져가 발록님의 제물로 바치리라!"

악마의 열매여!
다크니스의 숨결이여!
작은 흐름에 인도의 길을 내리소서!

그의 손에 들린 비늘에서 탁한 검은 기류가 쏟아졌다. 그것은 대량으로 안개처럼 분포되는 공격인지라 피하기보다는 맞받아치는 것이 옳았다.

상성상 분포되는 독을 물리기 위해서는 공기 자체를 밀어내야 한다. 때문에 선택한 마법은 '에어 블래스트'.

마법을 캐스팅하자 안개처럼 쭈욱 퍼져 나오던 그의 독성 마법이 순식간에 뒤로 밀려 나갔다. 그 독성을 그대로 자신이 맞받았지만 네크로맨서이기에 이미 독성이 강한 그는 데미지가 절반도 채 되지 않았다.

그렇다곤 해도 타격을 입긴 입었다. 피부가 벗겨지고 눈이 붉게 충혈되었다. 강한 독성을 아무런 피해 없이 막아낼 수는 없었다.

해독 마법을 펼쳐 치료를 마쳤을 때는 이미 나 역시 2차 공격 마법 준비가 끝난 상태였다.

"474체계. 마법검(Magic sword)!"

손잡이까지 새파란 마력의 검이 손에 잡혔다. 나는 그것을 있는 힘껏 마이네스를 향해 날렸다. 선회하는 마법검이 그의 허벅지를 그림처럼 관통했다.

퍼벅!

"크아아악!"

고통스러운 얼굴로 다리를 잡은 채 그는 온몸을 부들부들 떨며 나를 표독스럽게 노려보았다. 이 지독한 통증에도 불구하고 그는 엄청난 고통을 참으며 비늘의 힘을 빌어 곧장 독마법을 창조한다.

그의 몸에서 검은 연기가 풀풀 피어올랐다. 입에서 붉은 피가 주르륵 흘렀지만 그는 개의치 않고 계속해서 주문을 읊었다.

그것은 순식간이었고 캐스팅하는 순간 주위에 있는 돌들이 '쿠오오오!' 라는 정체를 알 수 없는 소리와 함께 흔들리기 시작했다.

그것들은 이내 하나의 형태를 구축했다. 완성된 모습은 상대하기가 심각하게 까다롭다는 스톤골렘이었다. 하지만 그것은 일반적인 기사들의 이야기.

내게 있어서 비교를 해보자면 실제적인 능력치는 겪어봐야지 알 수 있는 것이다.

"크크큭. 기사 열 명이서도 손끝 하나 못 대는 녀석들이지. 쉽지 않을 게다!"

총 일곱 개의 스톤골렘.

검은 안광이 번쩍번쩍거린다.

거대한 체구로 느릿느릿하게 다가오는 그들은 왠지 좀 멍청해 보였다. 마법사를 그따위 속도로 어떻게 잡겠다는 건가?

"한심하군……."

네크로맨서라고 해서 크게 기대했는데 이건 조잡할 뿐, 그리 위협적이지가 않다. 만약 내가 검술만 익혔다면 꽤 고전했을지 모르지만.

내 본체는 마법사.

따지고 보면 이 녀석 D. 쟈칼보다 시시껄렁한 놈이다.

순식간에 잿덩이로 만들어주마.

지옥의 불길로 타올라라.
순간적인 파괴력이 대륙을 지배하나니.

"808체계. 마그마 블래스트(Magma blast)!"
주문이 짧아 마법 딜레이가 짧다.

화염계 마법 중 마법사들이 자주 애용한다고 하는 이 마법은 이클레이드가 약간의 변화를 주어 체계 마법으로 재건축.

트레이보느 3차원 계열 공식을 혼합하여 데미지를 증폭한다.

마그마 블래스트는 뜨거운 고열로 뭉쳐진 마그마탄이다.

사람의 상반신 정도의 크기를 가진 마그마탄이 고속으로 쏘아졌다.

타아앙!

깨끗한 소리로 출발한 마그마탄이 스톤골렘을 관통하기 시작했다. 관통성을 가져 순식간에 네 개의 스톤골렘이 구멍이 나버리고 활활 타오른다.

그럼에도 속성이 돌이라 꾸역꾸역 걸어오는 그것들을 보자 피가 뜨거워지기 시작했다.

"이놈들 봐라."

나는 히쭉 웃으며 마력을 급폭시켰다.

뇌력이 노래하는 공간 속에서 천벌이 쏟아지는 것을 허락
하소서.

그대의 권능은 나와 같은 공간 속에 있으니.

"953체계. 썬더 스톰(Thunder storm)!"

마법을 캐스팅하자 내 몸 주위로 회오리바람이 생겨나기 시작했다. 그 회오리 속에서 강력한 번개가 사방으로 뿌려져 나가기 시작했다.

콰지지직!

번개가 사방으로 뻗어지긴 해도 표적이 정해지면 그것을 향해 집중적으로 공격해 들어간다.

돌덩이들이 깨지고 부서지며 구너져 내리기 시작했다. 계속되는 마법에 순식간에 골렘들이 소멸되어 나갔다.

마지막 골렘이 쓰러지는 그 순간, 마이네스의 비웃음이 내 두 눈을 찔렀다.

"잘 가라, 멍청한 애송이. 쿠쿠쿡!"

등에서 섬뜩한 살기가 쏟아졌다. 서늘한 바람이 불어왔다. 검이 떨어지는 것이다. 고개를 들렸을 때, 이미 날카로운 검의 끝이 내 목덜미로 떨어지고 있었다.

그때!

뻐어억!

검은 천을 휘감은 누군가가 내 뒤에 있던 흉악한 생김새의 괴물을 걷어찼다. 붉은 피부가 이리저리 징그럽게 난 괴물은 차마 눈뜨고 볼 수 없을 정도로 악마적인 생김새를 가지고 있었다.

그나저나 날 구한 사람은 역시나…

"영감!!"

"이름 불러, 멍청아!"

키르젠프다.

정말 극적으로 구해준 것이라 고마움이 그 어느 때보다 컸다.

"제발 한눈 좀 팔지 마라. 어찌 항상 그 모양이야."

"훈계는 나중에 하고, 우선 저놈부터 처리합시다."

"흥, 그러지."

키르젠프는 나를 앞질러 마이네스에게 다가가며 이죽거렸다.

"네크로맨서들이 왜 이 영역까지 지랄들을 떠는지는 모르겠지만 순수한 호기심에서 비롯된 거라면 잘못 짚었어. 워낙 거대한 존재들이 녀석 주위에 포함되어 있는지라 말이지."

"발록님이라면… 그 거대라는 목록에 포함될 수 있는 거 아니겠는가?"

키르젠프가 걸음을 우뚝 멈추고 마이네스를 노려본다.

"그… 마계의 영혼이 아직 살아 있단 말인가?"

"살다 뿐인가. 곧 참아왔던 분노를 터뜨리실 거네. 으하하하!"

"그럴 리가! 그는 소멸되었어!"

"이제 부활을 앞두고 계시지."

"그 부활의 조건이 혹, 저 녀석인가?"

나를 가리키는 순간, 불쾌한 기분이 확 올랐다.

"저런 애송이 따위로 부활을 창조할 수 있다는 건 웃기는 일이지."

"그럼?"

"자세히 알 필요 없어. 곧 죽을 놈들이 뭐 그리 궁금한 게 많을까. 쿠쿠쿡!"

키르젠프가 얇고 긴 검을 스르릉 뽑아내며 푸른 안광을 번쩍였다.

"내 실력을 모르나 보군."

"위대한 도둑 키르젠프. 도망가는 데만 뛰어난 거 아닌가?"

"그게 일부러 만들어낸 소문이라면?"

"과연 그럴까?"

"몸소 느껴보도록 해라."

피이잉!

그것은 인간의 속도가 아니었다.

마치 빛줄기처럼 날아간 그는 순식간에 마이네스의 어깨

를 베고 지나갔다. 정상적인 눈으로는 따라잡아 올 수 없는 스피드를 낸 키르젠프도 경이로웠지만 그것을 피해낸 마이네스도 징그러울 정도다.

키르젠프의 속도는 정말이지 놀라운 것이었다. 일전 나와 대결했을 때와는 180도 다른 움직임이었다.

"그렇게 멍청히 서 있을 게냐! 허풍을 떨었지만 만만한 녀석이 아니야!"

후두둑!

드래곤의 비늘이 보랏빛으로 물들자 땅바닥에서 흙으로 된 몬스터가 우르륵 올라왔다.

네크로맨서인 마이네스의 소환물이었다.

쿠우욱. 쿠우우욱.

마치 구토를 하는 듯한 소리를 일으키며 이것들이 굉장히 빠른 속도로 다가오기 시작했다.

나는 검을 꺼내 들어 베어보았지만 물질이 흙인지라 검이 베고 지나가면 상처 하나 없이 멀쩡한 녀석들이었다.

나는 녀석들을 유인해 한곳으로 모았다. 그리고 그 중심에서 마력을 터뜨렸다.

"918체계. 폭(爆)."

폭발 마법으로써 내 발아래에서 폭발이 일어나며 내게는 자체적인 방어막이 생성된다. 엄청난 폭발성으로 순식간에 주위를 싹 쓸어버릴 정도의 거대한 폭발.

하늘 위로 뿌연 연기가 뭉게뭉게 피어올랐다.

초토화된 주위가 개어지자 푸른 갑옷을 입은 좀비가 검을 든 채로 뛰어들었다. 괴성을 지르거 갑작스레 나타나 깜짝 놀랐을 때, 키르젠프가 놈의 옆구리에 검을 쑤셔 넣었다.

푸우욱!

뀌에엑!

검에 꿰뚫려 꼬챙이 신세가 된 좀비는 몸을 바둥거리며 고통에 바들거렸다. 나는 손바닥을 좀비의 머리 위에 대고 주문을 외웠다.

신성 마법!

신의 축복은 우리들의 방패와 검이 될지며
찬란한 빛은 우리의 심장이 될지어다.

"990체계. 블레스(Bless)!"

좀비는 사악한 지옥계에서 소환된 짐승. 축복은 좀비에게 있어 커다란 데미지를 입히게 만든다. 사후 세계에 있던 녀석들이 죽은 시체로 영혼을 가져왔으니, 그들이 어찌 축복을 내리받을 수 있을까.

온몸이 녹아내렸다.

마이네스는 과다한 마력 사용으로 꽤 지친 듯했다. 아무리 드래곤의 비늘이 있다고는 해도 자신의 능력으로 장기적인 기능을 발휘하기란 쉬운 것이 아니다.

나는 검을 '챙!' 뽑아 그에게로 걸어갔다.

"조심해. 무슨 수작을 부릴지 모른다."

"이미 지칠 대로 지친 녀석입니다. 수를 써봤자······."

푸우우!

마이네스가 입에 물고 있던 피를 내 얼굴에 뿜어냈다. 그것은 특별한 독이 첨가되어 있는 듯 나는 얼굴이 타는 듯한 고통을 느꼈다.

젠장!

급히 큐어포이즌을 시전해 타이밍 좋게 치료할 수 있었다. 자칫하다간 얼굴이 녹아내릴 뻔한 사태에까지 이를 수 있었다. 다행히 독이 마비독인지라 상처보다는 정신이 혼미해지는 것이 문제라면 문제였지만.

잠깐, 근데 정말 마비라고?

나는 세상이 빙글빙글 돌아가는 것 같은 착각을 느꼈다.

큐어포이즌으로도 마비독까지는 풀어내지 못했다. 혈액이 묻어 있는지라 그 저주가 끔찍이도 강한 것이다.

그래도 요즘 들어 하만보르의 특효약이 톡톡히 활약하고 있었다. 그가 아니었다면 나는 그동안 수없는 악몽 같은 함정을 겪어보지도 못하고 목숨을 잃었을 테니까.

나는 휘청거리면서 뒤로 물러났다.

그 틈을 막아주기 위해 키르젠프가 뛰어들었다.

멀리서 지켜보던 베놈까지 합세했다.

나는 머리를 뒤흔들어 애써 정신을 차리기 위해 노력했다. 이대로는 마법을 쓸 수 있는 것은 오직 마지막 한 타이밍밖에 없었다.

"제가 마법을 쓸 수 있게 그를 잡아주세요."

베놈과 키르젠프는 검을 휘두르면서 점점 마이네스의 움직임을 봉쇄해 갔다. 하지만 그의 마법이 스치는 것에도 영향이 있는 듯 둘 다 얼굴이 시퍼렇게 변해 있었다.

시간이 없어!

흔들림을 제어하고 모든 것을 포박한다.

그리고 그 자리에 머무나니…

"24체계. 아이언 로프."

양옆에서 검을 날려오는지라 그것을 방어하는 데 여념이 없었던 마이네스는 바로 아이언 로프에 적중당해 팔이 꽁꽁 묶였다.

"이곳에서 최대한 빠른 속도로 벗어나십시오!"

말이 끝나자마자 눈치 빠른 늙은 능구렁이 키르젠프는 한순간에 점이 되어 사라졌고, 베놈도 굉장한 속도로 뒤로 빠졌다.

그들도 내 마법의 주위 영향력이 얼마나 강한지 알고 있을 것이다. 키르젠프고 베놈이고 전부 918체계 폭 마법으로 인해 온몸이 시커멓게 타 있었다.

그들이라고 해서 피해가 없는 게 아니라서 꽤 미안한 감이 있었지만, 위력이 크면 그 영향력이 클 수 없는 것이니 어쩔 수가 없는 문제였다.

어쨌든 그들이 자리를 벗어나는 동안 나는 꽤 긴 주문을 영창했다. 그것은 굉장히 위험하지만 매력적이고 항상 도전하고 싶었던 마법이었다.

반드시 할 수 있다는 가능성을 머릿속에 담았다.

모든 주문의 영창을 다 마치자 그의 얼굴이 공포로 물들었다.

"잘 봐라. 이것이 바로 극한의 경지를 넘어선 1000체계. 헬 파이어다."

그의 얼굴이 공포로 물들었다.

"아… 안 돼!"

헬 파이어란 화염계 마법 중 가장 악명 높은 마법으로 유명하다. 대인 화염계 공격 마법의 최상위 클래스로써 대상이 완전히 전소할 때까지 절대 불꽃은 꺼지지 않으며 그 무엇으로도 강제로 이 불을 꺼뜨릴 순 없다.

나에게 덤벼든 것이 얼마나 비참하고 무참한 결과를 초래하는지 이번에 확실한 흔적을 남겨야겠다.

영혼마저 전소시키는 지옥의 불길이여!

태양보다 뜨거운 불꽃의 화려함이여!
그 존재를 영원의 약속으로 각인하라.

"1000체계. 헬 파이어(Hell Fire)!"

캐스팅을 외치자 지반에 거대한 마법진이 순식간에 퍼져 나가며 그려지기 시작했다. 마법진 하나 그려지는 데에만 대지가 흔들리고 바닥에서 뜨거운 증기가 피어오르고 있었다.

그리고 곧 땅에서는 거대한 폭발이 일어났다.

순식간에 화염이 마이네스의 몸을 잠식했고, 사방으로 불꽃이 휘날리기 시작했다.

마치 수백 마리의 불나방이 날아다니는 듯한 착시처럼 보였다.

마계의 가장 밑바닥에서부터 타오른다고 하는 이 헬 파이어의 위력은 영혼마저 소멸시키는 대마법.

때문에 마법을 시전하는 그 순간에는 시전자인 나마저도 뒤로 밀려났다.

헬 파이어는 5피르 근방을 완전히 황폐화시켜 나가고 있었다.

아직 내 능력이 부족해 누구처럼 30피르라는 어마어마한 공간의 헬 파이어를 캐스팅할 수 없지만, 마이네스가 소멸되어 가는 모습을 지켜보는 것만으로도 그건 내게 있어 굉장한 카타르시스였다.

"하지만 역시 헬 파이어라니… 너무 무리했어."

환상처럼 타오르는 그 마계의 불길을 바라보며 나는 스르 륵 눈을 감을 수밖에 없었다.

온몸에 힘이 쭉 빠져 더 이상 정신을 차리고 있을 여력이 없었다. 무너져 가는 몸 주위로 헬 파이어로 인한 여파의 불 길이 내 주위를 맴돌고 있었다.

'이런 멍청한… 이러다 나까지 소멸되어 버리겠군.'

나는 있는 힘을 다 짜내어 텔레포트를 시전했다.

좌표 계산이 정확하지 않아 엄청 위험하겠지만, 헬 파이어 속에서 존재하는 것보다 덜 위험할까…….

나는 안전한 곳에 떨어지기만을 기도하며 그대로 정신을 놓았다.

Chapter 25

드레니크

1

희미하게 눈을 뜨자 머리가 깨질 것처럼 아파왔다.

사실 이런 식의 경험이 워낙 많다 보니 조금은 무감각해질 때도 됐건만, 도무지 적응할 수 없는 고통이다.

나는 얼굴을 잔뜩 찌푸리며 상체를 일으켰다.

"일어나셨습니까?"

왠지 가슴이 쓰라렸다. 에아르웬이 아니라 베놈이 창문 밖을 보고 있다가 나를 심드렁한 얼굴로 들아보며 그렇게 말한 것이다.

언제나 이럴 때면 에아르웬이 날 걱정하는 눈초리로 바라보곤 했었는데. 기억이란 이토록 무서운 거구나.

"여기는 어디냐?"

"어디긴 어딥니까. 마차 안이지."

바퀴가 굴러가지 않고 멈춰 있어서인지 마차 안 내부 구조를 보고도 잘 실감이 안 났다. 내가 헬 파이어를 쓰긴 썼던가 라는 착각이 들 정도였다.

울컥!

가슴을 치고 무언가가 입 밖으로 튀어나왔다. 난 참지 못하고 그만 그것을 뱉어냈다. 시커먼 핏덩이가 한 움큼 뿜어져 나왔다. 심장이 터질 것만 같고 얼굴이 붉게 상기되었다.

바람을 쐬고 싶었다.

문을 열고 나가자 베놈이 뒤따라 나오며 나를 급히 부축했다.

"왜… 왜 이러십니까!"

"하아… 하아……."

입에서 하얀 입김이 나와 얼굴을 가렸다.

너무 과도한 마력의 사용으로 몸 상태가 최악이었다. 마법은커녕, 검 한 자루 들기도 힘들었다. 어쩌면 이런 상태가 꽤 오래갈지도 모르겠다는 예감이 불현듯 들었다.

나는 고개를 거세게 흔들며 주위를 살펴보았다. 아직 숲이었다. 나는 연신 힘든 기침을 토해내며 입을 열었다.

"얼마나 더 가야 마을이 있지?"

"반나절 정도만 더 가면 아마 도착하지 않을까 싶습니다."

나는 한숨을 한번 내쉬곤 고개를 끄덕였다.

그때 누군가가 흐느끼는 소리가 들렸다.

이실로네가 나무에 등을 기대고 울고 있었다.

"왜 저래?"

베놈이 짜증스러운 얼굴로 대꾸했다.

"자기네 병사들이 꽤 죽었습니다. 병사들이 모두 죽고, 그녀와 가까운 귀족인 토느만이 살아남았습니다."

나는 조용히 이실로네를 지켜보았다. 아직 변변찮은 슬픔을 느껴보지 못했는 듯 눈에서는 하염없이 눈물이 흐르고 있었다. 사람이란 눈물을 흘리고 흘리고 또 흘리다 보면 결국엔 눈물이 말라 버려 아무리 슬퍼도 눈물이 흐르지 않는 단계에 이르게 된다. 나처럼……

"이걸 쓰십시오."

단정한 용모에 차가운 얼굴. 하지만 눈빛만은 우수에 젖어 있다. 장 얀느가 이실로네에게 손수건을 내밀었다. 저건 또 언제 챙겨둔 건가.

아무튼 그의 말대로 그는 그녀를 유혹하기 위한 작업을 시작하고 있었다. 그녀는 군말없이 손수건을 받아 눈물을 닦았고, 어느 정도의 대화 후 어느새 그녀는 장 얀느의 어깨까지 빌리고 있었다.

힘이 들 때 의지할 사람이 있다는 건 그녀에게 있어 치명적인 유혹이 될 것이다.

나는 가늘게 웃다가 고개를 들었다.

푸른 하늘이 온몸을 시원하게 적셔주는 것 같았다. 차가운 바람이 온몸을 스치고 지나가는 느낌이 좋았지만, 다시금 구토가 치밀었다.

비릿한 피 냄새가 코끝을 타고 올라왔다.

"우욱!"

나는 급히 동료들이 보이지 않는 숲 안쪽으로 들어가 피를 토해냈다. 힐을 쓸 체력도 없어 몸 상태가 심각했다. 마나는 고사하고 숨을 쉬는 것조차 쉽지가 않았다.

나약한 모습의 껍질 따윈 하루빨리 벗어던지고 싶었는데 늘 이렇듯 조금만 무리를 하면 이런 형편없는 모습이 되어버리고 말다니.

나는 자조적으로 웃다가 다시 피를 토해냈다.

내장이 꼬이는 고통에 목은 탈 듯한 갈증을 느끼며 심장이 소금에 절여지는 듯했다.

주위의 공기가 없어지는 느낌.

산소 결핍이었다.

나는 현기증을 느끼며 비틀거렸다. 쓰러지려는 것을 누군가가 붙잡아주었다. 고개를 돌리니 에아르웬이 걱정스러운 얼굴로 나를 보고 있었다.

왠지 지금 이 순간 그녀의 눈빛이 동정으로 느껴져 순간 참을 수 없는 분노를 느끼고 말았다. 난 그녀의 손을 뿌리치며 소리쳤다.

"그런 가식적인 모습 따위 집어치워! 항상 누군가를 위하는 척하면서 당신은 이기적이고 잔인한 모습을 보이지."

"로… 로크님."

그녀는 나의 이런 모습이 적응이 되지 않는지 놀란 토끼눈으로 나를 뚫어져라 보고 있었다.

나는 히쭉 비웃으며 그녀를 비고았다.

"왜?! 아닌 것 같아? 당신은 항상 방관자의 행동을 유지했어. 당신은 늘 우리에게 거리를 두면서도 가까이 오려 했지. 그런 이중적인 모습은 이젠 진저리가 난다."

충격에 빠진 듯한 그녀를 밀치고 나는 마차로 걸어갔다. 그러다 다시 피를 토해냈다.

"쿨럭! 푸우!"

이번에 코에서 피가 흐르고 입에서 걷잡을 수 없는 피가 흘러나왔다. 이러단 바보같이 과다 출혈로 사망해 버릴 것만 같아 있는 힘껏 힐을 내 몸에 시전했다.

아주 미약하지만 푸른 마나가 내 몸을 감쌌다. 그리고 조금 몸이 편해지는 것을 느꼈다. 이미 옷은 피투성이가 되었다. 피를 칠갑한지라, 지금처럼 이실로네가 나를 보면 충분히 비명을 지를 만했다.

"꺄아아악!"

잠자고 있던 몬스터들이 다 잠에서 깰 만큼 커다란 비명이었다. 그녀는 여전히 눈물을 주르륵 흘리는 상태에서 나를 공포스러운 표정으로 보고 있었다.

왠지 외로운 늑대가 되어버린 기분이 들었다.

사람들의 시선을 견딜 수 없는 허접한 위치가 되어버린 것만 같아 온몸에서 힘이 빠져나갔다.

확실하게 이끌어야 할 사람이 이렇게 망가졌으니 그들이 나를 어떻게 생각할까. 이래서 나를 믿을 수 있을까? 나를 믿고 따라올 수 있을까?

강직한 군주가 되겠다고 마음먹었던 녀석이잖아. 그런데… 고작 이런 모습을 보이다니.

눈에서 눈물이 흐를 것 같았다.

입술을 꽉 깨물고 양손을 있는 힘껏 말아 쥐고 참았다.

이실로네는 마치 비를 맞고 추위에 떨고 있는 불쌍한 짐승을 바라보는 표정으로 내게 걸어왔다. 그럴지도 모르지. 귀족들은 항상 평민을 인간이 아닌 짐승으로 보았으니 그런 동정의 눈빛을 보냄으로써 자신이 좀 더 인간적인 심성을 가지고 있다고 스스로 착각하고 있는 것일 거다.

"한 발짝만 더 가까이 오면 죽여 버리겠어."

그녀가 우뚝 멈추어 섰다. 장 얀느가 이실로네의 손목을 잡고 자신의 쪽으로 당기며 나를 실망했다는 눈초리로 보고 있었다.

사람이 몸이 약해지면 마음도 약해진다고 쓰레기가 다 됐구나, 로크. 나는 내 자신을 그렇듯 비하하며 비틀거리는 걸음으로 마차에 올랐다.

시간이 지나 마차를 몰고 출발했을 때에는 이미 해는 떨어지고 저녁이었다. 생각보다 후유증은 엄청났다. 온몸이 불덩이처럼 뜨거워지고 열이 펄펄 끓어올라 체온이 한도없이 떨어졌다. 때문에 나는 얼음 속에 갇힌 것 마냥 한기에 몸을 떨었다.

갖은 모포를 둘러싸고 따뜻한 온기를 찾고 싶었다. 마나를 조금이나마 일으키려고 하면 토악질이 투어나와 마법에 대한 생각은 깨끗하게 접은 상태였다.

그동안 하만보르로 인해 피해왔던 감기가 한꺼번에 엄습한 것만 같았다.

나는 빛을 잃은 눈동자로 창문 밖의 어두운 하늘을 응시했다.

하늘은 언제나 행복과 슬픔, 그리고 우울한 감정을 내보이곤 하는데 지금처럼 어두운 하늘은 나를 한없이 약하게끔 만들고 있었다.

"동이 트면 바로 출발하려고 하는데 괜찮으시겠습니까?"

"서두르는 이유는?"

"오크의 냄새가 맡아집니다."

"오크?"

베놈이 여느 때와 다르게 엄청 긴장한 얼굴로 고개를 끄덕였다. 갑자기 오크라니…….

"여기는 오크들이 나타날 만한 지역이 아닐 텐데?"

"제 추측으로는 북서쪽 트렌트리온 지대로 향하던 길인 것 같습니다."

"그걸 어떻게 알아?"

"저도 한때 그 무리 중 하나였으니까요."

"확실한 건가?"

"예. 게다가 놈들은 저와 같은 종족의 피를 가진 위험한 녀석들입니다."

"그렇다면 역시…….."

"예. 드레니크 오크입니다."

나는 머리가 지끈거려 와 엄지로 관자놀이를 눌렀다. 녀석들이 우리를 발견한다면 그건 굉장히 골치 아픈 문제가 되어 버린다. 내 몸 상태가 엉망인 데다가 베놈도 그리 싸울 만한 체력이 아니다. 장 안느는 두말할 필요도 없고 에아르웬이 있다고 해도 큰 차이가 있는 것도 아니다.

"눈치를 챌 수 없게 흔적을 없애줘. 최대한 주위에 인간이 다녀간 흔적들을 제거해야 한다."

"바로 다녀오겠습니다."

베놈이 마차에서 나간 후 잠시 뒤에 에아르웬이 들어왔다. 나는 냉랭한 눈빛으로 그녀를 잠깐 보다가 시선을 돌렸다.

"무슨 일입니까?"

나는 차가운 말로 그녀를 밀어냈다. 지난 과거들의 기억 따윈 이미 지워 버렸다. 내 과거는 그녀의 이중적인 모습이 이미 덮어버렸다.

"언제까지 절 이렇게 대하실 건가요?"

"이제 당신은 동료가 아닙니다. 그 어떠한 위험에 처하더라도 돕지 않을 것이며 신경도 쓰지 않을 것입니다. 다만 받은 은혜와 죄가 있어 당신을 물리지 않을 뿐입니다."

그녀는 말없이 나를 한동안 뚫어지게 응시했다. 그러다 천천히 입을 열었는데 더 이상 그녀의 목소리를 듣고 싶지 않아 그녀의 말을 먼저 잘라냈다.

"그만 나가주세요."

에아르웬의 눈빛은 마치 나에게 무언가를 말하고 싶어하는 듯했다. 한번 듣고 싶기는 했지만 이젠 그녀의 말이 모두 거짓말처럼 들려 믿을 수가 없었다.

철컥—

그녀가 나간 뒤 이실로네가 문을 열고 얼굴을 보였다. 무슨 일인진 모르겠으나 굉장히 화가 나 있는 얼굴이었다. 여러 가지로 주위에 짜증나는 것들만 잔뜩 있는 것 같아 신경질이 확 일었다.

"문 닫아. 걷어차 버리기 전에."

내 박력에 주눅이 든 그녀는 무언가 한소리 하려다가 입을 꾹 다물고는 문을 닫았다. 바깥에서 그녀의 구시렁거리는 소리가 작게나마 귓속으로 들어왔다.

"자기만 안에서 따뜻하게 있으려는 속셈인가. 바깥이 얼마나 추운데!"

마차 문을 열자 이실로네가 화들짝 놀라며 장 얀느의 등 뒤로 숨었다. 내가 마차에서 내렸을 때즈음 해서 멀리서 베놈이 펄쩍펄쩍 뛰어오고 있었다.

숨이 턱까지 차오른 채로 뛰어온 그는 재빨리 마부석에 앉아 소리쳤다.

"빨리 마차에 탑승해라! 얼른!"

'크르릉' 거리는 그의 코에서 하얀 연기가 풀풀 나왔다. 무슨 일인가 싶어 주위를 두리번거리자 하나의 무리가 보이기 시작했다. 그것들은 뒤쪽에서 맹렬한 속도로 쫓아오고 있는 엄청난 규모의 오크 무리.

찌그러진 철제 갑옷을 입은 녀석들이 괴성을 지르며 달려오고 있었다. 그걸 본 이실로네는 금방이라도 실신할 것 같은 표정으로 고함을 질렀고 장 얀느는 서둘러 그녀를 허리에 둘러메고 마차로 뛰어갔다.

본래의 체력이 있었다면 당장 한순간에 녀석들을 쓸어버렸겠지만 지금 같은 상황에서는 손을 쓸 방도가 없었다. 내가 마차에 올라탄 것을 확인하자마자 베놈이 미친 듯이 채찍을 휘둘렀다.

"이랴! 이랴!"

장 얀느가 물었다.

"대체 어떻게 된 겁니까?! 우리 위치가 어떻게 발각된 거죠?"

"나도 몰라, 임마!"

얼굴이 붉으락푸르락된 베놈은 숨도 안 쉬고 마차를 몰았다. 하지만 드레니크 오크 놈들의 뛰는 속도가 얼마나 빠른지 곧 추월당할 것만 같은 불안한 예감이 들었다.

그리고 그 불안한 예감은 언제나처럼 현실이 될 것 같았다.

퀴오오오!

피눈물을 흘려낼 것만 같은 시뻘건 얼굴로 넓적한 글레이브를 손에 든 오크가 마차 바퀴를 후려칠 자세를 잡았다. 그걸 본 에아르웬이 재빨리 화살을 고쳐 잡는다.

마차 뒤에는 뒤를 볼 수 있도록 작은 창문이 있었는데 그걸 깨고 화살이 지나갈 수 있는 통로를 만들었다. 그리고…

쐐애애액!

공기를 가른 화살이 마차를 후려치려는 오크의 목을 꿰었다.

퍼어억!

퀴에엑!

"대… 대단해요!"

이실로네가 박수를 치며 기뻐했다. 저 한심한 계집애는 지금 상황이 재밌는지 입가에 웃음마저 머금고 있었다.

이런 젠장, 이런 식으로는 한계가 있다고. 더군다나 이런 속도로 달리다간 바퀴가 견디지 못하거나 말이 이탈 또는 쓰러질 경우가 발생할 수 있다.

아무리 견고하게 만들어진 귀족 마차라고는 하더라도 경주용 마차가 아닌 다음에야 위험의 무리수가 영 없는 것은 아닌 것이다.

피이잉 피이잉!

계속해서 활을 날리고 있는 에아르웬 덕분에 근처에 가까이 오는 오크들은 하나씩 죽어가고 있긴 했지만 벌 떼처럼 우글우글한 놈들을 화살로 어느 천년에 다 죽인단 말인가.

"베놈! 녀석들을 따돌릴 수 있는 방법은 없느냐?"

"크릉! 마부석 잡은 게 처음입니다. 더 이상 뭘 바라십니까!"

베놈의 그 말에 일순 우리들은 현실에 입각하게 되어 불안한 미래가 깜깜해진 눈앞으로 그려지는 것만 같았다.

"맞아, 처음이지……. 그렇다면."

내가 나지막하게 중얼거렸을 때 우려했던 상황이 발생해 버리고 말았다. 너무 빠르게 달린지라 말들이 마을 입구 앞에서 멈추지 않고 그대로 문을 박아버린 것이다.

울창한 숲이라 마을 입구 앞에서까지도 잘 보이지가 않아 말들도 거리 계산이 안 되었던 것이다.

퍼버벅!

두꺼운 나무 문에 부딪친 말들은 모두 목이 부러지고 피를 뿜으며 쓰러졌다. 그리고 우리들도 무사하지 않았다. 말들이 문에 부딪치는 순간 마차 역시 말들의 뒤를 따랐고 마차는 끔찍하게 찌그러졌다.

다행히 크게 다치지는 않았지만 중요한 건 이제부터는 뒷감당이 되지 않는다는 것이었다.

마을에 도착한 것은 다행이었지만 어쩌면 죽음의 문턱에 한 발자국 더 가까워진 것은 부정할 수 없는 사실이었다.

때문에 공포는 더욱 사실적으로 다가올 수밖에 없었다.

"사… 살고 싶어."

이실로네가 눈물을 왈칵 쏟았다.

'귀찮은 계집애! 흥!'

고장난 문을 발로 차고 나가자 이미 오크들이 우리를 에워싸고 있었다. 마을 안으로 도망갔다가는 죄없는 민간인들이 죽음을 당할 것이다.

지켜야 한다.

낮은 기온으로 인해 차가워진 검의 손잡이를 잡았다.

스르룽!

청명한 음색을 토해낸 검을 꺼내자 달빛이 내 검을 화려하게 번쩍이게 해주었다. 에아르웬은 진지한 얼굴로 시위를 당길 준비를 하고 있었고 베놈은 이미 전투 태세로 완벽히 전환되어 있었다.

"장 얀느, 지금 당장 이실로네를 데리고 경비병들과 용병, 끌고 올 수 있는 대로 끌고 와다오."

"하지만⋯⋯!"

"네가 늦으면 우린 모두 죽고 만다!"

장 얀느는 아랫입술을 지그시 깨물고 우리를 보다가 이실로네의 손목을 잡고 뛰어갔다.

취이익! 취이이이익!

오크들이 서로 의사소통을 한다. 아마 도망가는 장 얀느를 잡고 싶은 거겠지. 하지만 맘처럼 쉽지 않을 것이다.

나는 검을 들고 달려오는 오크들을 향해 검을 들어올렸다.

바보처럼 늘 이런 위험이 닥치는군.

정말 죽을지도 모르겠어.

엄청난 위압감을 가진 외모의 오크들이 살육에 미친 눈빛으로 우리들에게 달려들었다.

"정말이지 이곳이나 저곳이나 귀찮은 녀석들뿐이군."

은빛 검이 하얀 궤적을 그리기 시작했다.

2

검에서 나온 하얀 광채는 오래가지 않았다. 오크들의 진득한 초록색의 핏물로 투명한 빛을 잃은 것이다.

초승달 아래로 늘어진 검끝에서 초록색과 붉은색이 뒤섞인 기묘한 핏물이 흘러내린다.

내 어깨에서 난 상처와 검에 묻은 피가 합쳐진 것이다.

"징그러운 놈들, 끝도 없구나."

베놈과 내가 정신없이 베어냈지만 그들은 양으로 밀어붙였다. 그 단순하고 무서울 것 없는 밀어붙임에 점점 죽음이 코까지 차오름을 느낄 수 있었다.

마력이 아주 소량으로 있다고 해도 이것을 쓸 수 있을 만큼의 체력도 없거니와 마나 친화량도 극한으로 떨어져 마법 캐스팅이 실패될 가능성도 84% 이상을 웃돌고 있었다.

"이런 젠장!"

오크의 롱 소드 하나가 목을 스치고 지나갔다.

가는 혈선이 생겨나자 피가 뜨겁게 끓는다. 죽음의 공포가 엔돌핀을 자극하고 아드레날린이 무섭게 펌프질했다.

"경비병은 언제 오는 거야! 크르르룽!"

피이잉— 피이이잉— 피잉!

팔에 쥐가 나도록 활을 쏘는 에아르웬의 지원도 이제는 크게 도움이 되지 않았다. 너무 수가 많아 체력을 소비했고 이젠 허점이 조금씩 드러나기 시작했기 때문이다.

몸 여기저기에 상처가 나 피를 흘림으로써 정신력이 흐려지고 몸의 반응도도 떨어지게 된다.

이대로는 정말 죽음뿐이다.

퍼어억!

오크 하나가 내 옆구리를 발로 찼다. 몸이 활처럼 옆으로 굽어졌다. 그 상태로 주먹이 얼굴로 날아왔다.

콰아앙!

양팔을 허우적거리며 뒷걸음치면서 그만 검을 놓쳤다. 그 틈을 노리며 한 드레니크 오크가 내 목을 치기 위해 있는 힘껏 검을 휘둘렀다.

나는 초점 풀린 눈동자로 멍청하게 그 검을 응시했다. 마치 세상이 정지하는 것처럼 느껴졌다. 천천히 날아오는 것처럼 보이는 그 검에 곧 목이 날아갈 거라는 사실이 뇌에 경적을 울렸지만 나는 그것을 피할 만한 육체적 능력이 완전히 상실되어 있는 상태였다.

검이 목에 닿으려는 찰나의 순간.

콰아아아앙!

엄청난 폭발이 터졌다.

내 주위에 있던 오크들이 한순간에 고깃덩어리로 산산조각났다. 바닥에 손을 짚고 간신히 고개를 들자 번쩍 광이 나는 뾰족한 구두가 보였다.

그리고 천천히 시선을 위로 올리자 뿌연 연기가 사라지고 그 실체가 드러났다. 고급스러운 검은 제복을 입고 있는 중년의 남자. 델 키오르가 오만한 눈빛으로 나를 내려다보고 있었다.

"형편없는 몰골이로군. 네놈의 목숨이 그리 가벼운 것이더냐. 좀 더 소중하게 쓸 생각 없어?"

"소중하게라니?"

그가 파충류처럼 웃었다.

"그 성대한 축배를 나에게 들란 말이다."

"그거 소원대로 되셨군. 아무런 저항도 할 수 없는 먹이를 손에 넣게 되었으니 얼마나 기쁘겠는가? 자, 이제 내 심장을 가져가 봐!"

"크큭. 이제 자포자기했느냐."

나는 그의 눈을 마주 보며 못을 박아 넣듯 말했다.

"너희들에게 환멸을 느낀다."

그는 중후하게 웃으며 어깨를 들썩였다.

"정말 재미있는 녀석이다, 너란 놈은."

"입 닥쳐! 이 시건방진 아저씨야."

나는 검을 주워 들며 일어섰다.

몸이 이리저리 휘청거렸다. 시야도 흐릿해져 손등으로 눈을 비볐다. 그가 마음만 먹는다면 이런 상태의 나쯤이야 가볍게 삼켜 버릴 수 있을 것이다.

그런데 그는 나를 아주 잠깐 동안이지만 델 키오르가 아닌

한 인간으로서 바라보았다. 그건 착각일까?

"내가 D. 쟈칼과 싸울 때, 그리고 마이네스와 싸울 때 당신은 왜 관여하지 않은 건가? 나를 놓쳤던 거야?"

"그럴 리가……."

"충분히 나를 상대할 타이밍은 존재했을 텐데 굳이 지금 나타난 이유가 궁금하군."

"아주 잠깐 동안 널 살려줄 생각이다."

나는 광소에 가까운 웃음을 터뜨렸다.

"하하하하하! 나를 살려준다고? 쿠쿠쿡!"

배가 너무 당겨 서 있는 것조차 힘이 들었다.

"이해가 되지 않는 모양이군."

"살다 살다 그렇게 재밌는 농담은 처음이야."

"농담이라고 생각하나?"

나는 고개를 들었다.

"그럼?"

"그 이유는 곧 알게 될 거다. 꽤 큰 충격이겠지. 너에게는……."

그의 검이 차갑게 뽑혀졌다.

챙!

시린 검날의 끝이 내 이마를 가늘게 찔렀다.

장미에 찔린 것 마냥 한 방울의 피가 주륵 흘러내렸다.

"명심해라. 네놈의 목숨은 언제나 내가 손에 쥐고 있다는 것을."

말을 마친 그의 주위로 거센 풍압이 일었다. 강한 바람 때문에 팔로 눈을 가려야만 했다. 바람이 그치고 눈을 떴을 때는 오크의 초록 핏물 융단만이 보일 뿐이었다.

지독한 연결 고리.

이번엔 또 무슨 줄을 가지고 있는 거냐. 델 키오르…….

나는 눈을 감고 간절히 기도했다.

제발 내 가슴 깊숙한 곳을 찌르는 것만은 아니기를.

3

죽을 뻔한 고비를 넘기고 갑작스런 델 키오르로 인해 폭발성에 휘말려 베놈과 에아르웬이 거의 반시체가 되어버린 후에야 장 얀느는 경비병을 데리고 도착했다.

나는 검으로 중심을 지탱하며 일어섰다.

경비병들은 바닥에 널린 오크들의 시체를 보자마자 얼굴이 창백하게 질려가고 있었다. 경비병 대장 욘슨은 한쪽 입술을 씰룩이며 중얼거렸다.

"대체 이게 어떻게 된……."

"베놈과 에아르웬을 어서 치료소로 티려가라! 위급할지도 몰라!"

장 얀느가 무거운 얼굴로 침을 꿀꺽 삼켰다.

"에아르웬은 몰라도 이래서는 베놈을 찾기가 힘들 것 같습니다."

그의 말대로 지금은 오크 시체의 무더기였다. 그 수를 헤아리기 힘들진대 그 속에서 베놈을 찾는다는 건 사막에서 반지를 찾는 것과 비슷한 격이었던 것이다.

때문에 가장 원시적인 방법을 사용할 수밖에 없었다.

"죽기 싫으면 당장 일어나, 베노옴―!"

에아르웬을 부축하던 장 얀느는 깜짝 놀라며 나를 보았다. 그 목소리가 너무 우렁차 경비병들도 귀를 막을 정도였다.

나는 녀석이 반응할 때까지 시체 더미를 파헤치며 소리 질렀다. 설마 베놈도 죽은 건 아니겠지?

그때 '파악!' 하는 소리와 함께 팔 하나가 올라왔다. 경비병들이 본능적으로 움찔거리며 창을 쥐고 겨누었다. 천천히 일어서는 오크는 익숙한 얼굴, 베놈이었다.

"거 놈들, 냄새 한번 지독하네. 크릉!"

온몸이 피투성이인 베놈이 쩔뚝거리며 걸어왔다.

경비병들이 훈련된 동작으로 베놈을 원형으로 포위하고는 공격 태세를 구축했다.

"멈춰라! 그는 나의 전투 노예다!"

내 말에 경비병들이 멍한 눈으로 나를 돌아본다.

사실 요즘 세상에 전투 노예란 잘 없다. 전쟁도 없는 편이고 시대 흐름상 전투 노예의 개념은 거의 사라지는 추세였기 때문이다.

하지만 엄연히 존재는 하는 것.

그들은 의심스러운 눈초리로 베놈과 나를 번갈아 보다가 뒤로 물러났다. 베놈이 퉁명스러운 얼굴로 투덜거리며 걸어 왔다.

"이 길이나 저 길이나 어찌 이리 험악한 삶인 겐지."

베놈은 마치 70세 노인처럼 중얼거리며 몸에 묻은 피를 툭 툭 털어냈다.

"몸은 좀 괜찮으냐?"

"거 로크님이 심하게 소리를 지르느라 귀가 좀 맛이 간 것 같습니다. 크롱."

"그따위 소리를 늘어놓는 걸 보니 죽을 정도는 아닌가 보 구나."

한쪽 눈이 찢어져 외눈을 뜬 베놈은 코를 벌렁거렸다.

"사악한 인간."

"뭐?"

내가 슬쩍 눈을 가늘게 뜨자 베놈이 꼬리를 만다.

"에아르웬이나 좀 치료해 줘야 할 것 같습니다. 꽤 다친 것 같으니."

나는 베놈이 가리키는 곳으로 시선을 옮겼다.

베놈의 말대로 에아르웬은 온몸이 피투성이였다. 델 키오르의 폭발성 힘을 피하지 못한 듯 가늘게 어깨만을 떨었다.

나는 걸어가 그녀를 팔로 안아 들었다. 금세 팔이 축축해진다. 내게 단 한 번도 화라는 걸 내지 않은 에아르웬. 그저 묵묵히 자신의 비밀을 숨겨둔 채 우리를 따라왔다.

내가 단지 그녀의 비밀을 모르는 이유로 동료애를 지우는 것은 예가 아니다. 나는 그녀에게 목숨을 빚졌으니 적어도 그 빚이 남아 있다면 그녀를 도울 수 있는 방법을 찾아야 했다.

피투성이가 되어 고통에 찌든 그녀의 모습을 보자 후회가 물밀듯이 밀려왔다. 그녀가 나를 죽이려 한다면 겸허히 받아들여도 문제가 없는 것.

무엇 때문에 나는 그녀를 차갑게 밀어냈는가.

그녀의 동족에 피를 뿌리게 만들고 그녀를 이 지경으로까지 만든 것이 얼마나 참혹한 짓이었는데…….

쥐꼬리만큼 남아 있는 마력을 소비해 그녀에게 힐을 시전했다. 아주 적은 양의 마나가 바람처럼 불어 그녀의 몸을 스치고 지나갔다.

새파랗게 질려 있던 얼굴이 조금은 혈색이 돌아오는 것 같아 다행이었다. 하지만 내 마력이 워낙 적었던 탓에 그녀가 시간이 지날수록 위험해질 가능성도 적지 않았다.

나는 그녀를 안은 채로 서둘러 마을 안으로 뛰어갔다.

Chapter **26**
창술의 마스터

1

에아르웬은 다행히 일주일 만에 회복을 되찾았다. 하지만 아직도 얼굴이 꽤 창백해 몸을 사려야 했다. 콧대 높은 이실로네는 에아르웬과 그동안 꽤 친해졌는지 자신이 앞서 그녀를 돌보겠다고 말했다.

에아르웬은 극구 괜찮다고 사양했지만 이실로네는 빡빡 우기며 그녀를 잡아끌었다.

치료소에서 나온 에아르웬과 함께 동료들과 나는 여관을 하나 잡았다. 이제 여기 마을을 거치면 바로 우리의 최종 목적지였던 바이슨 왕국에 도착하게 된다.

"드디어 코앞까지 오게 되었군요. 돌이켜 보면 길어 보이지만 짧은 여정이었습니다. 크릉.”

베놈이 감상적인 말을 내뱉자 장 얀느가 시니컬한 얼굴로 입을 열었다.

“마치 이제 끝을 보는 듯한 말을 하는군요. 도착하는 그때부터 진정한 시작인 것입니다.”

베놈이 찌릿찌릿한 시선을 보냈지만 장 얀느는 가볍게 무시하고는 ‘와인을 마시러 갑니다’ 라는 말과 함께 이실로네와 함께 사라졌다.

이미 이실로네는 장 얀느에게 꽤 빠진 듯 보였다. 그와 함께 있을 때면 볼이 발그레하기도 했고 눈이 마치 순수한 어린 소녀의 그것과 비슷했다.

“웃기는 바퀴벌레들이군. 킁!”

베놈은 화가 치미는지 그들의 뒷모습을 보며 콧방귀를 확 내쉬고는 밖으로 나가 버렸다.

“하나같이 어린애들 같아서는.”

혀를 차며 시선을 돌렸을 때 에아르웬이 어딘가를 뚫어지게 보고 있었다. 그녀의 시선을 따라가자 등에 하얀 천으로 둘둘 감은 기다란 무기를 메고 있는 젊은 사내가 보였다.

검은 두건을 쓰고 푸른 천으로 된 옷은 입까지 올라와 가리고 있다.

부리부리한 흑색의 눈동자를 가진 사내.

옷은 활동하기 편한 옷이고 갑옷은 아니다.

짙푸른 색의 화려하지 않은 옷.

이쪽 대륙에서는 잘 보기 힘든 그런 형태의 옷이었다.

키는 나와 비슷한 정도였다.

그런데 그 역시도 에아르웬 못지않게 우리를 뚫어지게 보고 있었다.

그의 눈이 마치 웃고 있는 것만 같아 기분이 조금 나빠질 찰나에 그가 갑자기 이쪽으로 걸음을 옮겨오고 있었다.

"아는 사람입니까?"

나의 물음에 에아르웬은 고개를 저었다.

"아까부터 너무 사악한 기운이 느껴져서 그만 의식하게 되었어요."

"길드탑에서 온 자인가……."

끼이익.

나무로 된 문이 열리고 느릿느릿한 걸음으로 걸어왔다. 그의 눈빛에서 여유와 자신감이 느껴졌다. 강하지 않다면 절대 이루어낼 수 없는 경지에 이른 듯했다.

그가 입을 가리던 천을 손으로 내렸다. 전체적인 얼굴의 윤곽을 보니 생각보다 어려 보였다.

나와 비슷한 정도로 보이는 그는 날카로우면서도 단단한 외모였다.

"네놈이 로크냐?"

나를 보며 비웃듯이 질문을 내던진 놈은 언제라도 무기를 잡을 준비를 하고 있었다. 나 역시 혹시 모를 상황에 대비해 긴장을 놓지 않고 대답했다.

"그렇다면?"

그가 웃으며 턱짓으로 술을 먹는 테이블을 가리켰다.

"이야기 좀 했으면 하는데."

"그러지."

에아르웬이 뒤따라오자 그가 눈치를 줬다.

"상관없다고 생각하는데."

"흥, 좋을 대로."

콧수염에 미끈한 금발을 올백으로 넘긴 중년 사내는 컵을 닦고 있었다. 그러다 우리를 보고는 살짝 긴장한 얼굴로 우리와 같이 온 사내를 노려보았다.

"오랜만이군, 킬 잭슨."

무표정한 얼굴로 인사를 건네는 그의 말을 중년 사내가 가시 있게 받아쳤다.

"살아 있었나, 록 켄드."

"그거 오랜만에 만난 인사치곤 너무 거칠잖아. 게다가 난 손님이라고."

"너에겐 아무것도 팔고 싶지 않다."

록 켄드가 나를 보며 말했다.

"동행이 있다. 앉혀는 줬으면 하는데. 그것도 안 되겠는가?"

그는 매섭게 록 켄드를 노려보다가 이내 고개를 휙 돌렸다.

"말로 해서 들을 놈도 아니고 빨리 볼일 보고 얼른 가줬으면 좋겠군."

록 켄드가 내게 고개를 기울이며 한쪽 입꼬리를 올리면서 이죽거렸다.

"저 녀석이 지금 저렇게 선량한 척 포장하고 있어도 예전에 어땠는지 알아?"

"그만!"

중년 사내의 외침에도 그는 개의치 않고 말을 이었다.

"살인자였어. 그것도 청부 살인. 흔히 우리들은 그를 검은 암살자라 불렀지."

콰앙!

그가 주먹으로 테이블을 내려쳤다.

"이미 과거의 일이다. 지금 와서 헤집는 것은 무슨 악취미냐?!"

"네놈이 죽인 그 피와 흔적들을 끝까지 피할 수 있을 거라 생각하는 건가? 그 가식적인 가면이 내 가슴을 찌르는군."

웃겨 죽겠다는 듯 배를 잡고 킬킬거리는 그에게 중년 사내가 식칼을 집어 던졌다. 엄청난 쾌속으로 날아간 검을 그는 가볍게 피해냈다.

그 칼은 뒤에 걸려 있던 그림 액자를 '와장창' 깨버렸다.

록 켄드의 말대로 과거의 흔적들은 애써 피하고 싶다고 해서 쉽게 피해질 수 있는 것은 아닐 거다. 하지만 그런 흔적들을 굳이 파헤치려 하는 것 또한 그리 용납할 만한 일은 아닐 테지.

"그쯤 하고 나 역시 시간이 많지는 않은 사람이라……."

내 말에 록 켄드가 어깨를 들썩이며 웃다가 고개를 들었다. 찔끔 눈물까지 흘리고 있었다.

"아아… 맞아 내가 너를 잊고 있었군. 오랜만에 만난 친구이다 보니 말이 많아지네."

"누가 네놈과 친구란 말이더냐!"

그는 얼굴이 시뻘겋게 달아올랐다.

눈에 혈선이 터져 당장이라도 피를 봐야 할 분위기였으나 록 켄드만은 여유로움을 잃지 않고 오히려 조롱하고 있는 듯 대꾸를 했다.

"가게에서 피를 보면 훗날 꽤 답답해질 텐데……."

"이런 젠장!"

콰앙!

쓰레기통을 발로 차버리고 그는 2층으로 올라가 버렸다.

"너도 참 성격이 더러운 놈이군. 그동안 얼마나 악독한 짓을 벌여왔던 거냐."

"오! 나에 대해서 아는 게 있나?"

"전혀. 네놈 따위에게 신경 쓸 정도로 내가 한가하지는 않아. 이렇게 자리에 앉았으니 본론이나 꺼내봐. 쓸데없는 소리라면 이 자리에서 베어버린다."

"마법사라고 들었는데 아닌가?"

"맞다!"

"근데 베어낸다니?"

"마검사에 가깝겠지. 아직 완전하진 않지만……."

"마검사라… 쿡쿡, 귀엽군."

이 어린 놈의 자식은 나를 과소평가하는 건지 아니면 자신을 과대평가하는 건지 모르겠다. 그는 머리끝부터 발끝까지 자신감으로 이루어진 생명체 같았다.

"날 찾은 이유는?"

"우선 술 한잔하자."

"뜸 들이지 마라."

그는 중년 사내가 올라간 관계로 자신이 직접 가져왔다. 대륙력 40년산 선홍의 핏빛 와인이다.

"하아… 요즘 날씨가 추워졌다. 그렇지 않아?"

내 미간의 골이 점점 더 깊어지기 시작했다.

짜증이 슬슬 차올라 이미 나 자신도 모르게 마력이 차오른 상태였다. 하지만 나는 하나 잊고 있었던 게 있었다. 바로 지금 내 상태가 온전하지 않다는 것. 때문에 지금 싸운다면 반드시 패할 것이 틀림없다.

상대를 보고 상황을 보고 싸우는 것이 싸움의 법칙인데 나는 그것을 완전히 거스르려 했던 것이다. 범상치 않아 보이는 기운이 본능적으로 풍겨져 나오는 사내다. 우선은 현명하게 빠져나갈 방법을 찾아야 했다.

쪼르르.

붉고 투명한 와인이 둥그렇고 큰 잔에 출렁이며 내려온다.

"한잔할 텐가?"

"사양한다."

그가 특유의 미소를 지었다. 마치 상대를 기만하는 듯한 웃음. 그것은 본능적으로, 아니, 완전히 몸에 배인 것이었다. 마치 독사 한 마리가 주위를 어물쩡거리는 것 같아 등골이 좀 오싹했다.

"발록이라는 녀석에 대해 알고 있나?"

그의 말에 나는 익숙한 음색이 귓속에 머무는 것을 알았다. 그 근원지는 바로 마이네스가 내뱉은 말이었다.

키르젠프와 마이네스가 나눈 대화가 떠올랐다.

"발록님이라면… 그 거대라는 목록에 포함될 수 있는 거 아니겠는가?"

"그… 마계의 영혼이 아직 살아 있단 말인가?"

"살다 뿐인가. 곧 참아왔던 분노를 터뜨리실 거네. 으하하하!"

"그럴 리가! 그는 소멸되었어!"

"이제 부활을 앞두고 계시지!"

마계의 영혼이라 함은 도대체 어떠한 존재를 가리킨다는 말인가. 궁금증이 무섭게 치고 올라왔다.

"나와 관련이 있다는 것 말고는 아는 게 전무하다. 그것도 안 좋은 쪽이지만."

"놈은 마왕이다. 중간계에서는 힘이 반쪽짜리밖에 되지 않지만 그 힘조차도 너무 강대해 끔찍하기 짝이 없는 녀석이지. 그런 녀석이 부활한다고 생각해 봐. 세상은 지옥의 나락에 빠지게 될 것이다. 그 녀석의 손아귀에 의해서."

그가 킬킬거리며 아무렇지도 않게 내뱉은 말은 꽤 충격적이었다. 마계라 해서 혹시나 했는데 마왕이라니… 이것은 엄청난 정보다.

나는 그를 똑바로 쳐다보며 솔직한 심정을 꺼냈다.

"네가 별로 정의를 추구하는 인물로는 보이지 않는 것 같은데 무슨 속셈인가?!"

"치욕스럽게도 놈은 내 아버지다."

"뭐, 뭐라고?"

나는 너무 놀라 입을 뻥끗거렸다. 믿기 힘들 정도로 엄청난 사실을 내던진 그 때문에 나는 얼이 빠질 것만 같았다.

"하지만 복수의 대상이기도 하지."

"무엇 때문인가?"

"그딴 걸 일일이 네놈에게 정보 상납할 생각은 없어. 단지 의중을 묻고 싶을 뿐이다."

"말해봐."

"이 네크로맨서라는 녀석들이 워낙 구석에 처박혀 사는 놈들이다 보니 찾기가 하늘에 별 따기야. 하지만 널 네크로맨서들이 노리고 있다는 사실을 알아낸 이상 널 따라다녀야겠다. 언제고 놈들이 너에게 나타나면 녀석들을 잡아 내가 특별히 고안해 낸 고문법으로 정보를 좀 캐내야 하거든."

"만약 마왕이 부활한다면 제거할 가능성은?"

"모든 국가가 총력을 기울여도 5%."

"그런 말도 안 되는……."

"어쩌면 더 낮을지도 모르지."

"그럼 부활하기 전에 그 존재를 파괴시켜야 한다는 거잖아."

"하지만 완전한 부활은 60일을 기준으로 한다. 부활 직후 60일간은 자신의 힘 10분의 1밖에 발휘하지 못하지. 그전에 녀석을 파괴하거나 부활 직후의 상태에서 녀석을 잘라내야 한다."

"그 말이 사실이라면 기가 막힌 일이군. 네 말을 어떻게 믿지?"

"안 믿어도 상관없지, 없어. 네놈들을 피곤하게 할 생각은 없으니 걱정하지 않아도 된다. 이 이야기를 들은 이상 너도 넋 놓고 하늘만 보고 있을 순 없을 텐데."

"그렇담 어서 이 정보를 왕국에……."

"그런 짓거리는 그만둬. 국가에서 그 말을 듣고 밑도 끝도 없이 마왕을 찾기 위해 병사를 움직일 것 같은가? 그것도 네 말 하나 듣고?"

"……."

"그리고 내 개인적인 해결이기도 하니 굳이 국가의 힘을 빌리고 싶은 생각은 없어. 그러니 그냥 그림자 하나 더 가졌다 생각하면 편할 거다."

"소설 속에서나 나올 것 같은 이야기로군."

아무튼 록 켄두가 말한 내용이 사실이라면 어마어마한 파장을 남길 만한 정보인 것이다. 이것을 과연 길드탑에서도 알고 있을까? 안다면 어떤 움직임을…….

나는 지체하지 않고 물었다.

"길드탑은……?"

"몰라."

그가 확고하게 말했다.

"어떻게 확신하는 건가?"

"설령 안다고 해도 크게 문제가 될 건 없어. 놈들이 먼저 움직여 남는 게 뭐가 있을까. 그저 그들에게 있어서는 세상을

창술의 마스터 199

구하는 정의의 일일 뿐일 텐데. 녀석들의 관심사는 그저 정보일 뿐. 그걸로 어떠한 짓을 벌일진 모르겠지만 크게 신경 쓰이진 않는다. 내 목적은 오직 발록."

그가 눈을 하얗게 번쩍였다.

"놈을 파멸시키는 거니까!"

나는 관자놀이를 누르며 속으로 투덜거렸다.

꼬리가 하나 더 늘었군. 왜 죄다 이런 삐뚤어진 녀석들인 건지. 거의 환각 상태에 이를 것처럼 깊게 넋이 빠져 있던 에아르웬을 툭 치자 그녀가 화들짝 놀라며 고개를 들었다.

"침 흘리겠다."

그녀가 부끄러운 듯 붉은 얼굴로 고개를 푹 숙였다.

록 켄드가 그걸 보고 킬킬 웃는다.

"애인인가?"

"무슨 소리. 일행이다."

"저 엘프 계집애는 그렇게 생각 안 하는 것 같은데?"

나는 에아르웬에게 시선을 돌리자 그녀가 허둥거리고 있었다.

뭐야? 설마 날 좋아하는 건가?

복잡하고 귀찮군.

나는 뒷머리를 긁적이며 그냥 창문 밖으로 눈을 돌려 버렸다.

2

겨울이 오려는지 날이 점점 추워지고 있었다.

바깥에서 옷을 꼭 여민 이실로네가 내게 신경질을 냈다.

"아 추워! 빨리 마차에 안 타구 뭐 하는 거야!"

저 계집애는 얻어맞아도 정신 상태가 저러니 안타까울 뿐이다. 내가 싸늘하게 노려보자 바로 장 얀느의 등 뒤로 숨어 버린다. 그리고 그의 등 뒤에서 나를 노려보는 게 꼭 자신이 하늘을 다 얻은 듯한 표정이었다.

마치 '해볼 테면 해봐! 장 얀느가 있으니까' 와 같은 표정이었다. 어떻게 보면 귀엽고 어떻게 보면 저미있고 어떻게 보면 짜증나는 여자다.

"우리와 동행할 사람이 하나 생겼다."

베놈이 머리카락에 기어다니는 이를 잡다가 고개를 휙 들었다.

"누구입니까?"

"다들 처음 보는 사람일 거다."

"크릉, 로크님은 아는 사람입니까?"

"잘 몰라."

"근데 어찌……."

"뭐, 그렇게 됐다. 조금 있으면 올 거야. 아, 마침 오는군."

멀리서 주머니에 손을 넣고 터벅터벅 걸어오는 그 모습은 꽤 인상이 강렬했다. 눈빛이 워낙 날카로운지라 일행은 모두 그에게서 좋은 첫인상을 가지는 사람은 없는 듯했다.

"다들 한 캐릭터씩 하는군. 크큭."

그의 말투에 다들 적응을 하지 못하는 듯했다. 특히 베놈이 심했다. 눈을 부릅뜨고는 당장이라도 칼을 뽑아 들고 피를 보고 싶어하는 눈빛이다.

하지만 그런 눈빛에 기죽을 록 켄드가 아니라 지켜보는 입장에서는 피곤했다.

"언제까지 그렇게 눈싸움만 하고 있을 건가. 잘 들어. 지도를 보니 바이슨으로 가기 위해서는 가는 길이 두 가지가 있더라. 하나는 지름길. 하나는 돌아가는 길."

장 얀느가 말했다.

"로크님이 알아서 선택해도 무방할 것 같습니다만."

"내가 리더지만 일행을 통솔하기 위해서는 모두의 말에 귀를 기울일 필요가 있어서다."

"지름길로 가지. 괜히 둘러갈 필요 뭐 있나. 모두 한 체력들 하는 것 같은데. 설마 여기 제대로 걷지도 못하는 바보가 있는 건 아니겠지?"

록 켄드의 시비성이 가득한 말에 베놈이 자극을 제대로 받았다.

"크릉! 거 말투 드럽게 험하네. 자꾸 그런 식으로 나오면……."

"짐승은 좀 찌그러져 있어."

채앵!

베놈이 검을 꺼내 들고 바로 덜려들었다. 록 켄드가 창에 손을 가져가는 순간 바닥이 꽈앙 깨지며 둘 사이로 얼음기둥이 치솟아올랐다.

"모두 행동을 좀 무겁게 했으면 한다."

"저놈 말하는 것 좀 보십시오! 참을 수 있습니까?!"

씩씩거리며 말하는 베놈은 답답해 죽겠다는 듯 가슴을 쿵쿵 두드렸다. 베놈의 말도 영 틀린 것은 아니라 나는 록 켄드에게 한 소리 해야 했다.

"그림자가 되겠다고 하지 않았나."

"답답하잖아. 쳇!"

바닥에 침을 '퉤' 뱉은 록 켄드는 영 못마땅한지 손을 훼훼 저었다.

"그럼 알아서들 해. 난 앞으로 입 닥치고 있을 테니."

록 켄드는 나무에 등을 기대고는 팔짱을 끼고 눈을 감아버렸다.

"장 안느, 네 생각은?"

"굳이 지름길로 가야 할 정도로 시간이 촉박하십니까? 지름길이라면 틀림없이 길이 험할지도 모르고 이실로네님이 따라오기 벅차실 겁니다."

자신을 걱정해 주는 것이 고마운지 감격에 젖은 눈동자로 장 얀느를 올려다본다. 꽤 속이 더부룩해지는 광경이었다.

"확실히 꽤 어려운 길이긴 한 것 같다. 지름길은 접어두도록 하지."

나는 고개를 끄덕이고 곧장 앞장서서 걸음을 옮기기 시작했다.

지도에서 보았던 대로 갈래 길이 나왔다. 두 길 중 선택을 해야 했는데 일단 두 갈래 길 모두 마차가 지나갈 수 없는 폭의 길이었다.

때문에 마차를 버려야 하는 불상사가 벌어져 일행이 모두 짜증스런 얼굴로 마차에서 내려야만 했다.

그래서 마차에서 내려 갈래 길에 섰는데 표지판이 하나 있고 웬 노인 세 명이 표지판을 수리하고 있었다.

얼굴에 주름이 자글자글 난 완전한 노인이었다.

흰머리에 다 썩은 이빨 하며 자신의 몸도 가누기가 채 힘들어 보였는데 자세히 보면 망치질이 예사롭지 않은 것을 알 수 있었다.

힘없어 보이고 느리지만 정확도가 있다. 하지만 그뿐, 그 이상도 그 이하도 아니었다. 그런데 왜 이런 일을 그것도 이곳 표지판을 고치는 걸까.

"안녕하십니까?"

내 인사를 받자 고개를 스르륵 돌리는 한 초록 머리의 노인이 만개한 웃음을 짓는다.

"안녕하시오~"

"바이슨으로 가려는데 어디로 가야 합니까?"

그는 표지판을 툭툭 치며 말했다.

"이 길로 가면 될 것이오."

그의 말대로 표지판에는 바이슨이라는 글씨가 크진 않지만 또렷하게 적혀 있었다.

장 얀느가 의심스런 눈초리로 물었다.

"그런데 여기서 뭣들 하고 계시는 거죠?"

대답을 했던 노인의 옆에 친구로 보이는 노인이 소리쳤다.

"거 젊은이가 질문하는 게 웃기는구만! 뭣들 하고 계시는 거죠? 새파란 놈이 어른에게 눈을 치켜뜨고는!"

"됐다. 설마 어르신들이 거짓을 말하겠느냐."

"우리는 요 근처 산골 마을에서 사는 사람인데 영지에서 표지판을 정비하라는 명을 받고는 이렇게 수리를 하고 있었습니다. 무슨 일인지 젊은 놈들이 죄다 앓아누워서는."

붉은 머리의 노인이 씁쓸한 표정을 지으며 그렇게 말하자 옆에서 장 얀느에게 소리쳤던 노인이 또 한 소리 한다.

"아 그게 뭐 앓아누운 게야?! 일하기 싫으니 또 병들린 척

지랄을 하는 게지!"

"거 자네 입 좀······."

"천생이 이런 걸 어떡하나! 흥!"

기분이 나쁜지 노인은 돌부리를 걷어차고는 어디론가 휙 가버렸다. 그 뒷모습을 멍하니 바라보는 노인이 우리에게 미안한 표정을 지었다.

"죄송합니다."

"아닙니다. 죄송한 건 우리지요. 괜히 어르신들의 심기를 거슬렀군요."

"홀홀, 무슨 말씀을······."

"자, 그만 가자. 해가 떨어지기 전에 산을 모두 내려가야 한다."

"그럼 살펴들 가십시오."

인자한 얼굴로 우리를 배웅한 그에게 간단히 인사하고 우리는 표지판이 가리키는 방향으로 걸음을 옮겼다.

3

"이거 봐. 내 이럴 줄 알았어."

베놈이 인상을 꽉 쓰며 허공을 본다. 뭐라 할 말이 없어진 나는 멍하니 눈앞의 절경을 바라보았다.

길을 따라오니 수직으로 깎여져 있는 절벽이 우리 눈앞에 떡하니 있다. 그 노인들은 대체 무슨 생각으로 표지판을 그렇게 수리해 놓았고 우리를 이리로 안내했단 말인가?

내가 의아한 얼굴로 고개를 갸웃거리자 장 안느가 답했다.

"아마도 누가 우리를 고립 상태로 몰아넣기 위한 트랩 같습니다만……."

그의 말이 끝나기 무섭게 베놈이 뒤를 흘겨본다.

"아니길 바랐는데 정답이군. 골치 아프게시리… 크릉."

온몸을 하얀 천으로 둘둘 감고 있는 인원이 어림잡아 50여 명. 그리고 그중 통솔을 맡은 자는 붉은 천을 몸에 감고 있으며 왼쪽 어깨와 가슴을 보호하는 숄더 갑옷을 입고 있다.

그들 모두 달리기의 용이성을 위해서인지 하체 갑옷은 없었다.

분위기를 보아하니 길드탑에서 온 자들 같은데 귀찮게 됐군.

육체적 전투 컨디션으로만 본다면 거의 최악에 가깝다. 이런 상태에서의 싸움이라면 상당한 피해를 감수할 수밖에 없을 텐데…….

"저 벌레들은 또 뭐야?"

록 켄드가 머리를 긁적이며 한 걸음 앞으로 나왔다.

"날 노리고 온 녀석들 같다. 추측으로는 길드 녀석들인 듯한데……."

"그럼 걍 쓸어버리면 되는 거겠지?"

"뭐?"

한 걸음 앞으로 걸어나간 록 켄드가 등에서 천으로 감은 무기를 꺼냈다. 그가 한 손으로 기다란 '그것'을 손에 들고 단신으로 걸어간다.

무려 50명이 무시무시한 살기를 뿌려대고 있는 곳으로.

허리까지 내려오는 보라색의 긴 머리카락이 인상적인 사내다. 그는 쭉 찢어진 눈으로 우리를 보며 고개를 빳빳이 들었다.

"로크라는 자의 심장을 거래하러 왔다."

록 켄드가 나를 돌아본다.

나는 고개를 저었다.

"너도 봤지? 모른다잖아……."

"네놈에겐 볼일이 없다. 우리는……."

"상대를 잘못 찾았어, 이 버러지들아. 이 몸을 지나갈 수 있다면 네놈들의 목적은 이루게 되겠지만 그럴 가능성은 제로. 지금부터 창술의 마스터 록 켄드의 이름을 지옥에서나 기억해라."

화악!

천이 풀어지고 그 속에서 하얗게 번쩍이는 긴 창이 나타났다. 그것을 손에 쥔 록 켄드의 주위에서 막대한 마나의 회오리가 휘몰아쳤다.

거의 900체계 급의 마력이 단숨에 그의 주위로 광풍이 되었다. 그리고 창에 마력이 주입되자 창끝에서 적어도 3피르는 넘을 듯한 거대한 오러가 일렁였다.

그 기세에 놀란 것일까. 놈들의 분위기가 급변했다.

록 켄드의 창에서 소름 끼치는 창명이 울었다. 마치 악령이 울음을 토하는 듯한 마계의 음성!

콰아아아앙!

록 켄드가 기를 터뜨리자 그의 바닥 주위에 균열이 일어났다. 바닥이 단숨에 깨어지며 부서지고 움푹움푹 파여 들어간다.

록 켄드의 눈빛이 검은빛으로 물들었을 때 가학적인 살인이 시작되었다.

챙챙챙챙챙!

50명의 인원이 일제히 검을 뽑아 들었다.

"한 놈도 살려두지 마라!"

"이 쓰레기들이 정신이 나갔구나. 크큭! 한 놈은커녕 털끝 하나 건드리지 못할 것이다!"

휘이익!

창날이 휘둘러지는 속도와 기세는 온몸의 털을 쭈뼛 서게 만들 만큼 강렬한 임팩트를 보여주었다. 그리고 그 임팩트는 현실을 창조해 냈다.

"크아아악!"

단 한 번의 휘두름에 일곱 명의 사내가 피를 뿜으며 쓰러졌다. 종이 갈라지듯 찢어진 사내들 위로 십여 명의 사내가 칼끝을 겨누며 떨어져 내린다.

에아르웬의 화살이 세 명을 명중시키고 연이어 록 켄드가 마력을 캐스팅.

"Desperado……."

록 켄드의 주위로 먹장구름이 생기는가 싶더니 그것은 순식간에 사내들을 감쌌고 그 구름에 휩싸인 사내들은 모두 온몸이 갈기갈기 찢어졌다.

눈을 부릅뜰 만큼 잔혹하고 강력한 힘이었다.

그것을 아무렇지도 않게 사용하는 록 켄드의 신위는 창술의 마스터라는 이름을 무색치 않게 하고 있었다.

그때 록 켄드의 등 뒤를 노린 검 두 개가 치고 들어왔다. 그들의 검은 록 켄드의 등을 스치지도 못했다.

어느새 튀어나온 베놈이 단숨에 두 명의 몸을 양단시킨 것이다.

"끼어들지 마라, 짐승."

차가운 록 켄드의 말에 베놈이 냉소를 지었다.

"크룽! 너나 빠져라. 이 창대가리야."

퍼어엉!

주먹이 얼굴을 때리자 두터운 무언가가 터지는 소리가 났다. 얼굴이 엉망진창으로 깨지며 바닥에 널브러진다.

가히 살인적인 파괴력이다.

베놈의 팔뚝은 웬만한 여자의 허리보다 훨씬 굵다. 그 근육에서 뿜어져 나오는 원초적인 근력은, 아니, 괴력은 절대 일반적일 수가 없는 힘이었다.

베놈은 늘 승기를 잡은 페이스에선 항상 압도하는 무언가가 있다.

다음 타깃에게로 몸을 던지려는 찰나 장 얀느가 하늘을 보며 소리쳤다.

"위를 조심하십시오!"

한쪽 귀퉁이의 절벽 위에서 화살을 겨누고 있는 녀석들이 보였다.

총 여덟 개의 화살!

쒜애액!

나는 급히 마력을 일으켰다.

내 몸 주위로 풍압이 일고 단숨에 마나가 바리어를 만든다.

"올 쉴드(All Shield)!"

투명한 푸른색의 방어막이 화살을 막아냈다. 절벽 위의 사내들은 에아르웬이 연이은 시위 동작으로 차례차례 명중시켜 떨어뜨렸다.

귀찮은 것들이 사라지자 베놈이 기세등등한 얼굴로 앞서

걸어가다가 갑자기 우뚝 멈추었다. 그리고 표정이 납빛으로 바뀌는 데는 5초도 채 걸리지 않았다. 대체 왜 저러나 싶었는 데 숲에서 개미 떼처럼 기어나오는 길드탑의 숫자는 구역질 이 나올 정도로 어마어마했다.

나는 방금 전 올 쉴드로 인한 마력 발생에도 상당한 무리를 느끼고 있었다. 이대로는 어쩌면 몰살당할지도 모른다는 불 안감이 엄습했다.

아무리 창술의 마스터라 지칭하는 록 켄드 자신도 우리들 모두를 지켜줄 수는 없을 것이다. 목숨의 보존은 아주 객관적 으로 말한다면 개개인의 몫.

그것을 지키지 못한다고 해서 누구의 탓으로 돌릴 수는 없 는 노릇이다.

적어도 100은 가볍게 넘을 법한 숫자가 눈앞에 아른거렸 다. 현기증이 날 정도로 꾸역꾸역 밀려들어 오는 숫자는 우리 를 질리게 만들기에 충분했다. 게다가 출발탄이었던 녀석들 보다 훨씬 기세가 살벌하다.

마치 목적의식이 오직 우리들의 전원 사살 외엔 존재치 않 는 것 같아 보였다.

그들의 눈빛은 실로 감정없는 살욕으로 가득했다.

"장 얀느, 마력 고갈에 체력마저 자신이 없다. 방법을 찾아 라."

이런 상황에서 무턱대고 방법을 찾아라고 말하는 내 자신이 싫지만 어쩌겠는가. 가장 이성적이고 효과적인 판단력을 내리는 것이 장 얀느인 것을.

"방법이 있을 리가 없지 않습니까. 정견 돌파. 그게 아닌 방법으로 그들을 피할 방법은……"

모두의 시선이 장 얀느에게로 쏠린다.

"오로지 절벽 아래의 죽음뿐."

장 얀느의 너무 현실적인 발언에 이실로네는 기절하며 쓰러졌다. 무지막지하게 많은 인원임에도 한 걸음씩 조심조심 걸어오는 감정이 삭제된 살인 기계.

길드탑에서 이 정도의 인원을 나 하나 잡자고 보냈단 말인가? 아무리 D. 쟈칼을 잃었기로서니 이 정도의 투자라니. 너무 과도한 전술이다.

그들이라면 충분히 내 체력에 대한 정보 또한 입수했을 텐데. 확인 사살이 필요없을 정도의 머릿수. 도저히 길이 안 보이는군.

낭패가 서린 얼굴의 내게 록 켄드가 말한다.

"뒤로 물러서 있어. 저런 조잡한 쓰레기들이야 나 혼자서도 충분하니."

"한 번만 더 잘난 척 그 입을 나불거리면 아작을 내주겠어."

베놈이 걸치고 있던 옷을 벗어 던졌다.

그의 상체에서 뜨거운 김이 피어올랐다. 잔뜩 열이 오른 베놈의 근육은 당장이라도 터질 듯이 팽창되어 있었고 힘을 분출할 탈출구를 찾고 있었다.

눈 또한 악마의 그것처럼 지독한 의지를 흩뿌렸다.

"짐승치고는 좋은 눈이군."

"네놈의 주둥이는 이 녀석들을 정리한 후에 잘라내도록 하지."

"크흐흐! 재미있는 놈."

둘 다 정신 상태가 의심되는 녀석들이지만 지금의 상황에서 자신감만큼은 단연 최고로 칭찬해 주고 싶은 녀석들이다. 절대 기죽지 않는 당연히 이긴다는 마인드가 뿌리 깊숙이 박혀 있다.

록 켄드의 창이!

베놈의 근육이!

불을 뿜었다.

앞줄에서 달려오던 사내들은 록 켄드의 창에서 휘둘러진 연회색 빛줄기에 관통당하자 순식간에 시체더미가 되었다. 그의 창은 인간을 너무 나약하게 인지시켜 버린다.

전의를 상실하게 만들 정도로 수비 자체가 불가능한 오러의 힘. 이것이 흔히 사람들이 말하는 오러의 힘이 아니겠는가.

"뇌전!"

록 켄드의 창에서 뇌력이 용솟음쳤다.

힘을 모으는 동안 베놈의 검이. 에아르웬의 화살이 방패막이가 되어주었다. 공격으로 인한 방어로 활로가 열리고 록 켄드의 강력한 힘이 개방되었다.

록 켄드의 눈에서 이성이 사라졌다. 힘에 의해 정신을 지배당한 것처럼 하얗게 뒤집어진 눈에서 마계의 힘이 강대하게 폭발했다.

콰아아앙!

눈부신 폭발성을 가진 빛줄기가 마치 토네이도처럼 길드 탑에서 온 녀석들을 휩쓸었다. 그 거대한 힘에 약 40여 명의 인원이 흔적도 없이 사라졌다.

그것을 보고 넋이 나간 길드탑 사내들이 처음으로 머뭇거린다. 록 켄드의 신위에 거부할 수 없는 패배감을 느낀 탓이었다.

"대체 넌 누구냐?! 네놈에 대해서는 전혀 들은 바가 없거늘!"

"마계에서 온 사신. 창술의 마스터 록 켄드님이시다."

기괴한 웃음을 늘어뜨리며 걸어가는 그는 초월적인 존재감을 뿜어냈다. 정면충돌은 오직 사신의 낫에 걸려 목숨을 빼앗길 뿐.

대량의 학살을 만들어낸 인간으로는 볼 수 없는 여유로움이 눈에 묻어 있다.

어떻게 해서든 살인은 감정의 변화를 불러오기 마련이다.

하지만 이 록 켄드라는 인간은 마치 밥먹는 것처럼 당연시된 일을 행한 듯 한 치의 부담스러움도 느끼지 않는 냉혈한이었다.

적어도 내 관점에서 본다면 역시나 그는 인간으로 보이지 않았다.

"어서 덤벼봐. 벌레들이 펄쩍이는 꼴들이라니. 모두 밟아 죽여 버리고 싶어 안달이 나잖아. 이 몸께서……."

"안 되겠다. 타르크!"

총지휘를 맡은 사내의 부름에 2피르 30은 될 법한 엄청난 키의 사내가 앞서 걸어나왔다.

마치 모든 것을 체념한 눈동자를 가졌다.

길드 녀석들은 저런 점이 가장 기분 나쁘게 느껴진다. 하나같이 감정이 메말라 더 이상은 흔들릴 수 없을 만큼 상해 버린 감정의 파편.

그것은 살아 있는 정신적 시체나 다름없었다.

"대단하구나. 하지만 날 상대함이 쉽지는 않을 것이다."

거인이라 불릴 정도로 커다란 키임에도 두터운 근육이 상당하다. 주먹과 다리에는 철로 된 무언가를 끼고 있었는데 따로 사용하는 무기가 없는 걸로 봐서는 체술인 듯싶었다.

록 켄드의 얼굴에 미미한 경각심이 일었다.

"확실히 좀 전의 벌레들과는 달라 보이긴 하구나."

타르크라는 사내는 온몸에서 아지랑이가 피어오르는 착각

을 일으키게 만들 정도로 뜨거운 열기를 뿜었다.

입에서 나오는 하얀 입김과 눈에서 느껴지는 무감각적 살인 본능의 유출. 그것이 온몸을 얼어붙게끔 만들지만 록 켄드에게는 소용이 없는 듯했다.

오히려 즐기는 듯한 표정이었다.

"나를 실망시키지 마라."

록 켄드의 창끝에서 푸른 광휘가 일렁였을 때 타르크의 입가에 팔자 주름이 그려졌다.

"죽음의 철퇴를 내려주지."

록 켄드의 창과 타르크의 주먹이 맞닿자 눈이 멀어버릴 듯한 빛이 쏟아져 내렸다.

천지를 뒤흔드는 충돌의 파괴음!

단 한 방의 싸움에서 둘 다 굉장한 피해를 입었다. 타르크는 사용했던 오른팔이 너덜너덜해졌고 풍압에 의해서인지 록 켄드는 전신이 가느다란 혈선으로 가득했다.

상처를 만들었다는 것에 대한 자존심의 상처 때문일까.

그의 분노가 하늘을 찌를 듯 솟구쳤다.

"이노옴—!'

귀가 쩌렁쩌렁 울리는 록 켄드의 목소리를 맞받으며 타르크의 몸이 다시금 육중한 무게를 실으며 앞으로 미끄러지듯 나아갔다. 그런데 그 순간 충돌의 여파 때문일까 절벽 쪽 땅이 한쪽으로 기울어 버렸다.

그리고 중력을 무시하지 못하고 깊이를 알 수 없는 강물 아래로 떨어져 버리기 시작했다. 너무도 갑작스러운 일이라 마력을 일으켜 보려 했지만 순간적인 마력의 구동이 가능치가 않았다.

무서운 속도로 아래로 추락했고 타르크를 포함한 우리 일행 전원이 강물 속에 처박히고 말았다.

Chapter 27

포위

1

온몸이 물에 젖어 축축했다.

물기로 인해 솜이 물을 머금은 것처럼 몸이 무겁다. 귀에서는 물 떨어지는 소리가 선명하게 뇌리에 각인되듯 들려온다.

그리고 날카로운 무언가가 딱딱한 것을 잘라내는 소리가 귀에 들어왔다.

나는 순간적으로 낯선 기운을 느껴 본능적으로 상체를 벌떡 일으켰다. 그리고 돌아서며 허리춤에 손을 가져갔다.

다행히 검이 제자리에 위치해 있었다. 검을 꺼내려는 순간에 상대가 촛불을 얼굴에 가져다 댄다.

"키르젠프!"

위대한 도둑 키르젠프가 능글맞은 얼굴로 웃고 있었다.

"어, 어떻게!"

"강물로 떨어지는 네 녀석들을 겨우 구해냈지. 죄다 맥주 병들이더군."

그의 말대로 일행 모두가 물기에 젖어 콜록콜록거리고 있거나 정신없이 자고 있었다. 나는 혹시 모를 상황이 벌어졌나 싶어 엉덩이를 떼었을 때 키르젠프가 손사래를 쳤다.

"아무도 안 죽었으니 걱정 마."

절벽 아래로 떨어지는 기억이 다시 떠오르자 아찔한 감각이 온몸을 휘감았다. 소름이 쫙 끼쳐 나는 털어내려는 듯 고개를 흔들었다.

젖은 머리카락의 물기가 사방으로 튀었다.

키르젠프가 쌍욕을 내뱉었다.

"야이 XXXX놈아! 감기 걸리겠다!"

"당신도 감기가 걸리긴 걸리나 보오?"

내 농담에 그가 주먹으로 내 머리를 후려갈겼다.

퍼억!

내가 짓궂게 웃자 한 대 더 치려는 자세를 잡는다. 자세가 범상치 않아 나는 인상을 쓰며 고개를 뒤로 뺐다.

"구해놓고 다시 사람 잡을 생각입니까?"

"낄낄, 네놈은 죽어도 싸."

나는 뒷머리가 뜨끈해 손으로 꾹꾹 누르며 주위를 둘러보왔다. 어두컴컴한 이곳은 촛불이 비치는 게 일루전이 아니라면 아마 동굴 같았다.

울퉁불퉁한 벽들과 하나로 된 긴 통로.

거대 괴수가 튀어나올 법한 그런 으스스한 동굴이었다.

"아, 그나저나 드래곤의 비늘은 어떻게 되었습니까?"

그가 품속에서 황금빛 비늘을 꺼내 보인다. 그의 입가에 만족스런 미소가 걸렸다. 하지만 그 미소는 금세 분노로 바뀌었다.

"네놈 때문에 이거 줍느라고 온몸이 다 탈 뻔했다!"

"대체 그걸 헬 파이어 속에서 어떻게 찾았습니까?"

"훔치는 덴 도가 튼 몸이다. 괜히 위대한 도둑이겠느냐. 헬 파이어의 불길 속이라 할지라도 내 손을 피할 순 없지. 에헴!"

그는 자신이 자랑스러운 표정으로 턱수염을 매만지며 웃었다.

"그런데 이놈들은 왜 깨어날 생각들을 안 해."

입에 머금은 물을 뱉어내며 모두 거의 반시체였다.

키르젠프는 칼로 어디서 구해온 건지 모르겠지만 과일을 깎으며 한 입 한 입 베어 문다. 그 모습이 어찌나 능숙한지 그동안 항상 이런 식의 영양 섭취를 즐겨온 듯했다.

그는 대충 과일을 해치운 뒤 일행을 하나씩 일으켜 세웠다. 그리고 등에다 손바닥을 쿵 밀어치자 입에서 물이 한 움큼 쏟아져 나왔다.

"쿨럭—!"

연신 기침을 해대며 바닥을 구르는 그들은 모두 하나같이 키르젠프의 손길에 의해 정신을 차리고 있었다. 저 영감 보면 볼수록 신기한 기술이 많군.

늙어서 그런가 아는 게 많아.

"자네까지 포함해서 모두 여섯 아닌가? 떨어지는 숫자로는 봐선 그랬는데."

나는 잠깐 수를 헤아려 보고 고개를 끄덕였다.

"예, 여섯 명입니다."

"그런데 하나가 모자라."

눈에 보이는 것은 내 발밑에서 헉헉거리고 있는 반과 바닥에서 숨을 몰아쉬고 있는 베놈과 에아르웬, 그리고 장 얀느. 그렇다면……

"난 여기 있다."

동굴의 끝 두 눈이 야광석처럼 빛났다. 앞으로 걸어나오니 어두운 동굴 안에서 얼굴의 윤곽이 드러난다. 나는 안도의 한숨을 내쉬었다.

"다행이군. 절벽에서 떨어질 때만 해도 끝이구나 싶었는데 말이야."

"아직 한숨 돌리기에는 일러."

"무슨 소리야?"

록 켄드는 동굴의 입구 바깥을 응시했다.

"진을 치고 있다. 어림잡아 숫자는 서른. 우리들의 위치를 추적하고 있다."

"그, 그런."

키르젠프가 동조하자 이젠 완전한 비상사태나 다름없어졌다.

이 두 명이 말을 맞추었다는 것은 9할 이상의 확신을 준다. 경험이라면 뼈가 사무치는 인간들이다.

나는 얼른 일행을 깨웠다.

모두 피곤에 켜켜이 중첩된 얼굴이었지만 이대로 그냥 손을 놓아버린다면 죽음만을 기다리는 먹이가 될 것이었다.

어느새 정신을 차린 장 얀느가 물었다.

"무슨 일입니까?"

"입구 근처에 우리를 추적하는 녀석들이 깔려 있는 것 같다."

장 얀느의 미간이 푹 꺼졌다.

"바깥 동태를 살펴야 할 것 같군요."

"내가 다녀오지."

확실히 키르젠프가 직업이 도둑이니만큼 몸을 은둔하는 데에는 천재적인 움직임을 가지고 있을 거다. 이 일에 있어서만큼은 그보다 적합한 사람은 없다.

"모두 숨죽이고 있어. 어느 순간에 불꽃이 튈지 모르니."

모두 죽다 살아나서인지 눈 밑이 껌껌하다. 우리는 거의 반쯤은 풀린 눈동자로 조용히 걸어나가는 키르젠프의 뒷모습을 보았다.

그때 베놈이 불쑥 입을 연다.

"누구 하나 때문에 추적을 피하기도 힘들 것 같은데……."

이실로네가 눈치를 챘다.

자신 때문에 추적에 발목 잡힐지도 모른다는 것 정도는 스스로도 인지하고 있다. 그녀가 붉어진 눈으로 소리쳤다.

"나도 이런 거지 같은 도움 필요없어! 나 혼자 갈 거야!"

베놈이 코웃음을 쳤다.

그걸 보고 더 열이 뻗친 이실로네는 보폭이 큰 걸음으로 성큼성큼 입구로 걸어나갔다. 장 얀느가 그녀의 손목을 잡았다.

"섣불리 나갔다간 죽습니다."

그의 진지한 눈빛에 이실로네가 결국 울음을 터뜨렸다.

"하지만!"

"저 오크의 성격을 잘 알지 않습니까. 이해를 하십시오."

"저런 징그러운 짐승은 버리고 우리끼리 가자, 장 얀느! 응?"

베놈은 몸이 지쳐서인지 신경이 극한으로 날카로워져 있었다.

"한주먹 거리도 안 되는 것들이 모두 입만 살아서는. 모두 생칼에 목 따이고 싶냐?"

베놈의 흉흉한 눈빛을 마주 본 이실로네는 그 지나친 진지함에 입술을 파들파들 떨었다. 장 얀느가 날카로운 눈으로 베놈과 눈싸움을 한다.

당장 칼부림이 나도 할 말이 없다. 동굴이 무너질 것 같은 치열한 기세. 마음과 육신이 지치니 내분이 자연스럽게 문제를 일으키는 것이다.

나는 지친 얼굴로 일어서 그들을 지나쳤다.

"둘이 치고받고 싸워서 죽든지 말든지 알아서들 해라. 형편없는 것들 같으니."

내가 의외의 모습으로 치고 나오니 그들도 당황했다. 베놈은 눈을 끔뻑끔뻑거리고 장 얀느는 자신의 실수가 부끄러운지 고개를 돌린다. 어린아이도 아니고 죽음이 문턱에 다다른 상황에서 무슨 얼빠진 행동들이란 말인가.

목숨이 그리 가볍다면 애써 지켜줄 필요도 없다.

그것도 작은 바람에도 날려갈 목숨이라면 농담조차 하기 싫어.

휘이잉!

어두운 밤공기가 동굴 입구를 스치며 회전하고 있다. 마치 악령이 웃고 있는 듯한 웃음소리가 귀에 들려오는 것만 같았다. 지나치게 살벌한 길드의 추적은 처음부터 내 숨통을 천천히 죄어오고 있었다.

그리고 기회를 잡았을 때 단숨에 동맥선을 끊어 명줄을 쳐내겠지. 나는 말초신경을 자극하는 두려움의 씁쓸한 감각을 느꼈다.

"키르젠프라는 노인 보통이 아니더군. 어떤 자인가?"

"어떤 면에서?"

"육체적인 능력치."

록 켄드가 내 옆에 와 넌지시 묻는다.

"왜 그렇게 생각해? 네가 남을 평가함에 있어 그리 긍정적이라는 건 상당히 의외군."

"절벽에서 떨어져 내렸을 때 나라면 충분히 몸을 회수할 수 있었다. 하지만 그걸 그 노인이 방해함은 물론 나를 한순간에 잡아냈어."

"속도와 움직임에 있어서는 신의 영역을 밟을 만한 사람이다. 그것이 과연 그의 공격적 능력에서도 발휘가 되는지는 미지수."

일전 그와 대결을 펼쳤을 때 나는 그가 모든 힘을 내보였다고는 볼 수 없다고 느꼈다.

있는 듯 없는 듯한 존재감을 피부로 느끼게 만들며 가장 무거운 존재감을 가슴으로 느끼게 만드는 남자. 키르젠프. 나를 둘러싼 인간들은 모두 단 1피르도 내다볼 수 없는 족속들뿐이로군.

쿠구구궁…….

바닥이 흔들린다.

"지진인가?"

의아한 음성이 내 입을 타고 흘러나왔을 때 굉장한 폭발이 일어났다. 거대한 화염이 하늘로 끝없이 치솟아오르고 있었다.

록 켄드가 창을 고쳐 잡으며 동굴 밖으로 나갔다.

"뒤따라갈 테니 먼저 일행을 데리고 바이슨으로 향해라. 이미 발각된 상태. 키르젠프라는 영감탱이가 얼마나 버틸 수 있을지 모르니 내가 가서 시간을 끌어보겠다. 여차하면 모두 쓸어버려도 되는 거고……."

나는 망설이지 않고 고개를 끄덕였다.

그러면 충분히 시간을 끄는 것이 가능할 것이며 뒤따라오는 것 또한 문제가 없을 것이다. 키르젠프와 록 켄드의 팀 플레이를 믿어보는 수밖에.

록 켄드가 점이 되어 사라졌을 때 나는 바로 일행을 통솔했다.

바이슨으로 향하는 길을 지나면서 장 얀느는 내 옆에서 같이 보조를 맞추며 걷고 있었는데 계속해서 쿡쿡 웃었다. 이유를 모르는 나는 궁금함에 물었다.

"너 그렇게 웃는 거 처음 보네. 뭐 때문에 그렇게 실실거려?"

겨우 진정한 장 얀느가 숨을 고르며 고개를 들었다.

"인간의 재미있는 점을 발견해서 말입니다."

"아… 너 하프드워프였지."

"예."

나는 밤공기를 폐부 깊숙이 들이마시며 대화를 계속했다.

"인간의 재미있는 점이라. 어떤 걸 말하는 건가?"

뒤를 살짝 돌아보니 힘겹게 홀로 걸어오는 이실로네가 있다. 땀이 범벅이고 여기저기 나무에 긁혀 몸에 상처가 가득하다. 게다가 발이 꽤 퉁퉁 부었는지 걷는 것도 상당히 힘들어 보였다.

"제가 말했죠. 날 사랑한다면 그 의지를 보여달라고. 나와 함께 이 힘든 길을 함께하는 모습을 보여달라고."

"그랬더니?"

"보이지 않으십니까?"

"……?"

"저 깐깐하고 고귀함을 외치던 여자가 군말없이 따라오고 있지 않습니까."

"그러고 보니……."

그가 냉소적인 웃음을 입가에 머금었다.

"재미있습니다. 인간이란……."

"하지만 단순한 존재는 아니지. 세상엔 수천 수만의 다른 개념과 성격, 그리고 육신을 가지고 있으니까."

"하지만 말입니다, 대부분의 공통된 감정이란 게 저는 눈에 보이는군요."

"그게 뭐지?"

"독백을 만들어봤는데. 한번 들어보시겠습니까?"

걷는 것에 지루함도 느끼고 있던 차라 흥미가 동했다.

하프드워프의 시각을 귀로 듣는다.

내가 고개를 끄덕이자 그가 달빛을 받은 아름다운 얼굴로 아주 느리지만 미학이 깃든 목소리로 독백을 낭송했다.

싫어하는 사람에겐 차마 입에 담지도 못할 욕을 보이지 않는 곳에서 내뱉으며 인간으로서 가지는 가장 잔혹하고 잔인한 마음을 표현한다.

하지만,

자신이 사랑하는 사람을 만났을 때에는 그 누구보다 순수한 감정을 가지고 행복을 찾고 싶어하는 이중적인 가식을 너무나 쉽게 당연하게 진행시켜 버리는 게 인간이라 두 눈을 뜨고서도 그 현실을 입각하기가 쉽지 않다.

사랑이란 두 글자 앞에 수많은 수식어를 붙인다고 해서 그 수식어만큼 사랑이 깨끗해질 수 있을까?

이기적이고 가식적인 사랑의 표본을 보여주는 것은 좋은데,

적어도 생각하는 생물체.

인간이라면 그걸 단적으로 표현하는 것은 이해할 수 없다.

때문에 나는 포커페이스를 모르는 인간들의 추태가 그저 한심스러울 뿐이다.

"인간이라는 글자 때문인지 거기에 마치 내가 포함되는 것 같아 기분이 더럽군. 하지만 이건 살아 있다면 가지는 생물체의 이기심이 아닌가?"

"우리 일족은 단 하나의 여인만을 사랑하며 헌신합니다."

"확실히 전설이 깊은 종족들은 이처럼 문화 또한 고고하군."

장 얀느의 시선을 받으면서 나는 히쭉 웃었다.

"비꼬는 건 아니야. 문화의 차이를 현실적으로 말해본 것뿐."

"알고 있습니다."

기계처럼 응답하는 그는 마치,

"장 얀느—!"

이실로네의 메아리가 울려 퍼졌다.

장 얀느가 고개를 뒤로 홱 돌리자 이실로네가 울상인 얼굴로 도움을 청한다.

"도와줘……."

눈물을 주르륵 흘리는 모습은 더 이상 백작의 딸이라는 귀족 신분이랑은 어울리지 않았다. 이래서 사람은 환경에 따라 변화하는 종족이다라는 생각을 지울 수가 없는 거다.

지나치게 나약하면서도 믿을 수 없는 미스터리한 힘을 가진 게 인간. 그런 인간을 장 얀느는 소름 끼치도록 미약한 존재로 만들어 버린다.

장 얀느가 인두의 탈을 쓴 얼굴로 말했다.

"귀찮으면 언제든지 말하세요. 언제든 그녀를 사라지게 해드릴 수 있으니."

"죄책감 같은 건 느껴지지 않는가?"

그의 눈빛이 빙하계의 차가움보다 시리게 가라앉았다.

"스스로 끊는 목숨이 어찌 제 몫이 될 수 있겠습니까?"

냉담하게 돌아서며 이실로네에게 걸어가는 장 얀느의 등에서 슬픈 과거를 읽었다.

무엇이 그를 이토록 자학의 늪에 빠뜨리게 만든 건가. 그의 뜨거운 슬픔 속에서 감당할 수 없는 차가운 비수가 날아와 내심장에 박히는 것만 같았다.

"만약 그의 궁극적인 복수의 대상이 나라면……."

나는 가늘게 웃었다.

"정말 잘못 건드렸군."

나는 생각했다.

잔인한 복수란 순간적으로 와 닿는 게 아닌 천천히 중독되는 독약과도 같은 것이라고.

2

"멈춰라."

낮고 카랑카랑한 목소리가 밤을 울렸다.

'더럽군.'

꼼짝없이 걸렸다.

원형의 형태로 20명의 사내들과 어디서 구해온 건지 고양이과 맹수들을 데려왔다. 이빨이 사람의 팔만 한 길이에 악마처럼 붉은 눈동자다.

나는 마력을 끌어올리며 천천히 깊은 숨을 토해냈다.

"여기서 승부다. 지도로 봐서 거리를 계산해 봤다. 이 녀석들에게서만 벗어나면 국경 지대를 밟는다. 우리의 목표 바이슨 왕국의 국경 지대를!"

"한 번에 쓸어버립시다."

베놈이 팔을 걷어올리고 검을 들었다. 그에게서 강한 박력이 느껴졌다. 차분한 눈동자와 그동안의 경험으로 이루어진 검을 든 자의 포스.

"바로 그거다, 베놈."

베놈과 내가 서로를 보며 유쾌한 웃음을 터뜨리자 녀석들이 자극을 받은 것인지 한번에 달려든다. D. 쟈칼이 말했던 대로 자신의 영역에 들어올 수 없다면 끈질기게 달려드는 족속들이었다.

긴장감이 가슴 명치 쪽을 쭈욱 치고 올라오는 느낌이 들었다.

그동안 다시 모아놓은 마력이라고 해봐야 얼마 없었다. 검과 마법의 조화를 얼마나 완벽하게 쓰느냐에 따라 생명이 결정날 것이다.

위이잉!

검에 마력을 불어넣자 푸른 기운이 감돌았다. 투명한 푸른 막이 검에 둘러싸여졌고 헤이스트 마법으로 움직임을 가속화시켰다.

검으로 얼마나 버틸 수 있을까.

마력이 없다면 체력 또한 나약해져 있는 상태다. 어느 순간에 검이 내 목을 관통할지 모르는 것. 나는 깊은 두려움을 애써 떨쳐 내며 녀석들에게로 맞부딪쳐 뛰어갔다.

확실히 몸이 무거웠다. 헤이스트를 시전했음에도 속도가 예전 같지 않다. 크게 뒤처지고 생각처럼 몸이 움직여지지 않는다.

카강!

세 군데에서 찔러 들어온 검을 간신히 피했다.

상대방의 푸른 눈동자가 심연을 찌르고 들어온다. 나는 내 코앞에 있는 녀석의 목을 정확하게 찔렀다. 붉은 핏물이 검을 그림처럼 타고 올라갔다.

순간적으로 검을 빼내며 뒤쪽에서 자리 잡은 녀석의 턱을 팔꿈치로 올려 친다.

터엉!

스프링처럼 튕겨져 나간 녀석에게 검을 크게 휘두르자 세 조각으로 나누어졌다. 바닥에 철퍽철퍽 시체의 파편이 떨어져 내림에도 녀석들은 조금도 움츠러들지 않았다. 아니, 오히려 더 눈에 불을 지폈다.

훈련받은 그들의 움직임은 기민하고 과감하며 거침이 없다.

점점 날아오는 칼날이 많아짐에 따라 부담이 가중된다.

"586체계. 붐 턴(Bomb Turn)."

몸을 회전시키며 검을 땅에 박았다.

검에서 풍압이 일며 이내 그 바람은 바람개비처럼 퍼져 나갔다. 그리고 강력한 폭발을 단계적으로 일으킨다.

퍼버버벙!

내 주위로 달려들던 사내들이 모두 그 폭발의 힘에 의해 튕겨져 나갔다. 나는 심호흡을 한번 고르고 뒤로 시선을 돌렸다.

베놈이 고전하고 있었다.

베놈의 발아래에 구르는 시체 수는 모두 다섯 구. 등 뒤에서 달려드는 한 놈을 베놈은 눈치 채지 못했다.

나는 아이스 매직을 소환해서 놈을 겨냥했다.

퍼억!

얼음으로 이루어진 원뿔 형태의 마법 하나가 적군의 머리를 때렸다. 상대가 아래로 스르륵 무너져 내렸을 때 베놈은 바로 앞 맹수의 머리에 검을 박아 넣었다.

그리고 옆에서 득달같이 달려드는 사녀의 검을 피하고 몸통을 완벽하게 이등분시켰다.

어느새 바닥이 피로 가득 번졌다.

초록색 수풀이 붉은 수풀로 변한 것은 한순간이었다.

베놈은 아직 팔팔한 듯했지만 내 입에서는 연신 기침이 나오고 있었다. 뒷머리가 찌릿찌릿하고 팔다리가 저리다.

검을 들고 있는 것조차 힘겨운 상태였다.

이제 남아 있는 놈들의 수는 다섯. 맹수 일곱 마리.

녀석들도 수가 많이 줄다 보니 공격에 조심을 기하고 있었다.

이 상태라면 위험해.

몸이 말을 안 듣는다.

이마에서 식은땀이 줄줄 흘렀다.

급격한 체력 저하로 눈빛마저 몽롱해졌다.

나는 정신을 차리기 위해 고개를 세차게 저었다. 그때 녀석들이 땅을 박차 올랐다.

내가 몸을 뒤로 빼자 베놈이 즉시 내 앞을 엄호했다.

1체계. 마력을 회수하는 마력 증강!

생명의 일부를 갉아먹는 대신 천계에서 부여하는 마력을 부여받는다. 그렇다곤 해도 일시적.

생명의 기운이 빠져나가는 게 느껴졌다. 마치 시계바늘이 초속적인 속도로 돌아가고 있는 듯한 느낌이 들었다. 주위 세상이 일그러지는 듯한 느낌이 들었다.

혼미한 정신.

하지만 마력이 순식간에 증강되었다.

눈을 번쩍 떴을 때 주위를 압도할 만한 마력이 폭발했다.

일곱 마리의 맹수가 베놈에게 한꺼번에 달려들었다. 베놈의 검이 한 마리를 꿰뚫었을 때 반대쪽 맹수의 발톱이 베놈의 등을 긁었다. 세 개의 커다란 상처가 피를 뿜었다.

"크억!"

베놈의 입에서 신음성이 흘러나오며 몸이 살짝 휘청거렸을 때 또 다른 한 마리가 다리를 물었다. 얼굴에 핏기가 완전히 사라졌다.

검으로 다리를 문 녀석의 목을 베어냈지만 얼마나 이빨이 깊이 박혀 있는지 다리를 물고 있는 대가리는 떨어지지 않았다.

나는 급히 아이스 애로우 다섯 발을 날렸다.

마력의 상승으로 정신력 또한 일시적이지만 높아졌다. 선회하는 아이스 애로우가 정확하게 다섯 마리의 몸을 뚫고 지나갔다.

몸에 구멍이 뚫린 채로 휙휙 쓰러지는 녀석들.

하지만 쉴 틈을 주지 않는 마지막 사내들이 연이어 달려든다.

내가 마법을 캐스팅하려 할 때 내 바로 왼쪽에서 엄청난 기운이 느껴졌다.

고개를 돌리는 순간,

콰아아앙!

거대한 바위에 얻어맞은 듯한 통증이 파도처럼 밀려왔다.

통증과 함께 나는 가볍게 날아가 바닥에 떨어지며 뒹구루루 굴렀다.

"쿨럭쿨럭!"

힐을 시전하기도 전에 어느새 다가온 정체불명의 발등이 얼굴을 향해 날아온다. 엄청난 기세라 맞으면 두 번 다시 눈을 뜰 수 없을 것만 같았다.

최대한으로 속도를 높여 검을 휘둘렀다.

따아앙!

분명 자르는 느낌이 나야 할진대 엄청나게 딱딱한 광물을 때린 것처럼 진동이 검을 타고 손이 부르르 떨려온다.

고개를 들자 무표정한 얼굴로 나를 내려다보고 있는 거구의 사내를 볼 수 있었다.

그는 처음 우리를 벼랑 끝으로 내몬 뒤 록 켄드와 싸움을 벌였던 근육질의 사내였다.

그의 눈에서 살의 가득한 눈빛이 광적으로 일렁였다.

"죽어줘야겠다."

두텁고 낮은 음성이 가슴을 때린다.

몸을 일으켰을 때 그의 주먹이 섬광처럼 날아들었다. 눈앞이 아찔해질 정도로 강한 주먹이 정면으로 다가온다.

그의 주먹이 얼굴에 맞닿기 직전 마법이 캐스팅되었다.

힘을 역순으로 되돌리는 907체계.

어택 체인지(Attack Change)!

내 앞으로 커다란 흑색의 구가 생겨났다.

그곳에 주먹을 찔러 넣자 자신의 주먹이 어택 체인지 마법구에서 나타났다.

한마디로 자신의 주먹에 자신이 맞는 것.

콰아앙!

거대한 타격음과 함께 자신의 힘에 당한 녀석이 다섯 발자국을 뒤로 밀려나며 비틀거렸다. 쓰러지지 않는 걸 보니 체력 또한 괴물급이다. 얼굴 한쪽이 조금 망가졌지만 전투 불능은 아니다. 충분히 자신의 기량을 보여줄 수 있는 상태.

"제법이구나, 꼬마. 내 이름은 타르크. 지금부터 제대로 한번 붙어보자."

"시끄러워, 이 덩치만 큰 허우대야!"

크르릉!

베놈의 꿈틀거리던 주먹이 타르크를 향해 출격했다.

정통으로 옆구리에 깨끗하게 들어갔다.

베놈은 에아르웬에게 남은 사내들을 맡겨놓고 나를 돕기 위해 타르크를 공격한 것이었다.

쿠우웅!

뼈와 내장이 다 뭉그러져야 정상인 베놈의 살인적인 주먹일 텐데 타르크는 아무런 충격도 없는 듯했다.

"말도 안 돼……."

망연자실한 베놈이 멍한 얼굴로 타르크를 쳐다본다.

"와… 완전 괴물이잖아, 이 자식."

"형편없군."

손에 철갑을 둘러놓은 타르크의 주먹이 베놈의 복부를 거침없이 때렸다.

터어엉!

차마 들을 수가 없는 끔찍한 소리가 터졌다.

질긴 가죽이 터지는 소리와 함께 베놈이 공중으로 날아올랐다. 연이어 그가 주먹에 힘을 모은다. 찬란하게 흩뿌려지는 빛이 그의 주먹에 모여들었다.

완전한 카운터. 맞는 순간 끝장이다!

나는 즉시 검을 들고 녀석에게 돌진했다. 그러자 목표로 하던 대상이 베놈에게서 나로 좌표가 회전했다.

"파이어 볼!"

불꽃이 일렁이는 다섯 개의 화염구가 그의 얼굴을 향해 날아간다. 효력을 기대한다기보다는 그가 모으는 힘을 저지하기 위함이었다.

퍼퍼버벙!

파이어 볼을 얻어맞고도 그슬리는 것 외엔 멀쩡한 타르크.

그가 드디어 힘을 개방하며 주먹을 내뻗는다.

쑤우우우!

쏟아지는 강렬한 하나의 빛줄기.

1001체계 마력 폭강!

구오오!

내 발아래에서 엄청난 힘으로 인해 땅이 쩌저적 갈라졌다. 그리고 땅에서 치솟는 푸른색의 마나. 그것은 나의 보호막이며 그레이트 쉴드 마법을 시동케 하는 원동력이었다.

투명하지만 현기가 깃든 푸른색이 감도는 방어 쉴드가 펼쳐졌다. 그의 주먹과 내 그레이트 쉴드가 맞닿았을 때 주위는 새하얀 백지처럼 변해갔다.

빛이 사라지고 눈을 떴을 때는 온몸이 피로 둘러싸인 타르크가 이글이글거리는 눈동자로 나를 노려보고 있었다. 방어막으로 인한 반대적 힘이 자신을 덮친 것이리라.

하지만 이걸 행운이라 할 수 있을까.

베놈과 에아르웬, 장 얀느는 물론 반, 그리고 이실로네까지 처참하게 바닥에 널브러져 있다.

거의 반 시체더미들 위에 서 있는 것은 오로지 타르크와 나뿐이다. 물론 녀석들의 지원군들도 바닥에 쓰러져 있긴 마찬가지였다.

"대단한 놈이군. 길드탑에서 너를 끊임없이 쫓는 이유를 이제야 알 것 같다. 보통의 성질과는 다른 마법을 쓰는 네놈의 능력. 분명 마스터님이 손을 뻗을 만한 이유가 있는 것이었어."

"너 생각보다 말이 많은 놈이었잖아."

나는 늘어뜨렸던 팔을 힘겹게 올렸다.

"흥미로운 놈이다. 너란 존재는……."

"나와 얽혀 있는 녀석들은 항상 그렇게들 말하더군. 꼭 신기한 동물을 보듯이."

그가 미묘하게 웃었다.

나는 얼굴을 굳혔다.

"알려줄 거다."

"……?"

"나와 얽힌 게 얼마나 커다란 재앙을 부를지. 알려줄 거야……."

타르크는 가소롭다는 듯 웃었다.

"그럴 일은 없어! 오늘 밤 넌 길드탑의 포로로 끌려가게 될 테니까."

나는 눈을 반짝였다.

"어떻게 되었든 길드탑이 내 목숨을 취하진 않을 거란 소리군."

"대신 길드탑에서 얼마나 끔찍한 일을 당하게 될지 생각해 보진 않았나?"

나는 주먹을 불끈 쥐었다.

녀석의 집단에 소속된 여유로운 표정이 나를 분노케 한다.

"약자를 향한 너희 길드탑의 더러운 속물 근성을 보니 길드 마스터의 위치를 알 만하다."

"마스터를 모욕치 마라!"

그가 우렁차게 소리쳤다.

바람이 확 몰려왔다.

온몸을 스치고 지나가는 바람이 만약 그 때문에 일어난 것이라면 그의 오러를 충분히 느낄 수 있는 것이었다.

"길드 마스터에게 따귀 한 방 날려주고 싶네. 나에게 가르침 좀 받아야겠어. 강자를 대하는 예법부터 가르치라고 말이다."

"네 이노옴!!"

굵직한 나무 같던 녀석이 뿌리를 뽑아내는 소리를 드러낸다. 그가 황소처럼 콧김을 내쉬었다. 하나같이 길드탑 녀석들은 마스터가 무슨 보물단지라도 되는 양 이 이야기만 나오면 흥분한다.

냉정을 잃는다는 건 내게 좋은 의미로 다가오지.

손바닥을 땅으로 향하게 한 채로 나는 눈을 감고 주문을 외웠다.

"237체계. 신의 힘을 빌려 불꽃을 소환하나니. 블래스트 파이어."

땅에서 뜨거운 용암이 작은 웅덩이처럼 생겨나더니 그곳에서 불꽃으로 이루어진 검이 올라왔다. 나는 그것을 잡아채고 마력을 연차적으로 터뜨렸다.

피부를 타고 혈관을 흐르며 순환하는 마나가 용솟음칠 듯 무섭게 회전한다.

놈이 커다란 동작으로 팔을 젖혔다.

위이잉!

그의 주먹에서 지금껏 본 가장 큰 빛의 구를 보았다. 저 주먹에 얻어맞는다면 그가 처음부터 원했던 포박이라는 의미는 완전히 소거될 것 같은 대량의 마나를 가진 오러였다.

공간이 찢어질 것 같은 거대한 힘이다.

콰과강!

대륙의 바닥이 깨지며 돌의 파편이 하늘로 치솟아오른다.

격정적인 그의 외침과 함께 주먹이 뻗어져 나갔다.

"텔레포트!"

내 몸이 순간 흐릿해지면서 이내 그의 시야에서 완전히 사라졌다. 좌표는 조금 높은 그의 머리 위였다. 나는 아래로 떨어지면서 바인딩 마법을 캐스팅했다.

바인딩은 상대를 꼼짝없이 묶어놓는 마법이다.

그의 몸을 흰 빛줄기가 꽉 묶었다. 그가 괴성을 터뜨리며 힘을 주자 너무나도 손쉽게 바인딩이 깨져 버렸다.

그가 그것을 기회 삼아 어퍼컷으로 주먹을 올려 쳤다.

나는 있는 힘껏 불꽃의 검으로 그의 주먹을 향해 내려쳤다.

화아악!

갑작스런 공격이라 그도 오러를 주먹에 싣지 못했는지 불이 팔에 순식간에 붙어버린 것을 피하지 못했다. 활활 타오르는 불은 꺼질 생각을 안 했다.

아무리 그가 손으로 털어내 봐도 불은 더 거세게 타오를 뿐이다.

"블레이즈(Blades)!"

사방에서 날카로운 칼날이 타르크를 향해 날아갔다.

파바박!

깊은 상처가 이곳저곳에서 생겨났다.

흔들리는 거대한 육체!

나는 동공을 크게 뜨며 마법을 연이으려 했다. 하지만 갑자기 등에 화끈한 통증이 느껴졌다.

힘이 쭉 빠진다.

고개를 뒤로 돌리니 타르크와 함께 우리를 벼랑으로 몰아넣었던 사내였다.

보라색의 머리, 쭉 찢어진 눈에서 풍겨져 나오는 잔혹한 감정이 몸서리치게 내 몸을 휘감았다.

"짜릿하지?"

입을 귀에 걸며 웃는 녀석은 몸을 스르륵 돌리더니 내 어깨를 향해 팔보다 조금 짧은 길이의 검을 휘두른다. 발아래에 떨어져 있던 검을 주워 막은 뒤 에어 블래스트!

공기가 압축된 힘이 그를 때렸다.

퍼버벙!

팔로 막아내 뒤로 약간 밀려났다.

에어 블래스트를 단순히 팔로 막았을 뿐이다. 그럼에도 옷만 탔을 뿐 피부에는 잔 상처도 없었다.

"젠장… 최악이군."

뒤에서 목덜미를 잡았다.

아마 타르크이리라.

그는 나를 잡아당기며 무릎으로 내 허리를 찍어 찼다.

우드득!

뼈가 우그러지는 소리가 명쾌하게 터졌다.

"크아악!"

허리가 끊어질 것 같았다. 입에서 흘러내린 피가 뜨겁다. 그 상태로 바닥으로 내팽개쳐졌는데 얼마나 세게 떨어뜨렸는지 뇌가 다 흔들리는 것만 같았다.

"내 이름은 요르크센. 이제 그만 길드탑으로 향해주셔야겠
어."

녀석이 요사스럽게 웃는다.

"아직 안 끝났어……."

내가 신음과 함께 이 대사를 날리자 요르크센이라는 이 도
마뱀 같은 녀석은 혓바닥을 길게 내밀었다. 얼마나 파충류 같
은지 온몸에 벌레가 꾸물꾸물 기어다니는 듯한 느낌이 들었
다.

"킬킬킬. 네놈은 길드탑에 가는 순간 죽음만을 간절히 원
하게 될 거다. 지금 여기서 발버둥 치는 것도 어떻게 보면 네
놈에겐 천국과도 같은 것일 게야. 크히히!"

그가 발꿈치로 내 어깨를 찍었다.

퍼어억!

그의 신발 발꿈치 쪽에는 날카로운 칼날이 숨어 있었다.

그 칼에 어깨를 찍히니 뜨거운 통증이 무섭게 다가왔다.

그리고 연이어 발등이 날아와 얼굴을 때린다.

퍼엉!

완전히 뻗어 땅에 쓰러지자 타르크가 철로 된 장갑을 벗어
던지며 인상을 크게 찡그렸다.

"후… 요르크, 포션 하나 다오."

"없는데……."

"내 거 너한테 맡겨놓은 거 있지 않느냐."

"아, 그거 썼어. 피곤하길래……."

"그걸 피곤하다고 쓰는 게 말이 되느냐."

"거 디게 틱틱거리네. 난중에 사줄게, 임마!"

타르크가 이를 바드득 갈았다.

"지금 필요한데 나중은 무슨 나중인가."

"거 변변찮은 놈에게 당하기나 하고. 쯧."

그가 품속에서 손가락만 한 길이의 병을 던졌다.

"이거라도 써. 잠시나마 통증을 잊을 순 있을 거다. 네놈은
금방 상처를 회복하니 그거면 충분하겠지."

찌릿하게 그를 노려보다가 타르크는 국묵히 그 약을 마셨
다.

요르크센은 볼을 긁적이며 내 주위를 어슬렁거렸다.

"흐음, 이 녀석을 어떻게 데리고 간다. 부하 놈들은 죄다
죽어버렸고 그 록 캔디인가 록 켄드인가 뭔가 하는 자식이 뒤
쫓으면 골치 아픈데."

"녀석을 끝내지 못했느냐?"

요르크센은 얼굴을 조금 붉혔다.

"조… 좀 세더라고."

"멍청한! 그럼 도망쳤단 소리냐?!"

"도망친 게 아니라……."

"시끄럽다!"

"아, 좀 들어봐!"

"어서 찾아서 끝내야 후환이 없을 게 아닌가! 당장 움직여!"

요르크센도 더 이상 못 참겠는지 눈을 부릅뜨며 소리쳤다.

"아니, 근데 이놈이! 서열도 같은 자식이 왜 만날 나보고 명령이야! 시키지 말고 네가 해, 이 새끼야!"

바닥에 쓰러져 있는 나는 녀석들이 다투는 동안 주위를 둘러보았다. 베놈은 바닥에서 일어날 기미를 안 보이고 장 얀느는……

장 얀느?!

사라졌다.

'어느새……?!'

아무리 주위를 살펴보아도 꽤 멀리 간 듯 자그마한 기척도 느껴지지 않았다. 이 녀석들은 아직 눈치를 못 챈 듯했다.

아마 장 얀느라면 국경 지대에서 날 기다리겠지.

"쿨럭!"

젠장! 입에서 검은 피가 나왔다.

요즘 들어 피 냄새가 너무 익숙해졌다.

시큰하고 뜨거운 핏물이 나를 초조하게 만든다.

지금이야 녀석들이 말다툼을 하느라 생각할 시간이 있다지만 녀석들이 나를 완전히 포박해 버리면 기회는 없어져 버릴 게 틀림없었다.

"너 정말 나랑 한번 해볼 테냐?"

요르크센이 이내 검을 들었다.

이 상황이 계속되어 놈들이 싸움까지 간다면 그보다 좋은 상황은 없었다. 하지만 상황은 내 바람처럼 흘러가진 않았다.

"우리들의 감정은 녀석을 마스터님께 바친 후에 풀도록 하지."

"헹! 겁먹었냐?"

"네까짓 놈 때문에 마스터님의 일에 문제를 일으키고 싶지는 않다. 다 잡은 사냥감을 그냥 버릴 생각인 것은 아니겠지."

수긍하는 것인지 그는 더 이상의 말싸움은 그만뒀다.

"쳇! 얼른 묶어 매."

요르크센이 허리에 감고 있던 붉은 밧줄을 무성의하게 던졌다. 바닥에 떨어진 줄을 집어 든 타르크는 큰 걸음으로 내게 성큼성큼 걸어왔다.

밧줄에 묶이는 순간 끝이라고 생각했다.

하지만 언제나 신은 내게 절망을 주는 대신 기회와 희망을 가끔씩 던져 주곤 한다. 바로 지금처럼.

"여기 있었군. 이 쥐새끼 같은 놈들."

록 켄드가 입에 미소를 걸며 나타났다.

3

흔들리는 나뭇잎 소리가 고요함을 연주한다.

그 고요함을 깬 도발적인 음성.

그것은 록 켄드의 것이었다.

"꽁지 빠지게 도망치더니 이런 작당들을 하고 계셨구만. 이 못생긴 벌레들아. 클클클."

"귀찮게 됐네. 어이, 타르크. 내가 상대할 테니 넌 이 녀석 데리고 가봐."

"그러지."

록 켄드가 기가 막힌다는 듯 웃었다.

"이것들이 실성을 했나. 야, 마른 나뭇가지처럼 생긴 너."

자신을 무시하는 듯한 발언에 발끈했다.

"요르크센이다!"

"닥쳐. 너 내 실력 몰라? 무서워서 벌벌 기며 도망간 주제에. 이 벌레가 미쳤나, 진짜."

창을 꽉 움켜쥔 록 켄드는 타르크를 죽일 듯이 노려보았다.

"그리고 너 꼼짝 말고 있어라. 죽기 싫으면."

타르크는 무표정한 얼굴로 그냥 고개를 돌렸다. 그리고 밧줄을 들고 내게로 걸어온다.

"허! 저놈 봐라?"

록 켄드가 타르크에게로 향하자 요르크센이 막아섰다. 록 켄드는 손으로 눈을 가리며 목젖이 보일 정도로 웃었다.

"으하하하! 감히 록 켄드에게 꿈틀거려?"

"타르크! 버티는 시간엔 한계가 있다. 서둘러!"

밧줄로 날 묶으며 타르크는 작게 중얼거렸다.

"대체 어느 정도길래……."

마계에서 온 최상급의 인물인데 어련할까.

타르크가 나를 업어 들고 있는 힘껏 뛰었다.

얼마나 달렸을까. 피투성이인 상태로 달리다 보니 녀석도 체력이 심하게 저하됐다. 눈이 고다하게 충혈될 정도로 달려 입에서 연신 피와 침이 뒤섞여서 흘러내렸다.

"하아아. 하아아……."

잠시 쉬어갈 요량인지 멈추어 서서 나를 바닥에 내려놓았다.

그는 거친 숨을 몰아쉬다가 내게 물었다.

"그는 누구냐? 동료?"

"이럴 시간이 있나 모르겠군. 자라잡힐지도 모르는데 상당히 여유롭네?"

"질문에 질문으로 대답하지 마라."

'네놈에게 가르쳐 줄 아량 따위 없어.'

그는 입을 꾹 다물고 나를 무섭게 노려보다가 시선을 돌렸다.

"요르크센은 길드탑에서 꽤나 비중있는 녀석이다. 그렇게 쉽게 당할 리가 없어."

나는 히쭉 웃었다.

"과연 그럴까."

"아무리 그가 강할지라도 적어도 시간만큼은 충분히 벌 수 있다. 난 그렇게 믿는다."

"걘 다르다니까."

"시끄러워!"

퍼어억!

"쿨럭!"

배를 걷어차였다. 내장이 잘린 듯한 고통이 일어 숨조차 제대로 쉴 수 없었다.

"이… 이렇게 다루다가 죽어버리면 어쩌려고 그래."

"한 번만 더 나불거리면 진짜 죽여주겠다."

"해봐."

그가 나를 광기에 번들거리는 눈동자로 본다.

"해보라고, 이 새끼야. 나도 이 더러운 삶에 이골이 나서 그 죽음이라는 달콤함 좀 맛보고 싶은데. 선물 좀 해주지 그러나. 크큭."

"대체 뭘 믿고!"

"이유가 있지."

"이유?"

"네 생명은 이미 저당잡혔다."

"무슨……."

"여기다, 덩치."

타르크가 하얗게 질린 얼굴로 고개를 들었다.

나무 위에서 피를 뒤집어쓴 요르크센의 멱살을 쥐고 여유롭게 내려다보고 있는 록 켄드!

이 자식은 전투 능력 면에서 나조차도 질릴 정도로 대단한 녀석이다. 마귀의 혈통을 이어받았으니 그 능력을 측정하는 것 자체가 웃긴 일이다.

"감히 이 몸에게서 벗어날 수 있을 거라고 생각했나? 크크 큭."

"어… 어떻게."

"버러지가 아무리 뛰어봐야 뭐 해? 한 발자국만 움직여도 밟을 수 있는 것을."

나는 느꼈다. 녀석을 적으로 두고 싶지 않다고. 만약 내 삶에 있어 반드시 거쳐야 하는 인물 중 하나라면 반드시 내 편으로 만들어야 한다고 나는 그 순간 그렇게 느꼈다.

"원래 나약한 것들이 믿을 수 없는 강함에서 미스터리를 느끼는 법이지."

요르크센의 시체가 바닥으로 떨어졌다. 머리부터 떨어져 목이 우두둑 꺾임에도 소리가 없다. 역시나 이미 죽어 있다는 소리다.

차랑차랑.

녀석의 창끝에서 나는 소리가 두려움을 유발한다.

타르크는 긴장감을 크게 느끼는지 땀이 가득하다. 땀과 핏물이 뒤섞여 쓰린 고통이 있을 테지만 그 고통조차도 긴장감이 덮어버린 듯했다.

그것은 그의 눈에서 드러나 있었고 그 눈빛을 록 켄드도 놓치지 않았다.

"마치… 병든 염소를 입에 문 맹수가 된 기분이라 찝찝하군."

자극.

흥분의 아드레날린이 무섭게 날뛴다.

"당장 도망치고 싶어 안달이 나다가도 이렇듯 자극을 주면 미친 황소처럼 날뛰지. 공포에 절어 무섭게 목숨을 빼앗기는 것보단 조금은 분한 상태로 죽음을 맞이하는 게 좀 더 편안하지 않겠어?"

"확실히 그럴지도 모르지."

"난 이래서 너무 착하다니까."

록 켄드가 키득키득 웃으며 고개를 저었다.

지금 타르크는 무슨 생각을 하고 있을까.

나라면 정말 피하고 싶은 승부다.

"그럼 슬슬 물고 있던 목의 생명줄을 확실하게 끊어야겠군."

"피하지 않는다."

타르크는 당당하게 맞섰다.

거대한 산처럼 듬직하게 자신의 프라ᴼ드(Pride)를 세웠다.

"멍청한 놈."

그런 산을 한순간에 형편없는 것으로 치부해 버리는 록 켄드는 분명 차가운 사람이다. 만약 내가 그의 걸림돌이었다면 나는 흔적도 없이 그의 제거 대상이 되었을지도 모르겠지.

뭐 인생이 다 그런 거겠지만.

쿠구궁!

위이잉!

두 명의 힘이 서로 준비를 마쳤다.

타르크의 양 주먹에는 막대한 오러가 맺혀 있었고 록 켄드의 창에는 감당 못할 흑색의 기류가 감돌고 있었다.

확연히 구분할 수 있는 두 성질. 어떠한 결과가 나올지는 예측이 되지만 예외의 상황은 있는 법.

구오오오!

양 주먹을 말아 쥔 타르크가 혼신을 다해 달려들었다.

그의 기세. 그의 눈빛과 사자의 울음처럼 맹렬한 음성이 록 켄드에게로 향했다.

콰와앙!

타르크의 주먹에서 쏘아진 빛줄기는 너무도 허무하게 허공을 갈랐다. 록 켄드는 무시무시한 공격뿐 아니라 육체적인 동체시력까지 극한으로 발달되어 있었다.

어차피 처음부터 인간과는 동떨어진 존재였기에.

휘리릭!

검은 기류가 뱀처럼 타르크의 몸을 휘감고 올라와 완전히 묶었다. 그 낯선 느낌에 당황해하던 타르크는 온몸이 심연의 깊이 속으로 빨려 들어가는 고통을 느꼈다.

그리고 대각으로 그어지는 용서없는 록 켄드의 창날이 타르크의 앞가슴을 헤집었다.

퍼버버벅!

분수처럼 피가 뿜어졌다.

그 피가 얼굴에 튀었는데 흘러내리는 피를 혀로 핥는다.

악귀가 현신한 듯한 얼굴이었다. 동공을 마주한 타르크는 덜덜 떨며 뒷걸음질쳤다.

하지만 이미 몸을 휘감고 있던 검은 기류는 록 켄드의 지시에 순식간에 몸을 집어삼켰다.

뼈와 살이 우그러지며 수십 조각으로 찢어졌다.

차마 눈 뜨고 볼 수 없는 광경이다. 그것을 지금껏 수도 없이 치러왔을 녀석이 이젠 두려움을 넘어선 경외감을 가지게 만든다.

거부할 수 없는 힘을 소유하고 있다는 건 확실히 매력적인 부분이다.

잔인하다. 징그럽다. 흉측하다라는 건 다 핑계다.

어차피 궁극적인 것은 죽음이며 자신이 살기 위한 방편이 아닌가.

그것에 어떠한 치장을 붙인다고 해서 다른 의미가 될 수는 없는 것이다.

록 켄드가 창을 휙 휘둘러 밧줄을 끊어냈다.

나는 뻐근한 팔을 주무르며 일어났다. 타르크의 주먹이 스치고 지나간 자리는 완전히 폐허였다. 이런 엄청난 흔적을 남김에도 록 켄드에겐 잔 상처 하나 만들지 못하다니. 그에 비해 나는 고작 두 녀석에게 고전했다.

마력 증강을 했음에도 불구하고 말이다.

이때 든 생각은 찌그러진 자존심이 아니었다.

그가… 필요하다.

내가 훗날 시간이 생긴다면 틈틈이 대련을 도와달라고 말하자 록 켄드는 기분 나쁘게 한쪽 입꼬리를 올리며 히쭉 웃었다.

"네놈은 생각보다 자존심이 강한 것 같았는데 그것도 아니군."

"알량한 자존심을 버리는 것도 내 자신의 자존심을 지키는 것 중 하나라고 생각한다."

"오! 그거 현기가 깃들어 있는 것 같아. 너 혹시 현자랑 친하나?"

나는 시큰둥하게 대답했다.

"마법사와는 친하지."

"어떤 마법사?"

"그 이야긴 나중에. 저놈들 좀 치료해야겠어."

우리는 나와 내 일행이 처음 포위당했을 때의 위치로 돌아와 있었다.

바닥에 쓰러져 있는 베놈에게 힐을 시전하고 정신을 잃은 이실로네와 에아르웬을 가볍게 치료한 뒤 업어 들었다. 록 켄드는 이실로네를, 나는 에아르웬을 업었다.

"아차, 반?!"

컹컹!

수풀 속에서 뭔가가 펄쩍 튀어나왔다.

록 켄드가 창날을 잡았을 때 내가 소리쳤다.

"그만둬!"

철컥!

한 타이밍만 늦었어도 소중한 반의 목숨이 날아갈 뻔했다. 나는 십년감수한 얼굴로 반의 머리를 쓰다듬었다.

싱겁다는 얼굴로 앞서 걸어가며 록 켄드가 투덜거렸다.

"내가 왜 이런 더러운 계집애를 업어야 하는 건지… 짜증나는군."

베놈의 발을 잡아 질질 끌면서 록 켄드의 뒤를 따라 걸었다.

"별수없어. 바이슨 왕국의 백작의 딸이다 보니 함부로 버리고 갈 수도 없는 노릇이 아닌가.”

“왕궁 안으로 들어가면 피곤해질 텐데.”

“각오하고 있다.”

“뭘 노리는 건가? 내게는 솔직해도 돼.'

나는 잠깐 머리를 숙여 침묵으로 일관하다가 고개를 들었
다.

“반왕.”

“반왕?! 크히히! 그거 스케일 한번 크군. 멋져! 박수를 쳐주
고 싶지만 여건이 안 좋군. 그런데 이 빌어먹을 놈의 계집애
는 왜 이렇게 거추장스러운 걸 많이 달고 있지. 확 태워 버리
고 싶군.”

“날 봐서라도 참아줬으면 한다.”

“넌 재미있어.”

나는 조금 불쾌한 얼굴로 반발하려다가 이내 고개를 끄덕
였다.

“너무 많은 녀석들이 그리 말하니 이젠 그냥 수긍하게 돼
버리는군.”

“그런 거지. 습관처럼… 익숙해져 버리는 것보다 무서운
게 없는 거다.”

나는 진실로 궁금한 얼굴로 그를 쳐다보았다.

“너도 그런 게 있나?”

“까먹었어. 나 한 천오백 년 살았거든? 그래서 기억이 가물

가물하다."

나는 어깨를 들썩이며 큭큭 웃었다.

"확실히 인간이 버러지처럼 보이긴 하겠군."

"정답. 하지만 간혹 날 놀래키는 녀석들도 있긴 있지. 얼마나 커다란 벌렌지 소름이 끼치더군."

"하하하하!"

내가 커다랗게 웃음을 터뜨리자 녀석도 웃었다.

우리는 도무지 일백에 가까운 시체를 만들어온 사람들이라고는 믿겨지지 않는 그런 웃음을 짓고 있었다.

Chapter **28**

바이슨 왕국

1

드디어 국경 지대를 넘었다.

바이슨 왕국의 땅에 발을 디딘 것이다. 도착했다.

나는 손으로 국경 지대임을 가리키는 커다란 표지판을 손으로 툭툭 치며 만져 보기도 했다.

"장 얀느가 보이지 않는군요."

정신을 차린 베놈이 뒷머리를 쓰다듬으며 말했다. 그의 말대로 장 얀느는 어디에도 보이지 않았다.

이제 막 모래바람이 부는 왕국의 국경 지대를 밟았음에도 이실로네의 얼굴에는 전 대륙을 정복한 듯한 표정이 서려 있었다.

"보면 볼수록 멍청해 보이는 계집애군."

시니컬한 록 퀜드의 조롱에 그녀가 도끼눈을 떴다. 그러자 천에 감겨 있는 창으로 이실로네의 머리를 툭 쳤다.

아무리 살살 친다고는 쳐도 쇠로 된 무기. 아프지 않을 리가 없다. 이젠 거친 세상을 잠시나마 함께 걸어서인지 꽤 독해졌다.

"왜 자꾸 때리는 거죠?"

"죽고 싶냐?"

단 한 마디로 상황을 일축시킨 록 퀜드는 눈에 힘을 잔뜩 주어 겁을 주다가 내게 말했다.

"여기서 도시까지 얼마나 걸려?"

"쉬지 않고 걸으면 약 일곱 시간 안에 도착할 듯싶다."

이렇게 대답은 했지만 지도를 보면서 계속 계산 중이었다. 그러니까 그건 어림잡아서고 어떠한 변수가 생겨날지 모르기에 길을 찾음에 있어 긴장을 놓을 수 없었다.

자칫하여 다른 길로 빠져 버리면 그동안의 발길을 모두 무산시키는 것이 된다.

조금 낡은 지도라서 불안하긴 했지만 지도는 지도다. 거의 모래바닥밖에 보이지 않는 험한 길이지만 곧 도시의 입구가 보일 거란 희망을 놓지 않았다.

"그런데 요 계집애 보면 볼수록 괜찮군. 엘프 아가씨, 이 몸이 당신이랑 친해지고 싶은데? 어때?"

우주 최악의 작업을 걸고 있는 이 록 켄드는 싸우는 무력과는 달리 연애에 있어서는 상당히 재능없는 인간, 아니, 마인 같았다.

대체 저런 말을 듣고 어느 누가 좋다고 승낙을 하겠는가. 아무리 얼굴이 선인장같이 생긴 여자라 할지라도 거부하고 싶은 마음이 무럭무럭 일어날 것 같았다.

"친해지고 싶다구요? 네, 나쁘지 않아요."

"……."

항상 신은 예외라는 인생의 법칙을 구분해 놓았다.

추파라는 것에 대한 의미를 잘 모르는 에아르웬은 친해지고 싶다는 것을 다른 것이 아닌 단 하나의 의미로만 해석했다.

말 그대로의 의미만으로.

상당히 지쳐 있던 얼굴의 에아르웬이 새파랗게 변했다. 어느새 가까이 다가온 록 켄드가 에아르웬의 가슴을 주물떡거린 것이다.

화살을 꺼내 잡아 그것으로 록 켄드의 배를 찔렀다.

너무 반사적인 행동이라 자신도 꽤 놀란 듯 손으로 입을 가리며 뒷걸음쳤다.

"젠장, 여자 때문에 피 보긴 처음이군."

무신경하게 배에서 화살을 빼낸 록 켄드가 입맛을 다셨다.

"좋다고 할 때는 언제고 이제 와서 왜 이러는 거야?"

"시끄럽다, 록 켄드. 그녀는 내 은인이다. 가벼운 행동은 내가 용서하지 않는다."

"응? 뭐야! 네놈 애인이냐?!"

나는 한숨을 내쉬며 고개를 저었다.

"말을 말아야겠군."

손가락으로 턱을 긁으며 록 켄드가 중얼거렸다.

"아, 쪽팔리게. 야, 농담이야. 알지?"

알긴 뭘 안단 말인가.

주위 남자들은 죄다 꼴통들밖에 없군.

사랑을 단지 게임 클리어하는 것처럼 보는 장 얀느나, 무대포인 베놈이나, 이 변태나…….

다행히 내가 물을 만들어낼 수 있어 탈수증엔 걸리지 않았지만 미처 식량을 준비하지 못해 모두들 급격한 체력 저하를 나타냈다.

나 역시 마력 증강의 효력이 떨어지자 몸이 미이라처럼 변했다. 눈 밑이 검고 초점은 흐릿하며 온몸에 힘이 쭉 빠져 걷기조차 힘들다.

모래바람이 밧줄처럼 내 몸을 묶어놓는 것만 같았다.

당장 쓰러져 이 귀찮은 걸음을 때려치우고 싶을 정도로 괴로워졌을 바로 그때였다.

"보… 보인다!"

사람이란 극한의 한계에 부딪치다가도 하나의 실낱같은 희망을 발견하면 믿을 수 없는 힘을 짜내곤 한다. 사실상 지금 내 눈에 보이는 저 도시의 입구는 거리 계산을 했을 때 엄청난 시간을 투자해야 한다고 본다.

하지만 당장 눈앞이 깜깜한 이 녀석들은 도시가 눈에 보인다는 의미 하나만으로 엔돌핀의 힘을 빌어 기운을 낸다.

가도 가도 좁혀지지 않는 바이슨 도시의 입구가 우리의 피를 마르게 했다. 그걸 이제야 눈치 챈 베놈과 이실로네는 울상이 된 얼굴로 터벅터벅 걷는다.

마치 그림의 떡을 바라보는 듯한 표정이었다.

"로크, 그냥 넌 텔레포트해 버리면 되잖아. 나 역시 달리면 얼마 되지도 않는 거리. 저런 짐작들 때문에 시간을 낭비하는 게 짜증나는군."

"녀석들 눈빛 좀 보고 말해라."

사납게 쏘아보고 있는 베놈과 이실토네는 묘한 동질감을 가지고 있는 듯 우리를 강렬하게 노려본다.

"이것들이 미쳤나. 눈을 확 파버릴라. 눈 안 깔아?"

한다면 하는 성격의 록 켄드인지라 베놈과 이실로네도 조금 겁먹었다.

움츠러든 어깨를 보고 몇 번 더 욕을 해준 후에야 그 시끄러운 입이 닫혔다.

"아, 넌 바이슨에 도착해 어쩔 생각이냐? 생각은 안 바뀌었어?"

그가 바이슨 왕실까지 따라올 수 없음은 물론이다.

"물론 네크로맨서의 정보를 캐내야지. 바이슨은 큰 나라다. 그만큼 인물도 많지."

"네크로맨서의 정보……. 잠깐, 그럼 키르젠프는 어찌 되었나?"

"그 영감탱이?"

내가 고개를 끄덕이자 그가 '풉' 하고 웃었다.

"고대의 던전을 발견했다나 뭐라나. 싸우다 말고 그리로 냅다 뛰더라고. 누가 도둑놈 아니랄까 봐."

혀를 차던 록 켄드가 나를 힐끗 본다.

"킥."

"왜 웃어?"

"네놈은 크게 될 거다. 아니면… 그 반대로 완전히 무너지는 폐인이 되거나."

"무슨 소리냐?"

"천오백 년이라는 시간을 영위하다 보니 얼굴 관상만 봐도 어떠한 인생을 살아갈지가 보이거든. 영혼마저 희미하게 보이는 심안을 가졌으니 내 말이 꼭 빈말은 아닐 거야."

깊이를 측정할 수 없는 심연의 눈동자가 내 심장을 두근거리게 만든다. 방금 전 장난치던 모습도 남을 깔아뭉개는 눈빛도 아니었다.

그것은 진정 마계라는 곳을 피부로 느낀 인간과는 동떨어진 존재의, 소름 끼치도록 두려운 마치 늪과도 같은 깊이의 눈동자였다.

그의 동공은 나를 한순간에 얼어붙게 만들었다.

그가 치는 미래의 그림은 나를 충분히 긴장시켰다.

확실히 내 성격상 끝을 봐야 하니 무슨 일이든 과감하게 실행될 것이며 그만큼의 위험이 부담되며 내 뒤를 그림자처럼 따라붙을 것이다.

록 켄드는 바로 그런 것을 예측하는 것이다.

그의 가느다란 웃음이 가진 의미는 무엇인가?

눈을 질끈 감고 고개를 저었다.

깊이 생각지 마라.

일단은… 목표를 향해 달리는 것이 우선이다.

고개를 빳빳이 들고 도시를 향해 걸음을 옮겼다.

우리는 꽤 오랜 시간이 흐른 후에 도시의 성문에 이를 수 있었다.

2

"신분증을 제시하시오."

수염이 세 갈래로 난 사내가 무표정한 얼굴로 우리를 훑는다. 보통이 넘는다. 경험이 많은 듯 그는 우리를 처음부터 경계했다. 특히 베놈이 문제시될 듯했다.

하지만 이런 문제를 록 켄드는 융통성있게 아주 가볍게 해결했다.

"이것들은 다 내 일행이고 이 오크는 내 실험체다."

그가 천을 풀고 창에 마력을 불어넣자 창이 거센 울음을 토해냈다.

키이잉!

온몸의 털이 쭈뼛 설 만큼 두려운 울음소리.

푸른 마나가 창끝에서 넘실거리자 경비병의 두 눈이 화등잔만 하게 커졌다.

"함부로 우리에 대한 정보를 나불거렸다간 그 목숨이 온전하지 못할 거야. 무슨 말인지 알겠지?"

돌처럼 굳은 경비병들이 간신히 고개를 끄덕였다.

흐뭇하게 녀석들의 어깨를 툭툭 쳐준 록 켄드가 우리를 돌아본다.

나는 경비병에게 물었다.

"이 시각에 왜 이리 사람들의 왕래가 없는 것입니까? 이리도 큰 도시에."

경비병은 입술을 벌벌 떨다가 겨우 진정하고는 대답한다.

"지금은 제야의 달. 모두 다크론테 신에게 경배를 드리는 날이옵니다."

"다크론테 신이라… 그 멍청한 녀석에게 뭐 그리 존경을 표하는 건가. 클클, 인간 세상은 재밌군."

"혹 다크론테라는 신을 아는 건가?"

"알다 뿐인가? 시도 때도 없이 가게로 쳐들어와 행패를 부리는 미친 노인네지."

록 켄드의 말에 경비병은 마치 정신 나간 사람을 보는 듯한 눈빛으로 쳐다보았다. 그러다 록 켄드와 눈이 마주쳤는데 너무 놀라 숨이 넘어갈 듯 보였다.

"크히히. 못 믿을 만도 하겠지. 홍! 그만 가자. 나도 배가 좀 고프군. 걸음 느린 버러지들 때문에. 쯧!"

베놈은 이미 체념한 듯 록 켄드의 비아냥에도 아무런 거부 반응이 없었다.

나는 지친 반에게 힐을 걸어주었다.

온몸이 썩어 문드러질 것 같은 피로도가 엄습하고 있지만 반을 보니 너무 안쓰러웠다. 괜히 데려왔나 싶었다. 하지만 이런 내 마음을 읽은 것일까, 반이 내 다리에 머리를 비볐다.

"하아… 바이슨 왕국."

나는 품속에 넣어놓은 국왕의 친서를 쓸어 만졌다.

"지금부터가… 진정한 시작인가."

"시작이라니요?"

"네놈은 들리지 않느냐?"

"뭐가 말입니까?"

"나를 맞이하는 바이슨의 음성이."

"진정 그리 큰 모험까지 생각 중이신 겁니까?"

나는 입가에 큰 웃음을 걸었다.

"두고 보거라."

"……?"

"이 세상을 한눈에 굽어볼 것이니!"

어느 누구도 이런 내 말을 광신도의 미친 소리쯤으로나 듣 겠지만 훗날 나는 가장 강력한 힘으로 반왕으로서 하늘 위로 날아올라 바이슨을 통치할 것이다.

내 장대한 시작은 그때부터다.

"웬 놈들이 어슬렁거립니다."

"무슨?"

"녀석들 시선이 예사롭지 않습니다."

눈치 빠른 베놈의 말에 나는 얼른 주위를 살펴보았다.

확실히 우리의 동태를 살피는 인물들이 있었다. 괜히 들떠 버려서 그만 바보 같은 실수를 범할 뻔했다.

무엇을 노리는 걸까.

숫자가 하나둘씩 늘어가고 있었다.

"이실로네가 사라졌습니다."

"그런……."

척척척!

흰색 갑옷을 입고 창으로 무장한 병사들이 사방에서 나타났다. 모두 젠프론트 바이슨이라는 뚜렷한 이름을 왼쪽 가슴 상단에 달고 있었다. 자세와 기세, 그리고 눈빛부터 범상치 않은 사람들이었다.

경험과 실력이 뒷받침되는 이들이다.

나는 지금 마력 증강으로 인해 피로가 극도로 축적되어 있는 상태였다. 이대론 베놈 혼자선 무리다. 베놈도 상처와 피로도가 적지 않은 터.

그보다 갑자기 왜 이런…….

"너……?!"

나는 기가 막혀 말도 제대로 나오지 않았다. 병사들 사이로 걸어나온 여인은 이실로네. 그녀는 독한 눈빛으로 나를 노려보았다.

"당장 포박해!"

카랑카랑한 목소리로 그녀가 목에 힘줄을 세우며 소리쳤다. 그녀는 독사 같은 눈빛으로 우리를 노려보며 굉장히 비열한 웃음을 입에 머금고 있었다.

Chapter 29
지하 감옥

1

철퍼덕!

밧줄을 묶은 채로 거칠게 밀어 넣었다.

나는 벌떡 일어나 철창 사이로 얼굴을 내밀었다.

"반은! 반은 어떻게 된 겁니까?"

우리를 감옥에 가둔 뚱뚱한 경비병이 눈을 치뜨며 잠깐 생각하더니 말했다.

"혹시 네가 데리고 다니던 개 말이냐?"

나는 미친 듯이 고개를 끄덕였다.

"이실로네 아가씨가 데려가는 것 같던데……."

지독한 불안감이 온몸을 집어삼켰다.

음습하고 더러운 지하 감옥에 갇혔으니 큰일이다. 마력 증강은 당분간 마나의 회수에 있어 커다란 시간을 소요하게 만든다. 그렇다는 것은 내 목숨이 위태롭다는 것을 의미. 게다가 반은 물론 에아르… 아, 에아르웬은 이실로네와 친했지. 그녀는 지금 이실로네와 한참 실랑이 중일지도 모르겠군.

나를 풀어주라는 주제로 말이다. 당연히 이실로네는 가당찮은 듯 거절하겠지. 어쩌면 화가 나 에아르웬까지 감옥에 가둘지도 모른다.

충분히 그럴 만한 성격이니까.

그보다…….

"넌 대체 왜 순순히 잡혀준 건가?"

록 켄드가 히죽 웃었다.

"재밌을 것 같아서."

"제정신이냐?"

"너 생각보다 머리가 안 돌아가네. 내가 거기서 난동을 피웠으면 뒷감당을 어떻게 할 건가?"

그 말을 들어보니 그럴듯했다.

만약 록 켄드가 문제를 일으키고 우리가 도망을 선택한다면 바이슨 왕국과 완전히 등을 돌리게 될 수도 있는 것이었다.

"간악한 이실로네 계집이 아마 너에 대한 헛소리를 쉴 새 없이 나불거리겠지. 그럼 귀찮은 추격대가 다시 붙을 테고."

베놈이 킬킬 웃었다.

"지금도 그럴 준비를 하고 있을 거라 브는데."

록 퀸드도 수긍한다는 듯 웃었다.

"충분히 그럴지도."

"답답하군."

머리를 벽에 쿵쿵 박는 나를 보며 록 퀸드는 시니컬하게 웃더니만 가볍게 밧줄을 풀어냈다. 내가 눈을 동그랗게 뜨며 바라보자 그는 가느다란 눈웃음을 지었다.

"개인적으로 가볼 곳이 있어 던저 가겠다. 이 정도 난관조차 제대로 풀어내지 못한다면야 같은 길을 걸을 만한 믿음을 가질 수 없지. 나 먼저 가볼 테니 잘 해결해라. 나 이래 봬도 좀 바쁘거든."

바쁜 놈이 우리와 속도 맞춰서 바이슨에 도착했나? 돌겠군.

그는 '퍽' 거리는 소리와 함께 연기가 되더니 유유히 지하 감옥을 빠져나갔다. 지금은 식사 시간인지 간수도 자리를 비운 상태.

지하 감옥을 자신의 안방처럼 들어왔다 나가는 록 퀸드였다.

"큭, 할 말이 없군요. 저놈은 아마 피도 물로 이루어져 있을 겝니다. 칼에 베이면 어떤 꼴일지 상상이 안 가는군."

"그보다……."

이실로네가 내게 단단히 벼르고 있었던 모양이다.

날 잡았을 때 눈빛이 보통이 아니던데.

일이 복잡해질 수도 있을 것 같다는 생각이 들었다.

한참 생각에 빠질 순간에 베놈이 부른다.

"저, 로크님."

"왜?"

"저 등 좀 긁어주십쇼."

"……."

"가려워 미치겠습니다. 여기 벌레가 득실득실한 것 같습니다."

나는 허공을 잠시 보다가 말했다.

"언제부터 깔끔을 떨었느냐?"

"아, 습관이 무섭지 않습니까?"

나는 진짜로 화가 나 감정을 실은 채로 베놈의 등을 발로 차버렸다.

퍼억!

바닥을 데구루루 구른 베놈이 죽는소리를 냈다.

"우욱. 어이구, 어이구!"

"죽여 버리기 전에 벽에 찌그러져 박혀 있어."

내가 제법 진지하게 말하자 베놈은 모서리로 기어가 머리를 맞대고 고개를 푹 숙였다. 얼마나 암울해 보이는지 너무 잘 어울려서 무서울 정도였다.

나는 다시 생각을 정리했다.

"이실로네… 백작… 이클레이드의 친서… 그렇다면……."

"자네, 지금 이클레이드라고 했나?"

내 목소리는 아주 작았다. 거의 중얼거림에 가까운. 그걸 들었다고? 게다가 이 목소리 어디야?

내가 주위를 두리번거리자 창문의 빛 반대쪽에 있어 반쯤 가려진 어둠 속에서 누군가 상체를 일으켰다.

같은 감옥에 있었다고는 도저히 믿을 수 없을 정도로 존재감이 없었던 자. 나는 눈을 부릅뜨고 눈에 마력을 집중했다. 그가 뚜렷하지는 않지만 어느 정도는 보였다.

좌선하고 있는 상태였는데 붉은 수염이 바닥까지 내려와 있고 얼굴이 거의 털로 뒤덮였다. 얼마나 오랜 세월을 살았을지 짐작도 못할 나이로 보였다.

"누구… 십니까?"

"이클레이드를 아느냐고 물었다!"

그에게서 오러의 기운은 느껴지지 않았지만 단지 짧은 기합성 외침에도 온몸이 쭈뼛쭈뼛해지는 느낌을 받는 걸 보면 보통 사람은 아닌 듯싶었다.

"알고 있습니다."

"어떤 사이냐?"

지금 와서 바이슨에서 그와의 관계를 부정할 필요는 없었다.

"제 스승님이십니다만."

그가 몸을 부들부들 떨었다.

금방 눈에서 붉은 피라도 흘러내릴 것 같아 섬뜩한 기분이 들었다. 나는 그에게서 가늠할 수 없는 증오의 뿌리를 느꼈다.

그는 이클레이드와 어떻게 엮였을까? 분명 좋은 관계는 아닐 터. 그에 대한 의구심이 무럭무럭 피어났다. 그는 뭔가를 당장이라도 터뜨릴 듯한 기세였으나 갑자기 그 기운은 거짓말처럼 사라졌다.

"지금 와서 무엇을 바라겠는가."

그는 체념한 듯한 얼굴로 고개를 저었다.

"더 많은 것을 잃을 뿐이겠지."

그의 초점은 다시 점점 빛을 잃어가고 있었다. 완전한 폐인의 모습으로 돌아갔다.

"스승님을 아십니까?"

"알다 뿐이냐. 평생, 아니, 죽어서도 잊지 못할 놈이지."

"어떤 관계셨습니까?"

그는 예상외로 순순히 대답해 주었다.

"친구였다."

"친구?"

역시 이클레이드다. 피도 눈물도 없는 마법사답군. 이 정도면 당신의 악명은 허명이 아닌 것 같군. 수많은 소문이 떠돌지만 사실상 믿기가 힘들었는데 어쩌면 그 소문 모두가 진상일지도 모르겠어. 아니, 어쩌건 소문보다 훨씬 더 지독한 일을 벌였을지도.

당신은 충분히 그럴 만한 사람이니까.

"친구이자 라이벌이었던 녀석이었지. 나는 그를 믿었지만 그는 내게 온갖 오해를 덧씌우고 나쁜 악행을 서슴없이 저질렀어. 내 다리를 이렇게 만든 것도 이클레이드의 소행!"

나는 그의 다리를 보고 침을 삼켰다.

발목이 완전히 잘려 나가 걷는 게 불가능해 보였다. 서는 것조차 힘들어 보이는 모습이니 이미 그에게서 복수라는 것은 떠나간 배와도 같은 것이었다.

"친구이자 라이벌이었다면 혹시 당신도 마법사이십니까?"

그는 허허롭게 웃었다.

"마법사이면 뭐 하누, 이 금제의 족쇄로 나약함을 벗을 수 없거늘."

그의 손목과 발목에는 거대한 족쇄가 차여져 있었다. 마법진이 그려져 있는 걸 보니 보통 금제가 아니다. 그는 내가 이클레이드의 제자라고 밝혔음에드 혹시라도 모를 기회를 애초에 갖지도 않았다.

그만큼 엄청난 힘으로 봉인되었단 소리다.

언제 챙겨놓은 것인지 주먹밥을 우걱우걱 씹으며 그는 나를 노려봤다. 퇴폐적이고 어둠어 찌든 눈빛이었다.

"네놈은 어쩌다 이리로 들어오게 되었느냐. 이클레이드는 뒤로 아무리 흉악한 짓을 꾸미긴 해도 워낙 여우 같은 놈이라 국왕의 입지가 상당할진대."

"웬 계집애가 저를 가두었습니다."

"이클레이드의 제자라 하지 않았느냐?"

"사연이 좀 있는지라."

"크흠."

나는 눈치를 살피다가 솔직하게 말했다.

"마력 증강으로 인해 지금 완전히 마력 소실 상태입니다. 복구하려면 꽤나 오랜 시간이 걸릴 것입니다. 오해로 인해 붙잡혀 오는 것을 어떻게 막을 방법도 없었습니다."

그는 낄낄 웃더니 내게 갑작스런 주문을 했다.

"웃옷을 벗어보거라."

"예?"

"귀가 먹었느냐?"

"뭐 때문에 그러시는지……."

그의 수많은 주름이 짙어졌다. 왠지 모를 불안감이 덮치듯이 엄습해 왔다. 나는 홀린 것처럼 웃옷을 벗었다. 그가 나를 돌려앉혀 놓고는 손을 등에다 가져놓았다.

등이 뜨거워지기 시작했다.

"내 마력 억제가 걸려 있긴 하나 작은 힘 쓰는 데는 무리가 없지. 어차피 쓸모도 없는 힘, 너에게 주마."

"저는 원수의 제자입니다. 무엇 때문에……."

"너도 알 것이 아니냐. 그놈이 얼마나 흉악한 놈인지를."

"무슨……."

"네가 무슨 잘못이 있겠누. 악마의 사슬에 운명이 얽힌 것일 뿐일 터인데."

츠츠츠츠!

하얀 연기가 지하 감옥을 가득 메웠다. 땅도 미묘하게 흔들린다. 아주 경미한 지진 같았다. 그리고 잠시 후 온몸이 흔들리는 듯한 느낌을 받았다.

그리고 정신이 점점 혼탁해져 가는 걸 느꼈을 때 노인이 소리쳤다.

"죽고 싶지 않으면 정신 차려!"

티끌만큼도 느껴지지 않던 마나가 서서히 느껴지기 시작하더니 아주 자유롭게 회전하기 시작했다. 그것은 마치 완전히 꺼진 불씨를 소생시킨 것과 같은 것이었다.

"마… 마나가."

"입을 닫아라. 내가 인도하는 마나의 회전에만 신경 써."

"으윽!"

엄청난 고통이 밀려들었다.

날카로운 칼이 생살을 군데군데 찢어놓는 것만 같았다. 얼굴이 붉으락푸르락해지고 입에서는 침이 흘러나왔다. 노인이 내 이상 반응 때문인지 알아들을 수 없는 이상한 주술을 외웠는데 그때부터 몸이 편안해지기 시작했다.

"하아……."

노인이 완전히 손을 떼자 그제야 편안한 숨이 흘러나왔다. 하지만 깨질 듯한 머리의 후유증은 약간 남아 있어 몸이 살짝 휘청거렸다.

베놈이 다가와 나를 부축했다.

"이제 마력 증강으로 인한 마력 소실은 충분히 복구되었을 거다."

베놈이 눈을 반짝였다.

"복구뿐만이 아닌 것 같은데요?"

"크허허! 그 오크 놈 눈치 하나 좋구나. 그래, 내가 말했던 대로 나의 힘을 나누어주었다."

나는 꽤 가쁜 숨을 몰아쉬며 벽에 등을 기대었다. 몸이 축 처진다. 마치 몸살을 앓은 것처럼.

"타인의 마나가 네 몸에 침투했으니 꽤 그 이질적인 느낌 탓에 조금 적응 시간이 필요할 게다. 부작용은 없을 테니 걱정 말거라."

"제게 힘을 나누어주시면……."

"내일이 나의 처형 날짜라네. 무언가를 도모할 수도 없는 이런 신세가 되어버렸어. 죽을 날짜만 기다리고 있었는데 내일이 원을 푸는 날이 될 테지."

"그런……."

"반드시 기억하게나. 이클레이드의 손아귀에서 벗어나려면 반드시 마법체계의 끝을 보아야만 하네. 그리하지 못한다면 이 세상은 놈의 손아귀에 들어갈 것이야. 그리고 이 중간계가 지옥으로 변하는 데는 그리 오랜 시간이 걸리지 않겠지."

나는 그를 미묘한 시선을 바라보며 말했다.

"제 스승님은 그럴 분이 아니십니다. 그 누구보다 존경을 받아야 마땅하신 분. 더 이상의 말씀은 신용할 수도 믿을 수도 없으며 받아들일 수도 없습니다."

"크흐흐, 당돌한 녀석. 단것을 빨아먹고 쓴 것을 뱉는군."

그의 시선과 내 시선이 마주쳤을 때 우리는 아주 가늘게 서로 웃었다.

이클레이드가 인비지 마법으로 나를 지켜보고 있을지도 모른다. 함부로 입을 나불거렸다간 일어서기도 전에 목이 날아가리라.

철컹—

문이 열리고 간수가 내려왔다.

뚜벅뚜벅.

그의 발소리는 우리가 있는 쪽으로 향하고 있었다. 열쇠로 문을 열더니 내 이름을 부른다.

"로크, 나와라. 백작님이 찾으신다."

내가 일어설 때 간수가 베놈에게 소리쳤다.

"네놈은 거기 그대로 있어! 어딜?!"

그가 몽둥이를 들자 베놈이 눈을 빨갛게 번쩍였다. 그 기세에 기죽은 것인지 그가 당황했는데 일이 벌어지기 전에 나는 베놈을 다독거렸다.

"기다리고 있거라. 금방 데리러 오마."

"예."

베놈은 한 번 더 간수를 쏘아보다가 자리로 돌아가 앉았다.

"어디로 가면 됩니까?"

"따… 따라와!"

꽤 겁을 먹은 듯 다리를 후들후들 떨며 그가 나를 백작에게로 안내했다.

2

바이슨 왕궁의 복도는 넓고 높으며 고급스러웠다.

옅은 붉은 톤의 대리석이 반짝거리며 뻗어져 있다. 때문에 걸으면서도 꽤 신비한 기분에 젖었고 보석같이 하얗고 빛나는 벽들이 나를 거울로 비추는 것만 같았다.

하지만 그 기분도 잠시 너무 크고 긴지라 이젠 무료함이 들었다. 나는 주위를 두리번거리며 얼굴을 찌푸렸다.

"대체 어디까지 가야 합니까?"

"시끄러, 이눔아. 넌 이실로네 아가씨에게 그런 짓을 하고도 무사할 줄 알았더냐? 백작님을 만나걸랑 무릎 꿇고 백번 사죄해. 목숨이라도 부지하고 싶으면."

"그런 짓이라니요? 어떤……."

"차마 입으로 담지도 못할 일을 벌여놓고는 이 염치없는 놈 좀 보게!"

그의 목소리가 꽤 커 복도에 윙윙 울렸다. 혹여 누가 들을까 간수는 조심스레 눈치를 살피다가 헛기침을 하며 말을 이었다.

"너 이실로네님의 몸을 훔쳐보기도 하고 만지기도 했다며? 이런 변태 새끼. 게다가 폭행까지! 대체 무슨 생각으로 그런 게야. 아무리 백작님의 딸이라는 걸 몰랐도 그렇지. 딱 보면 귀족가라는 걸 모르느냐?"

그는 커다란 턱살을 덜렁거리며 히쭉 웃었다.

"근데 만지니까 어떻디? 히히, 확실히 아가씨가 미인이긴 하지. 얼굴로 보나 그걸로 보나."

"마… 만져?"

나는 너무 어이가 없어 숨을 제대로 쉴 수가 없었다. 그런 나를 마치 '이놈, 모를 줄 알았느냐?'라는 시선으로 한심하게 바라보는데 속에서 천불이 인다.

"미치겠군……."

그런 말도 안 되는 헛소리를 백작에게 심었으니 백작이 나를 죽였으면 죽였지, 곱게 살려두지는 않으리라. 백작의 정신 상태가 이실로네만큼이라면 해명이 불가능할 수도 있다.

적어도 지금만큼은 백작의 정신 수양이 명문 귀족가이기를 간절히 바랐다.

"음, 여기네. 잠시만 기다리게나."

그는 고급 벨벳으로 장식되어 있는 거대한 문 앞에 서서 경건하게 노크했다.

똑똑똑.

잠시 후 집사가 문을 열었고 차마 상상할 수 없을 정도의 화려한 방이 눈에 들어왔다. '이것이 과연 백작의 방이로군'이라고 중얼거리며 안으로 들어가자 병사들이 일제히 날카로운 창을 내 목에 겨눈다.

"어서 오게."

무서울 정도로 표정이 없는 인물—아마 백작으로 추정되는—이 뒷짐을 진 채로 나를 보고 있었다. 그의 옆에는 다리를 꼬고 앉아 있는 이실로네가 보였는데 순간 울컥하는 감정을 겨우겨우 억눌러야 했다.

"이런 상태로 대화를 한다는 것 자체가 조금 웃기지 않습니까? 밧줄로 꽁꽁 묶은 상태라면 보통 야외에서 사살 직전에 만나는 걸로 아는데. 이리 고급스러운 곳에서 죽으려니 황송하기 그지없군요."

"감히 나를 비꼬는 겐가!"

그의 쩌렁쩌렁한 외침은 조금도 내게 영향을 주지 않았다.

그에게서 검을 배운 흔적은 보이지 않았다.

대체적으로 부드러운 손이지만 오른손의 검지 쪽이 약간 부풀어 오른 걸 보면 아마 머리로 하는 일에 상당히 집약하여 공부한 듯했다.

"저는 스승 이클레이드님으로부터 국왕 전하께 친서를 전달하라는 명을 받았습니다. 적군의 사신도 이리 대하진 않습니다. 그런데 아군의, 그것도 친서를 전달하러 온 대궁정마법사의 제자를 이리 대하다니. 백작이라는 이름이 그리도 커다란 것이었습니까?!"

백작의 얼굴이 하얗게 얼어붙었다.

그는 대답을 원하는 얼굴로 이실로네를 쏘아보았다. 그녀는 아무것도 모른다는 듯 찡그린 얼굴로 고개를 저었다. 백작은 눈앞이 깜깜한 듯 손으로 이마를 짚었다.

"당장 그 창날을 치워라!"

경비병들이 일제히 뒤로 물러났다. 어찌할 줄을 몰라 하는 경비병들을 백작은 손으로 물린 뒤 소파에 털썩 앉았다.

이미 엎질러진 물이었다. 그는 잔뜩 가라앉은 목소리로 사실을 재확인했다.

"정말인가?"

"황실 친서를 직접 보여 드려야 믿으시겠습니까?"

"아니, 됐네. 확실히 이클레이드님께서 자신의 제자가 궁으로 찾아올 거라고 하셨었지. 자네 말이 거짓은 아닐 게야."

그는 나를 똑바로 보았다.

백작이라는 명칭에 걸맞게 그의 움츠러드는 기색은 잠시뿐이었다. 금세 당당함을 찾고 해결책을 모색하는 듯하다.

"그래, 어쩔 생각인가?"

"어쩌다니요?"

"자네가 말했다시피 우리는 무례를 범했네. 하지만 그대가 내 딸에게 어떠한 짓을 했는지 또한 명확하지 않지. 왕실의 판단까지 가고 싶은가?"

"말도 안 되는 헛소리를 뒤집어씌운 저 당돌한 계집을 생각하자면 그러고는 싫지만 참도록 해야겠습니다."

그는 칼처럼 날카롭고 예리하게 이율타산을 계산하는 스타일.

"왜지?"

"백작님이랑 친하게 지내고 싶거든요."

그가 미간을 찡그렸다.

"무슨 속셈인가?"

"속셈 같은 거 없습니다. 그저."

"그저 뭔가?"

나는 가볍게 웃었다.

"곧 작위를 받게 되면 백작님과 사이가 멀어져서 좋을 게 없지 않습니까."

"정치에 들어오시겠다, 이 말인가?"

"안 될 것도 없지요."

"으하하하하!"

그는 손으로 눈을 가리며 내가 약간 기분이 나빠질 정도로 꽤 오랫동안 웃었다. 간신히 웃음을 멈춘 백작이 손수건으로 눈가를 닦아내며 재밌다는 듯 말했다.

"아주 무서운 아이로구만."

"그렇게 표현하기보다는 국가에 필요한 인재라고 생각해주셨으면 합니다."

"크흐흐, 자네 이클레이드의 제자라고?"

"예."

"그렇구만. 그럼 곧 이클레이드도 왕궁으로 도착하겠군. 자네도 스승을 본 지 꽤 오래되지 않았나?"

"일 년 가까이 되었습니다."

"꽤 길었구만."

"그보다 이 밧줄 좀… 풀어주시겠습니까. 더불어 감옥에 갇힌 제 동료들도 말입니다."

그는 흔쾌히 고개를 끄덕였다.

"내 이실로네와 어떤 일이 있었는지는 모르겠으나 그건 덮어두기로 하지. 자네를 보니 큰 문제는 없었던 것 같으니."

"아버지! 그 무슨 말씀이세요!"

"시끄럽다! 가문의 장녀가 그리 언성이 높아서야 쓰느냐?!"

"이··· 익!"

분한 얼굴로 아랫입술을 질끈 깨문 이실로네는 발을 동동 굴렀다. 그런 그녀를 보고 얼굴을 잔뜩 굳힌 백작이 냉정하게 소리쳤다.

"네가 큰일이 있었으면 이리 날뛰지도 못했어. 내가 널 모르느냐?! 한 번만 더 내 심기를 거슬렀다간 가문의 명예 유지를 위해 널 파버릴 테니, 당분간 몸을 사리도록 해라. 알겠느냐?!"

압도할 만한 카리스마에 이실로네는 금방이라도 눈물을 터뜨릴 것만 같았다. 하지만 이러지도 저러지도 못하는 그녀는 그저 덜덜 떨며 누군가의 도움을 간절히 바라고 있었다. 그러나 여기서 도와줄 사람이 있을 리 만무. 백작은 경비병들에게 시선을 돌리며 외쳤다.

"당장 감옥에 감금되어 있는 일행을 풀어주고 보답할 수 있는 자리를 제공토록 하라."

"예!"

군기가 잡힌 병사들 다섯이 먼저 움직여 방을 나갔다. 그동안 고생 많았구나, 베놈. 이젠 조금 편안해질지도 모르겠군.

나야 좀 더 바빠지겠지만.

내 개인적인 부탁으로 방에는 이실로네와 나만이 남았다. 그녀는 여전히 냉랭한 얼굴로 내 시선을 피하고 있었다. 그

더럽고 꼬질꼬질하며 살아남기 위해 악착같았던 예전의 모습과는 전혀 반대의 모습이다.

고고한 척 고급 의자에 다리를 꼬고 앉아 차가운 표정을 짓고 있다.

"반은 어디 있나? 그리고 에아르웬은?"

이 말에 그녀의 포커페이스가 무너졌다. 깜짝 놀란 듯한 얼굴.

나는 그 표정을 포착해 내고 더 이상 감정을 조절할 수 없었다.

그녀의 멱살을 덥석 잡아 올리자 그녀의 얼굴이 창백해졌다.

"어디 있냐고 물었어."

본능적인 분노로 인해 마력이 표출된다.

마력 증강으로 인해 막혀 있던 마나를 지하 감옥에서 만난 노인으로 인해 풀어버린 상태다. 봉인이 풀린 마력이 용솟음칠 듯 일렁이자 주위 공기는 살인적으로 무거워졌다.

"제대로 대답 안 하면 정말 죽여 버린다. 대답해. 어디 있나?"

나는 진심으로 분노했다.

"겨… 경비병이 데려다 줄 거예요."

그녀는 안 쓰던 존댓말까지 쓰며 눈물을 흘렸다. 다리는 힘이 풀려 멱살을 쥐고 있는 손이 무겁다. 나는 그녀를 내팽개

치고 문을 벌컥 열었다.

바깥에서 대기하고 있던 병사들이 깜짝 놀라며 나를 돌아 봤다.

"엘프와 개, 어디 있는지 안내해."

"그건……"

나는 더 이상의 말을 할 수 있는 상태가 아니었다. 분노가 머리끝까지 치솟았다. 거의 악귀에 가까운 마력 포스가 터진 다. 다크 스월과 비슷한 연기가 아주 조금씩 내 주위로 피어 나는 것 같았다.

마법체계 이론 47장. 본능적 마력의 표출은 위험하다. 자 신을 마성으로 이끌 수 있으며 극도의 위험한 마나를 뿜어내 기 때문이다.

"아… 안내하… 하겠습니다!"

완전히 굳은 얼굴로 경비병은 비틀비틀 나를 데리고 갔다. 그가 머뭇머뭇거리며 데리고 간 곳은 마법사들이 얼음을 만 드는 냉동실이었다.

나는 믿을 수가 없어 씰룩거리며 웃었다.

"여기에 있단 말이냐?"

"저… 저는 그저 시키는 대로 했을 뿐입니다. 사… 살려주 시옵소서."

나는 차분하게 입을 열었다.

"문을 열어라."

말이 떨어지기 무섭게 경비병이 황급히 문을 열었다. 두텁고 차가운 문을 열자 살이 얼어붙는 듯한 냉기가 풀풀 흘러나왔다.

내 얼굴이 지금껏 살아오며 이토록 일그러진 적이 있을까!

가슴이 다 찢어져 내 심장이 떨어져 내릴 것만 같았다.

뜨거운 눈물이 흘렀다.

두 번 다시 울지 않겠다고 나 홀로 그런 유치한 다짐을 했었다. 하지만 울지 않을 수 없었다.

꼬리가 묶여 데롱데롱 매달려 있는 반, 손목이 밧줄로 묶여 있는 에아르웬.

"아아……."

입에서 마음이 외치는 고통의 신음이 흘러나왔다.

나는 믿을 수가 없다는 얼굴로 천천히 걸어갔다.

에아르웬이 가늘게 뜬 눈으로 나를 보았다.

눈에 서리가 앉았고 밧줄은 얼어 있었다.

파리하게 변한 입술과 초점을 잃은 눈동자.

그럼에도 그녀는 나를 알아보고 있었다.

"죄송해요, 로크님. 또 걱정을 끼쳐……."

나는 에아르웬과 반을 깊게 끌어안았다.

뼛속까지 얼어붙는 차가움이 피부로 전해졌다.

"미안해. 정말 미안해……."

나는 얼음으로 변한 눈물을 닦아내고 곧장 검을 꺼내 마력을 실어 줄을 잘라냈다. 바닥에 떨어지자 반이 너무나도 고통스럽게 몸을 비틀었다.

흘러내리는 눈물이 얼어버리는 온도다.

지금까지 살아 있는 게 기적이었다.

나는 이를 바드득 갈며 반과 에아르웬을 어깨에 둘러멨다. 그리고 천천히, 하지만 무겁게 걸어나왔다.

바닥에 내 발자국이 찍혔다.

발자국에서 뜨거운 연기가 피어오른다. 마력이 온몸을 광포하게 휘감고 있었다. 나는 최대한 감정을 컨트롤하기 위해 안간힘을 썼다.

냉동실에서 나온 뒤 힐과 파이어 마법을 시전하여 그들의 몸을 녹였다.

에아르웬은 맥박이 약했다.

"죽으면 안 돼!"

목소리가 가늘게 떨려왔다. 그녀의 창백한 얼굴은 마치 얼음인형 같았다. 손으로 만지면 너무 차가워서 심장이 찌릿해질 정도로······.

최대한 목숨을 살릴 수 있는 방법을 동원했다. 그리곤 미친 듯이 치료사를 찾기 시작했다.

Chapter 30
가슴에 품은 뜻

1

일주일이 흘렀다.

반은 어느 정도 체력을 회복했다. 하지만 에아르웬은 정신을 잃고 깨어나지 못하고 있었다. 반은 아마 어릴 때부터 나와 같이 빵을 먹고 자라서인지 육체가 미스터리할 정도로 질긴 모양이었지만 에아르웬은 그런 가능성에서 완벽하게 벗어날 수밖에 없었다.

나는 베놈에게 물었다.

"이실로네는 어디 있느냐?"

"잘 모르겠습니다."

"모르겠다고?"

"예. 그 죽일 년이 워낙 왈가닥이어서 여기저기 쏘다니는
지라……."

나는 무표정한 얼굴로 고개를 끄덕이곤 돌아섰다.

"이실로네에게 가십니까?"

나는 베놈에게로 슬쩍 시선을 주었다.

"대의를 위해서 섣부른 행동은 자제하실 거라 믿습니다."

나는 차갑게 웃었다.

"당연하지."

베놈은 놀라울 정도로 침착해졌다.

감정적으로 성장했어.

하지만 분노를 적절한 행동으로 옮길 만한 판단력이 없다.
그건 내 계산 아래 움직여 줘야겠지.

"다녀오마. 에아르웬을 지켜라."

"크릉, 걱정 마십시오."

쿵―

문을 닫자 여러 가지 생각이 머리를 스치고 지나갔다.

내게 있어 외로움이라는 존재는 너무도 자연스럽고 익숙
한 거라 가장 가까운 반과 에아르웬의 일은 너무나도 낯선 고
통을 선사했다.

모든 일을 지능적으로 해결하려 했지만 가슴으로 와 닿는
슬픔은 생살을 찢어내는 아픔이다.

심장이 빠르게 뛴다.

나는 숨을 깊게 쉬며 호흡을 가다듬었다.

그리고 천천히 이실로네의 방으로 향했다.

문을 열었다.

이실로네의 손톱과 발톱에 물을 들이던 하녀가 깜짝 놀라며 뒤로 나동그라졌다. 이실로네가 도끼눈을 치켜떴다가 이내 고개를 돌렸다. 저 사나운 고양이를 어찌해야 될까. 백작의 딸이라 섣불리 건드리는 것도, 감정적으로 행동하는 것도 취약한 결과를 만들 뿐이다.

나는 시니컬한 표정으로 그녀의 반대편에 앉았다. 자기가 지은 죄가 있기 때문일까, 단순한 두려움인가.

냉동실을 떠올려 보면 그녀의 지금 감정은 단순한 두려움으로밖에 추측되지 않는다.

대체 어떻게 그런 짓을 서슴없이 저지를 수 있을까.

그녀의 마음속엔 악마가 들어 있다.

나는 분명 그렇게 느꼈다.

"……."

말없이 그녀를 약 10여 분 동안 지켜보았다.

아무런 마나도 가동시키지 않았다.

단순한 눈빛이었다.

결국 그녀는 짜증스런 기색을 드러냈다.

"뭐 하자는 거야? 할 말 있으면 하라구! 날 죽이고 싶니?"

앙칼지게 눈을 바짝 뜬 그녀는 알고 있는 것이다. 자신이 백작의 딸이라는 커다란 배경을 가지고 있다는 것을.

나는 그녀가 충분히 위협을 느낄 만한 미소를 지었다.

그것은 협박적인 표정이 아닌 여유로운 미소.

그게 얼마나 강력한 압박인지는 당사자만이 느낄 수 있을 것이다. 노리고 있다는 걸 간접적이지만 표현하고 있는 것이다.

언제든 해치울 수 있다는 자신감 정도랄까.

나는 그녀를 오만하게 내려다보며 천천히 자리에서 일어났다.

그녀는 빨갛게 충혈된 눈빛으로 나를 올려다봤다.

얼마나 더러운 싸움이 될지, 싱거운 싸움이 될지, 일방적인 공격이 될지는 알 수 없으나.

정해져 있는 건 하나다.

'널 망가뜨려 주마.'

나는 그녀를 차갑게 노려보다가 몸을 돌렸다.

문을 '쾅!' 닫고 나가자 그녀가 물건을 내던지는 소리가 실루엣처럼 들려왔다.

항상 느끼는 거지만 정신적 치료가 필요한 여자로군.

"기다려라, 이 계집애야. 평생 잊을 수 없는 기억을 안겨다 줄 테니."

상처는 준 만큼 받는 것이다.

삶이란 간단한 게 아니지.

이번 기회에 확실히 가르쳐 주마.

고통을 강의해 주겠다.

2

어느 정도 마음의 여유가 생긴 후 이내 국왕 전하와의 대면이 잡혔다. 나는 무장을 해제했고―마법사라서 별로 의미가 없을 것 같지만―호위 경비대 대장으로부터 여러 가지 말을 들었다.

예를 들면 국왕에게 취하는 예라던가 그런 것들.

내가 이클레이드의 제자라는 소문을 들은 건지 그들은 나를 조심스럽게 대했다.

말투도 고분고분함은 물론 행동까지.

마법사라는 의미는 신분 여하를 제거하는 데 아주 훌륭한 효과를 가지고 있었다. '마법사로서의 저능이 곧 신분이다'라는 모리엔테스라는 마법사의 명언은 과연 틀린 것이 아니었다.

"그럼 이제 들어가는 건가요?"

"예, 이리로."

꽤 기분 나쁜 인기척이 있는 복도를 지나 붉은 문 앞에 섰다. 그 문을 열자 일렬로 좌우에 서 있는 대신들이 있었고 그 중앙 옥좌에 바이슨 국왕이 앉아 있었다.

하얀 머리가 흘러내리듯 어깨까지 와 닿고 하얀 눈썹에 밝은 회색빛 눈동자, 좌중을 압도하는 완벽한 카리스마를 갖춘, 확실히 하늘에서 왕기를 선사받은 국왕이었다.

한쪽 손으로 턱을 괴고 반대편 손가락으로 의자 팔받이 부분을 톡톡 두드린다. 그 여유로움 속에서 나는 거대한 무언가를 느꼈다.

그러니까 '아, 이게 진짜 왕의 위엄이라는 거구나' 정도.

나는 다소 긴장했지만 그런 마음은 감추고 자신있게 걸어 들어갔다.

국왕의 입꼬리가 미묘하게 올라갔다.

그게 어떤 의미인지는 알 수 없었지만 그와 눈이 마주쳤을 때 마치 알몸을 보인 것처럼 수치스러운 기분이 들었다.

나는 왕의 앞으로 걸어가 한쪽 무릎을 꿇었다.

"국왕 전하를 알현합니다."

그리고 바로 말을 이었다.

"저는 스승님의 친서를 전달하러 온 로크라고 하옵니다."

내가 품에서 친서를 꺼내자 느릿느릿한 대신 하나가 그것을 받아 들고 왕에게로 걸어갔다. 국왕은 이클레이드의 친서를 느긋하게 펼쳤다.

"내 제자를 그리로 보내니 녀석에게 적당한 자리를 하나

내어주어라. 뭐 이런 내용이구나."

그의 눈빛을 마주하자 자동적으로 몸이 떨려온다.

그는 마치 천 년 묵은 거목 같았다.

"자작 정도면 되겠는가?"

나는 고개를 저었다.

"더 높은 자리를 원하는 건가? 하지만 능력도 확인되지 않은 자를 가당치도 않은 자리에 앉힐 수는 없지 않겠는가."

"저는 현재 귀족적 작위는 바라지 않습니다."

그가 의외라는 얼굴로 웃으며 나를 바라보았다.

"왕궁에 머무를 수만 있다면 그 어떠한 위치라도 마다하지 않겠습니다."

이 말인즉슨 왕궁에 뿌리를 박겠다는 소리다.

지방의 영지로 추방되는 것 따위 생각도 하지 않았다.

가래 끓는 드르륵한 목소리가 그의 입에서 흘러나왔다.

"그래도 머무른다면 원하는 자리가 있을 텐데……."

"솔직히 말씀드리겠습니다. 병사를 주신다면 국가를 위해 제 능력을 보여 드리고 싶습니다."

"능력을 인정받아 그만큼의 조위를 브여받겠다, 이 소린가?"

나는 가늘게 웃었다.

"그렇사옵니다."

"자네의 혁혁한 공을 보기 위해서라면 어느 정도의 병사를 필요로 하겠는가?"

"정예 부대로 일천만 내어주시옵소서."

대신들이 기침을 토해냈다. 너무 놀라 캑캑거리는 수가 상당수. 아마 반대하는 상소가 끝없이 치솟아오르겠지.

"국왕 전하!"

내 말이 끝나기 무섭게 대신들이 머리를 치켜들었다. 하지만 국왕이 단 한 마디로 그들의 목소리를 잠재웠다.

"이클레이드의 제자다!"

무거운 분위기가 장내에 퍼졌다.

국왕은 입가에 팔자 주름을 만들며 웃었다.

"그만큼… 내가 기대하는 게 높다는 것을 알고 있겠지?"

그가 말하는 의미는 무서운 것이었다.

마음에 들지 않으면 이클레이드의 제자든 뭐든 당장에 쳐내겠다는 것.

능력을 보는 국왕의 눈빛은 매의 눈처럼 날카로웠다.

"물론입니다. 기대에 부응하는 존재가 되고자 이곳에 온 사람입니다. 막대한 무게를 지고."

나는 국왕을 올려다보며 내 가슴에 품은 뜻을 확고히 전했다.

"바이슨의 중심이 되겠습니다."

"이보라! 바이슨의 중심은!"

"거참… 욘센. 언제부터 이리 쓸데없이 끼어드는 습관이 생긴 겐가?"

"하오나!"

"바이슨의 머리가 짐이라면 그것을 지탱해 주는 중심이 되겠다는 아주 충복한 의지가 아닌가? 그것을 어찌 나쁜 시각으로 보는 겐가."

"이클레이드는 위험한 자이옵니다."

"그 대신 엄청난 활약을 보여주기도 했지."

욘센은 입을 다물었다.

그 위력이야 말해 뭐 하겠는가.

세상을 지배할 만한 마력을 가진 게 이클레이드.

나는 눈을 질끈 감고 국왕의 말을 기다렸다.

"내가 자네에게 은빛기사단 병력 일천을 내어주겠네. 자네가 군대의 중심이 되어 많은 활약을 해즈었으면 하는 바람이라네."

나는 깊이 고개를 숙였다.

"성은이 망극하옵니다, 전하."

대신들의 탐탁지 않은 눈빛이 쏟아짐을 느꼈다.

3

국왕과의 대면 후 나는 곧장 왕실도서관을 찾았다.

도서관은 아주 고풍스러운 느낌이 나고 중후한 멋을 가진 곳이었다. 곳곳에 먼지가 있는 게 훨씬 깊은 향수를 느끼게끔 만들었다. 훌륭한 곳이다.

처음 이클레이드를 따라 도서관에 들어갔을 때의 기억이 떠올랐다. 그땐 정말 다른 세상에 온 것 같았지.

마치 신세계처럼.

나는 그때를 회상하며 아주 작게 웃었다.

그때였다, 낯선 목소리를 들은 것은.

"안녕하세요? 처음 보는 분이시네요."

왕실도서관의 관리자 같았다. 사각 안경을 쓰고 갸름한 얼굴, 암갈색의 눈동자, 검은색과 황금색이 합쳐진 머리카락이 아주 잘 어울리는 여자였다.

키는 나보다 조금 작은 정도.

검은 제복과 비슷한 옷을 입고 있는 미녀였다.

"관리자신가요?"

"네. 올해로 4년째예요."

그녀는 상냥하게 웃으며 가까이 걸어왔다.

"찾으시는 책이 있으신가요?"

"혹시 은빛기사단에 대한 정보를 얻을 책이 있나요?"

"소문은 아주 많죠. 후훗."

"그렇담 책은 없다는 소리군요."

그녀가 혀를 쭉 내밀며 얼굴을 찡그리며 웃었다.

"네. 아쉽게도 없네요."

나는 뺨을 긁적이며 의자에 털썩 앉았다.

"아! 거긴 청소가 안 된 곳인데!"

앉자마자 먼지가 풀풀 날아올라 앞이 보이지 않는다. 향수를 느끼는 건 좋은데 이건 청결에 심각한 문제가…….

나는 손으로 휘휘 저으며 먼지를 물리곤 약간 씁쓸한 표정이 되었다. 그걸 보고 '풉' 하고 웃음을 터뜨린 도서관 관리자가 갑자기 놀라더니 고개를 푹 숙인다.

"죄… 죄송해요."

"괜찮아요."

그녀는 눈치를 살피다가 헛기침을 살짝 한 뒤 말했다.

"저… 신분증 좀 보여주시겠어요? 제가 잠시 자리를 비운 사이 들어오셔서."

"신분증 없는데요?"

"네에? 그럼 호… 혹시!"

대체 무슨 상상을 하는 거야. 호들갑 떨기는.

"신분증은 지금 제작 중인 걸로 알고 있습니다."

"아… 그러시구나."

이 여자 바보인가.

이렇게 간단하게 수긍해 버리다니.

그래서일까, 불쑥 장난기가 치밀었다.

"사실 난 국왕 전하를 암살하러 온 마법사예요."

그녀의 얼굴이 하얗게 굳었다.

"하하하! 뻥이에요."

그녀가 비틀린 입술로 뭐라 욕처럼 중얼거리더니 홱 돌아섰다. 상당히 재미있는 여자다.

"전 도서관을 좋아해서 자주 오게 될 것 같은데……."

"그래서요?"

"친해지고 싶어요."

그녀의 얼굴이 빨개졌다.

뭐 때문인진 모르겠지만 붉어진 얼굴로 이리저리 허둥거렸다.

"무… 무슨 말이에요. 전 좋아하는 사람이 있다구요!"

아! 그런 의미로 해석해 버린 건가.

"친해지자는 게 꼭 그렇게 받아들일 것만은 아니라고 생각……."

"됐어요!"

그녀는 창피한지 보폭이 큰 걸음으로 빠르게 자신의 카운터 자리로 돌아갔다. 나는 그녀가 있는 곳으로 걸어가 테이블 위에 팔을 얹었다.

"묻고 싶은 게 있는데."

"왜… 왜 이러세요."

"은빛기사단에 대한 것을 아는 대로 다 말해줄 수 있나요?"

"네?"

나는 싱긋 웃었다.

4

그런 집단이라는 거군.

한마디로 통제불능. 그러나 실력만큼은 최상급.

관리하기 힘든 맹수들이란다.

그것이 바로 은빛기사단.

왜 그렇게 다루기 힘든 녀석들이 되었는지 물어보니 역시나 과거가 있다.

자신들을 통솔했던 전설 같은 남자가 있었다.

그 남자가 자신들로 인해 죽음에 직면하였고 그로부터 은빛기사단은 모두 마음이 죽어버렸다고. 나는 히쭉 웃으며 녀석들을 씹었다.

'나약한 자식들 같으니라고.'

"그나저나 왜 이렇게 안 오는 거지?"

나는 현재 누군가를 기다리고 있었다. 그 누군가가 누구냐면 앞으로 내가 지낼 방을 안내해 줄 사람이었다(본래 있던 방도 괜찮다고 극구 사양했음에도 불구하고 반드시 이곳에 묵어야 한다며 박박 우긴 관계로 어쩔 수 없이 방을 이동하게 되었다). 복도에서 바닥을 툭툭 치며 기다리던 나는 드디어 멀리서 한 사람이 걸어오는 것을 발견했다.

정갈한 복장에 아주 착하게 생긴 소년이었다.

특이하게 자신의 몸에 비해 커다란 붉은색 망토를 두르고 있었는데 눈에서는 알 듯 모를 듯 현기가 느껴졌다.

내 코앞으로 도착한 꼬마가 아주 밝게 인사했다.

"안녕하세요? 저는 이클로드라고 합니다."

"이클… 로드?"

뭔가 익숙한 어감이라 잠깐 당황한 나는 그의 연이은 말에 굉장한 충격에 사로잡혔다.

"대마법사 이클레이드가 제 아버지예요."

골이 띵해졌다.

그 괴팍한 노인네에게도 아들이 있었군. 이리 귀엽고 어린……

나는 그늘이 진 얼굴로 고개를 끄덕였다.

"그래, 그렇구나. 그런데 내게 방을 옮기라고 한 이유가 뭘까? 넌 알고 있냐?"

"네, 알고 있어요."

"말해봐."

"방으로 들어가면 금방 아시게 될 거예요. 왜 옮기게 되었는지."

아주 순진무구하게 웃은 뒤 그는 나를 그곳(?)으로 안내했다. 녀석을 따라 아주 평범한 크기의 문 앞에 섰다. 별다른 문

양이 있는 것도 아니고 너무 평범해서 약간 기분이 나빠질 정
도로.

"여기예요."

"혹시 창고나 뭐 그런 곳은… 아니겠지?"

"하하하! 그럴 리가 있겠어요."

녀석이 문을 열자 눈앞에 환상이 펼쳐지는 것만 같았다.

온몸에 소름이 쫘르륵 끼쳤다.

방을 가득 채우는 마법 아이템. 그리고 마법에 관련된 지식
과 책들이 빼곡하게 있으며 눈을 어지럽게 만드는 이클레이
드의 그동안의 연구 서적이 쌓여 있었다.

내게는 그 무엇보다 값진 장소가 될 곳이었다. 그 무엇보다
커다란 선물이다. 강해질 수 있다는 현실적인 사실이 잠자던
내 온몸의 피부와 세포를 일으켜 세우는 것만 같았다.

정말 오랜만이다.

이렇게 넋이 나가보기는.

환하게 웃는 내 얼굴을 보고 이클로드 역시 방긋방긋 웃는
다.

"사용법이라던지 궁금한 게 있으면 저한테 물어보세요. 이
래 봬도 제가 바이슨에서 꽤 고위 마법사랍니다."

"어렵할까. 누구의 아들인데……."

갑자기 번개처럼 머리를 훑고 지나가는 게 있었다.

"혹시 너도 마법체계를 배웠느냐?"

"아니요. 저는 마법체계를 배우지 않았습니다."

"그럼?"

"정식 마법을 배웠죠."

나는 쓴웃음을 지었다.

"가르쳐 주지 않더냐?"

"예. 아버지는 제게 가르쳐 주시지 않았어요."

이상했다.

완전히 등을 진 사람이었는데 섭섭한 느낌이 가슴을 때린다.

가슴이 뜨겁다.

피도 눈물도 없을 인간처럼 보였는데 그래도 아들에게 그 더러운 재앙을 물릴 용기까지는 없었나 보군.

"그럼 전 나가볼게요. 천천히 구경하세요."

"그래. 다음에 보자, 이클로드."

소년이 밖으로 나가면서 손가락을 튕겼다. 바람이 불었고 문이 쿵 닫혔다. 반대편의 열린 창문 사이로 차갑고 신선한 바람이 들어오고 있었다.

나는 창문으로 시선을 돌리면서 웃었다.

지금부터가 파란만장한 인생의 시작이라고 내 가슴속에서 나온 외침이 바람을 타고 소리치는 것 같았다.

나 로크의 장대한 여정이 이제 막 시작하려 하고 있었다.

Chapter 31
은빛기사단

1

국왕에게 병사를 받은 지 한 달이라는 시간이 흘렀다. 그리고 처음으로 은빛기사단을 한자리에 불러 모았다. 은빛기사단의 수는 정확히 50.

나머지 950은 일반 병사다.

우선적으로 나는 은빛기사단만을 모았다. 그들은 자신들의 머리 윗자리에 부임한 나를 마치 일반 병사보다 훨씬 낮게 평가하고 있었다.

인사는커녕 자기네들끼리 대화하느라 정신이 없다.

"정신 상태들이 아주 재밌구나."

50여 명의 반응은 재밌었다.

귀가 멍멍해질 정도로 시끄럽게 짖어댄다.

나는 마법으로 소리를 제거했다.

그들은 그 후로 입만 뻐끔뻐끔거렸다.

답답한지 가슴을 퍽퍽 치기도 했고 어떤 무례한 놈은 검까지 꺼내 들었다.

"지금부터 함부로 주둥이를 나불거리는 놈은 내 권한으로 너희들을 왕실에서 완전히 잘라낸다. 나한테 그런 권한이 어디 있냐고? 국왕 전하께서 직접 하사하신 황송한 권한이다."

그들은 모두 일제히 꿀 먹은 벙어리가 되었다.

소리 제거 마법을 해제시켰음에도 그들은 아무 말도 없이 나를 멍하니 바라보고 있었다.

나는 슬슬 그들을 자극했다.

"그대들은 어영부영 자리나 지키면서 간간이 전쟁이나 나가면서 그렇게 피폐하게 살고 싶나 보군. 꼴들을 보니… 삼류 건달 수준이니 이거 원."

"그리 함부로 말하지 마십시오!"

그들은 붉게 충혈된 눈으로 당장이라도 검을 꺼낼 태세였다.

나는 가소롭다는 듯이 웃었다.

"나이 어린 놈이 네놈들을 지휘하자니 배알이 꼴리나들 보군. 그런데 이거 어떡하나. 난 네놈들이 통째로 덤벼도 이길 자신이 있는데."

은빛기사단 모두 멍하니 나를 쳐다보다가 풉 하고 웃음을 터뜨렸다. 그것을 시작으로 녀석들은 내가 모욕을 느낄 정도로 배를 잡고 커다랗게 웃음을 터뜨렸다.

"으하하하하! 저 꼬마 말하는 것 좀 보게. 크히히!"

"크하하하! 완전 또라이잖아, 저 거. 야! 우리 그냥 다 왕궁에서 나가 버리자. 저런 피도 안 가른 꼬맹이한테 우리들의 지휘권을 맡겨선 목숨이 남아나질 않는다고!"

"옳소~! 우리가 직접 퇴출서를 냅시다~ 드디어 이 지긋지긋한 왕실을 벗어나겠구만~ 킬킬킬."

나는 계단에서 내려왔다. 그리고 검을 꺼내 들었다. 그러자 분위기가 급속하게 냉랭해졌다.

"소문은 들었겠지. 나는 이클레이드의 제자, 즉 마법사다. 하지만 너희 같은 놈들을 상대함에 있어 마법은 필요도 없지. 검으로 가르침을 주마."

근육질의 커다란 사내가 앞으로 뚜벅뚜벅 걸어나왔다.

반짝거리는 대머리에 커다란 덩치답게 보통의 롱 소드보다 조금 더 커다란 검을 가지고 있었다.

뒤에서 그를 응원하는 소리가 들려왔다.

"살살해라, 존! 괜히 죽여 버려서 귀찮은 사고 치지 말고. 으하하핫!"

"시끄러, 이 북어대가리야."

그는 목 근육을 뚜둑 풀며 내게로 성큼성큼 걸어왔다.

"얼마나 잘난 지휘관인진 모르겠으나 뭐 신참이시니 죽지만 않게 해드리겠소."

나는 무표정한 얼굴로 검을 올려 들었다.

한 놈이 이렇게 외쳤다.

"오! 너 폼은 그럴듯한데? 마법사 주제에 말이야. 연기 수준만은 아주 일품이군."

나는 무시하며 손을 까딱거렸다.

"선공을 양보하마."

나는 마나를 검에 투입시켰다.

신체적 능력을 마법으로 최상급으로 만든다. 마법 없는 검으로는 솔직히 나도 자신이 없었다. 내 앞에 두 발로 서 있는 이 녀석이 가진 오러의 기준이 내가 생각했던 것보다 훨씬 웃돌고 있었다.

그러나 거기까지.

놈들은 중요한 걸 이미 놓치고 있다.

그가 능글맞은 웃음을 표정에 새기며 달려들었다.

나는 부드럽게 안으로 한 걸음 파고들어 갔다.

얼마나 훈련을 게을리 했는지 빈틈이 보인다. 검이 내 머리를 아주 아슬아슬하게 스치고 지나갔다.

그것은 계산된 회피.

나는 녀석의 허리를 베었다. 너무도 단순하지만 온몸이 전투 감각으로 휘감겨 있던 내게 그는 너무도 손쉽게 공격을 허용당했다.

허리춤에서 피가 흘러내렸다.

방심이 부른 대가다.

"존!"

한 사내가 동료를 구한답시고 일어섰다.

마력을 일으켰다.

쿠구궁!

검은 기류가 그의 앞으로 바닥을 부수고 올라왔다. 당장이라도 생명을 앗아갈 것같이 넘실거리는 검은 기류는 끔직하리만큼 두려운 힘을 표출해 내고 있었다.

존에게 뚜벅뚜벅 걸어갔다. 검을 바닥에 내던졌다. 비틀거리며 뒷걸음치는 녀석의 멱살을 잡고 턱에 주먹을 날렸다.

스트렝스 마법으로 인해 턱이 와르륵 깨지는 소리가 선명하게 울렸다. 고통스러운 듯 바닥을 구르는 그의 배를 걸어찼다.

퍼어억!

"우악! 크어억!"

피를 토해낸다.

나는 그의 고통스러운 얼굴이 가식처럼 느껴졌다.

"오랜만에 아프니까 기분이 어떤가?"

"이런 젠자아앙!!"

이번엔 나도 조금 놀랐다.

이 정도 부상으로 다시 일어서서 공격한다는 건 꽤나 높이 사줄 만한 체력이었다. 잠재된 능력. 하나 그것은 이미 기사라는 이름에 집착을 버린 패배자의 힘. 결국엔 보잘것없는 것이다.

콰과과과광!

땅이 흔들리고 바닥이 깨졌다. 엄청난 뇌력이 내 주위를 휘감아 오르고 감히 범접할 수 없는 거대한 뇌력이 세상을 덮을 듯 광포하게 내 주위를 감돈다.

그걸 보고 은빛기사단 전원은 할 말을 잊었다.

아주 천천히 그 뇌력은 사라졌고 정신을 차린 한 기사가 입을 열었다.

"반칙이잖아!"

"반칙?!"

나는 그에게로 걸어갔다.

그는 피하지 않고 내 시선을 마주했다.

"그 변명이 언제까지 통하리라 보는가? 전장에서 죽음을 앞두고 그런 변명이나 지껄일 텐가?!"

내 기세에 질린 것인지 녀석이 내 시선을 피했다.

"나는 네놈 같은 놈들만 보면 구역질이 나거든. 최고를 향하지 않는 녀석들을 보면 정말 무지하게 열받거든. 이 정도면 됐다고 만족하며 속으로 변명하는 녀석들을 보면 이젠 측은한 생각이 들 정도야."

나는 주먹을 꽉 쥐며 이를 바드득 갈았다.

"충분하다는 말은 한계까지 노력한 사람만이 마지막에 내뱉을 수 있는 말이다. 자신의 진정한 마음속에서조차 인정받지 못하면 그건 단순한 패배자의 변명일 뿐이다. 나는 굼뜬 놈이랑은 어울릴 수 없어. 적어도 내가 너희들을 맡은 이상, 나에게 적당히란 없다."

"그건 어느 누구도 할 수 없어!'

"혹시 들어본 적 있나? 이 정도면 됐다고, 몸이 망가진다고, 제발 이제 그만 쉬라고."

내 앞의 사내는 몸을 부들부들 떨었다.

"나는 자신의 가치를 모르는 놈들과는 같은 공간 속에서 숨조차 쉬기 싫은 사람이다."

나는 좌중을 둘러보며 소리쳤다.

"내일 아침! 나를 기다리는 이들만이 나와 함께 길을 걸을 사람으로 인정하겠다. 한 명도 나오지 않아도 상관없어. 나 혼자서라도 국가를 위한 길을 걸을 테니."

나는 몸을 돌리며 마지막으로 등을 보인 채 말을 맺었다.

"내일 나를 진심으로 따르고자 오는 녀석들에게는 적어도 단 하나는 약속하마."

그들의 시선을 느꼈다.

나는 강한 어조로 소리쳤다.

"끝까지 함께한다!'

아무런 대답이 없는 고요한 침묵이 등을 찌른다.

언제나 시작은 이렇듯 버거운 법이다.

2

　장 얀느의 행방이 묘연해졌다.

　국경 지대에서 나를 기다리고 있을 거라는 생각은 보기 좋게 빗나갔다.

　바이슨 왕궁은 물론 이실로네조차 모른다고 발뺌하고 있는 상황. 대체 어디서 무얼 하고 있는 건지 예측조차 할 수 없었다. 장 얀느가 눈에 보이지 않으니 불안한 기분이 들었다.

　그는 언제나 나를 심리적으로 위축시킨다. 여러 가지로 골머리를 앓게 되어 지끈한 머리를 엄지로 누를 때 노크 소리가 들렸다.

　"누구냐?"

　"베놈입니다."

　"들어와."

　조심스럽게 문을 연 베놈이 뚜벅뚜벅 걸어 들어왔다.

　그의 온몸은 피투성이였다. 그렇다고 해서 피가 뚝뚝 떨어지는 게 아니라 마른 피딱지가 온몸 여기저기에 붙어 있었다. 고문이라도 받은 듯했다.

"몸이 왜 그래?!"

"고문을 받았습니다."

"고문? 누가?"

"왕의 이름으로……."

베놈의 눈빛은 죽어 있었다. 하지만 입은 웃고 있다.

"그래서 어찌 되었느냐."

"로크님이 국왕 전하와의 대면이 끝난 이후로 고문은 중단되었습니다."

지독했다.

몸 여기저기에는 살점이 뜯겨진 자국이 화상처럼 남아 있었다.

"너를 고문한 이유에 대해서는 모르는가?"

"저와 로크님의 관계. 그리고 에아르웬에 대해서 물었습니다. 저는 아는 대로 말을 했고 그 이상을 원하는 그들의 고문이 계속되었던 것뿐입니다."

"힘들었겠구나."

베놈은 송곳니를 드러내며 조금 더 깊게 웃었다.

"아닙니다. 제게 미안한 감정이 있는 것인지 그들은 저를 왕궁에 머무를 수 있도록 허락했습니다. 뭐, 금지된 경로가 꽤 많긴 하지만 말입니다."

그는 감옥에 갇힌 듯한 표정을 지었다. 나는 애써 그의 감정을 느끼려 하지 않았다. 어차피 인간들의 무리 속에서 그는 꽤 많은 고초를 겪을 것이다.

예상했던 일이다.

"앉거라. 피곤할 텐데……."

"이곳이 로크님의 방입니까?"

베놈이 주위를 둘러보며 놀란 표정을 짓는다.

"정확히는 이클레이드의 방이지."

이클레이드라는 말에 베놈이 잠깐 흠칫 몸을 떨었다. 그러다 곧 평상시처럼 돌아온 그는 의자에 앉아 깊은 숨을 내쉬었다.

"은빛기사단과 만남이 있었다구요?"

베놈의 말에 다시 머리가 아파왔다.

"어땠습니까?"

"그 이야긴 나중에 하도록 하지."

베놈은 고개를 끄덕이며 책 한 권을 펼쳐 보며 입을 열었다.

"그 감옥 안에 있던 노인 말입니다."

내가 고개를 들어 베놈을 보자 녀석은 고개를 갸우뚱거렸다.

"사라졌습니다."

"뭐라고?"

나는 깜짝 놀라며 자리에서 일어났다.

그는 분명 발목이 잘렸다.

마법의 족쇄가 차 있었다고 했다.

"하여 제가 궁금해서 이 노인이 어찌 되었냐고 물으니 간수 놈이 나를 마치 미친놈처럼 보더군요. 그런 사람은 없답니다."

육중한 해머에 머리를 얻어맞은 기분이었다.

멍하게 시선의 초점을 잃어버리자 베놈이 손바닥으로 책상을 쿵 친다.

"보았습니다. 그 노인이 로크님의 몸에 무언가를 주입하는 것을. 그것이 단순히 마법 능력을 회복시키는 것이라면 문제가 없겠지만……."

"불안한 소리 하지 마라!"

"피하고 싶다고 해서 무작정 피하기만 할 수는 없는 노릇이 아닙니까?"

나는 양손으로 얼굴을 문질렀다.

복잡한 7차원 마법진의 공식보다 훨씬 난해한 복잡함이 머릿속을 헤집어놓는 것만 같았다.

속이 부글부글 끓어올랐다.

나는 내 몸 상태를 마나의 회전으로 체크해 보았다. 특별히 걸리는 점이라거나 그런 것은 없었다. 하지만 만약 저주가 걸려 있다면…….

끔찍한 상상이 해일처럼 밀려오는 것 같았다.

간수의 말이 사실이라면 그 노인의 의도적인 접근일 가능성이 다분하다.

대체 어찌 된 일일까?

고개를 들어 베놈을 보자 꽁꽁 얼어 있다. 마치 박제된 짐승처럼 완전히 굳었다. 그는 내 뒤쪽 창문을 보는 것 같아 그의 시선을 따라갔다.

이클레이드가 창문 밖 공중에 떠올라 우리를 보고 있었다. 그는 유유히 안으로 들어왔고 바닥에 발을 디디자 양탄자가 물결처럼 퍼졌다. 그는 근엄한 표정으로 자신의 방을 둘러보다가 입을 열었다.

그 특유의 걸걸한 목소리가 귀와 심장을 찌른다.

"흐음, 국왕은 항상 이런 식이군. 내게 상의도 없이 말이야."

나는 잔뜩 굳은 얼굴로 그를 응시했다.

그가 나를 돌아보더니 어울리지 않게 히죽 웃었다.

소름이 등 뒤를 쫘륵 훑었다.

흡사 지옥의 사신이 웃는 낯짝이었다.

"내 방을 이리 제멋대로 내놓는 국왕이니 내가 왕궁을 꺼릴 수밖에."

"죄… 죄송합니다."

"아니다. 네가 내게 미안할 필요는 없지. 그래, 1년 만에 본 스승에게 인사는 언제쯤 할 생각이냐?"

그의 모습이 너무 낯설게 느껴진다.

날 키워 내 심장을 잡아먹겠다는 사실을 확인한 뒤로 엄청난 두려움이 내 몸속에 응어리처럼 맺혀 있었다. 그를 눈앞에서 보자 실로 말로 형용할 수 없는 공포를 느꼈다.

나는 서둘러 몸을 굽혔다.

"제자, 스승님을 뵙습니다."

무섭다. 하지만 나는 놀라울 정도로 태연하게 그를 맞이했다.

조용히 한쪽 무릎을 꿇어 고개를 숙였다.

"꽤 성장했구나. 이제 막 1천 체계에 다다른 것처럼 보이는데, 맞느냐?"

나는 침을 꿀꺽 삼켰다.

마치 그의 손바닥 위에 놓인 기분이 들었다. 그동안의 행적을 단 하나도 놓치지 않고 확인한 사람 같았다. 하지만 그럴 만한 사람이 아니라는 것 정도는 알고 있다.

하수인을 시켜 나를 관찰했거나… 아니면 저 무서운 심안으로 나를 꿰뚫었거나, 둘 중 하나겠지.

새삼 그의 무서운 통찰력을 피부로 느꼈다.

"정확하십니다."

그는 수염을 쓰다듬으며 웃다가 베놈을 보았다.

베놈이 거의 절을 하다시피 엎드렸다.

"스승님께서 잡아오셨던 오크입니다."

"이곳까지 함께 온 게냐?"

"예. 그는 제게 큰 도움이 되었습니다."

이클레이드는 혀를 쯧쯧 차다가 나를 돌아보았다.

"그간 별일은 없었느냐?"

나는 잠시 망설이다가 이내 말을 내뱉었다.

"실은 최근 마음에 걸리는 일이 하나 있사옵니다."

"마음에 걸리는 일이라… 말해보거라."

"제자가 얼마 전 작은 오해로 인해 바이슨 왕궁의 지하 감옥에 갇힌 적이 있었습니다."

"그런데?"

"스승님이 자신의 친구이자 원수라고 밝힌 한 노인이 있었습니다."

이클레이드의 미간에 금이 갔다.

"말을 이으라."

"마력 증강으로 상태가 좋지 않다는 것을 그가 알게 되었습니다."

"알게 된 게 아니라 네가 말을 했겠지. 그걸 눈으로 파악할 리 만무하니."

송곳이 등을 긁는 느낌이 들었다.

"그… 그렇습니다."

"그리고 어떻게 되었느냐."

"그가 제 등에다가 무슨 짓을 했는지는 모르겠습니다만 흡사 마력이 제 몸속에 들어오는 것 같은 기분이 들었습니다.

때문에 마력 증강으로 인해 상실되었던 가력 약 90%가 복구되었음은 물론 약간의 이질적인 기운도 느꼈습니다. 몸 상태는 훨씬 좋아졌습니다만."

"이상 반응이 나타나더냐?"

나는 고개를 저었다.

"아직은 아닙니다."

"그럼? 단순한 불안감이더냐?"

"제게 마나를 투입시켜 준 노인이 사라졌습니다. 감옥을 관리하던 간수가 말하기를 그런 노인은 애초에 없었다고 하더군요. 아마 저를 향한 의도적인 접근이 아니었나 하는 생각이 들었습니다."

"이리 와보거라!"

그에게 가까이 가자 내 손목을 휙 잡아챘다. 그의 손에서 푸른 기운이 몸속으로 밀려들어 왔다. 온몸을 샅샅이 살펴본 후 이클레이드는 손을 떼며 말했다.

그의 얼굴에 당혹감이 서렸다.

"귀찮게 됐군."

"저주입니까?"

"단순한 저주가 아니야. 너에겐 아주 치명적인 독이 되었다. 기껏 제자라고 키워놨더니 나를 이리 엿먹이다니. 쯧쯧."

누런 이를 보이며 신경질적으로 나를 쳐다보던 그가 나를 찢어 죽일 듯 노려보았다.

"순간적으로 약 한 달여 동안은 마법체계적 능력이 월등하게 뛰어오를 거다! 하지만 일정 수준에 다다르면 점차 마력을 잃기 시작할 게야. 결국엔 단 한 줌의 마나도 소유하지 못한 쓰레기로 전락되겠지."

나는 넋이 나간 얼굴로 일말의 희망을 실어 물었다.

"해… 해제시키는 방법은 없습니까?"

"방법이… 하나 있긴 있지."

나는 거칠게 숨을 몰아쉬었다.

실로 까마득한 절망감 속에서 한줄기 빛을 본 심정이었다.

『마법체계』 4권에서 계속

E-mail:terey16461@hotmail.com
개인 블로그:http://thehanma.egloos.com/

잘나가고 싶은 사람은 읽어라!

그에게 한눈에 반했다! 그것은 분위기 탓?
애인과 나란히 걸어갈 때 당신은 좌, 우 어느 쪽에 서는가?
이성은 왜 서로 끌리는 걸까? 그 심층 심리를 해명한다!

30초의 심리학

■ **30초의 심리학**
아사노 하치로우 지음 / 계일 옮김 | 값 8,500원

처음 본 사람인데 와 닿는 느낌이
너무나도 강렬한 사람이 있다.
흔히 하는 말로 '펄이 꽂힌 사람',
그래서 잊혀지지 않는 사람,
한눈에 반했다고 하는 것이 바로 그것이다.
이런 인간의 감정을 논하는 데
남녀의 구분이 있을 수 없다.
사랑하는 그, 혹은 그녀를
생각하는 것만으로도 가슴이 두근거린다.
이상할 것 없다. 당연히 그럴 수 있는 것이다.
그렇기에 인간을 감정의 동물이라 하지 않는가.
그러나 그렇게 좋아하는 그 사람이
어느 날 갑자기 싫어지는 경우는 왜일까?

Psychology